Angela Hartung

Katui – Die Macht des Feuerbaums

AF189937

Angela Hartung

Katui –

Die Macht des Feuerbaums

Roman

Impressum

Bibliografische Information der Deutschen Nationalbibliothek
Die Deutsche Nationalbibliothek verzeichnet diese Publikation
in der Deutschen Nationalbibliografie, detaillierte bibliografische
Daten sind im Internet über http://dnb.dnb.de abrufbar.

© Angela Hartung
Lektorat: Knut Koch

Herstellung und Verlag
BoD – Books on Demand, Norderstedt

Fotoquellen siehe am Ende des Buches

ISBN: 978-3-7519-7748-7

Gewidmet meiner Ur-Großmutter
Charlotte Zander
geboren 1898
in Königsberg - Ostpreußen

Inhalt

I

II

IV

Was vor langer Zeit geschah

Der Zorn der Götter tötete die Sonne.

Ein alter Schamane betrachtete die schwarze Scheibe am Himmel. Mit ihrem Strahlenkranz sah sie aus wie ein Loch, das ihr Leuchten einsaugte.

Am Waldrand, den Blick auf die Lichtung gerichtet, sank er auf die Knie. „Ihr Götter, habt Erbarmen! Was haben wir getan, dass ihr uns so straft?"

Dunkle Schwaden schoben sich vor die schwarze Sonne und verschlangen das letzte Tageslicht. War das Rauch? Er hielt die Nase in den Wind. Es roch nach Erde, den Orchideen am Rande der Lichtung und Rotmoos.

„Warum nehmt ihr uns die Quelle unseres Lebens?" Tränen brannten auf seinem Gesicht. Die Antwort war ein Grollen, zuerst leise, doch im Takt des Herzschlages wurde es lauter. Der Himmel flackerte wie Feuer von feuchtem Holz. Dann fiel das Wasser herab. Es donnerte und toste. Innerhalb von Sekunden war der Schamane völlig durchnässt. Trotz der Wärme zitterte er vor Kälte. Das Firmament färbte sich orange. Winde zerrten an den Zweigen, stießen sie, zausten die Blätter. In der Mitte der Lichtung wankte der Baum und duckte sich. Wie ein aufgescheuchter Vogelschwarm flatterte Laubwerk in die Lüfte. Die Wurzeln ächzten im Boden, einige brachen das Erdreich.

Der Sturm zerfetzte den Gesang des Schamanen. Er schrie hinein in die Urgewalten, brüllte, die Götter mögen ihn holen und sein Dorf verschonen. Doch das Tosen wurde stärker. Die Farbe des Himmels wechselte von blutrot in flackerndes Grün und Blau. Es krachte. Feuer in den neuen Himmelsfarben rauschte in die Baumkrone. Flammen züngelten an den Ästen und formten Fratzen.

Der Schamane lag am Boden. Mit aufgerissenen Augen verfolgte er das Schauspiel. Der Baum auf der Lichtung war vom Blitz gespalten von oben nach unten, nur die linke Hälfte brannte. Dem Medizinmann schwanden die Sinne.

Wärme und das Licht der Sonne weckten ihn. Er erhob sich mühsam und dankte den Göttern, versprach ihnen ein Fest mit prächtigen Opfertieren. Auf wankenden Beinen stand er da, eine ganze Weile, bis er die ersten Schritte wagte. Geduckt näherte er sich dem Baum. Verbrannte Äste ragten in den Himmel. Die andere gespaltene Seite sah frischer aus als vorher. Tropfen hingen in den Blättern und Zweigen, glitzernd bunt im Sonnenlicht.

Derartiges hatte er nie gesehen.

Derartiges hatte er nie gerochen.

Süßlich-herber Rauch.

Vorsichtig ließ er seine Finger die verbrannte Rinde entlanggleiten. Sie löste sich. Ein Stück brach ab und fiel ihm in die Hand. Wärme strömte von den Fingerkuppen über die Handfläche seinen Arm entlang. Er zuckte zusammen, aber die verkohlte Rinde war nicht mehr feuerheiß, sondern wärmte seine Finger leicht bis in den Arm. Von allen Seiten betrachtete und befühlte er die Borke. Ihre Unterseite war unversehrt und hell.

Was bedeutete das?

Kapitel 1

Brasilianischer Regenwald, Juni 1988

Einer ihrer Lastenträger, der mit dem Federschmuck an beiden Handgelenken, erstarrte mitten in der Bewegung. Der Zweite bemerkte es zu spät und rammte seinem Vordermann das Gepäckgestell in den Rücken.

Es polterte.

Männer und Material landeten im Gebüsch. Vögel flogen auf, es kreischte ein Affe. Stille folgte.

Die beiden Pharmakologen duckten sich. „Was ist denn los?", flüsterte Stefan Zwirner.

„Ich frag mal", raunte sein Begleiter Klaus Meier und näherte sich vorsichtig dem ersten Eingeborenen, der am Boden hockte, mitten im Gestrüpp. Der zweite Träger kroch näher. Sie redeten leise.

Insgeheim beneidete Zwirner seinen Expeditionsgefährten, dass er die Sprache einiger dieser indigenen Völker des Regenwaldes beherrschte. Für ihn klangen ihre Laute wie das Geschnatter von Wildenten.

Meier richtete sich auf und kam zurück. Er hatte die Augenbrauen zusammengezogen und schüttelte pausenlos den Kopf. „Wenn ich nicht so viel von ihnen wüsste, würde ich es nicht glauben. Angeblich ist das hier ein heiliger Ort, Schamanenland. Keinen Schritt wollen sie mehr tun."

„Bis eben war doch noch alles bestens."

„Diese Naturvölker nehmen Dinge wahr, von denen wir keine Ahnung haben. Wissenschaftler berichteten, dass alle Mitglieder eines Waldvolkes in helle Aufregung gerieten, weil sie auf der anderen Uferseite eines Flusses Geister wahrnahmen. Doch waren dort nur der Regenwald, das Ufer und der Fluss. Ich hoffe, dass sich unsere Träger beruhigen, wenn du und ich einfach weitergehen." Mit seiner Machete schlug er erneut auf den Urwald ein. „Bestimmt folgen sie uns."

Auch Zwirner schwang sein Buschmesser, obwohl seine Beine schmerzten und er sich nach einer Pause sehnte. Sein T-Shirt klebte an Rücken und Brust wie eine zweite Haut. All diese körperlichen Entbehrungen nahm er auf sich, um die medizinischen Geheimnisse dieser Indios im Amazonasgebiet zu erforschen. Er seufzte und marschierte weiter.

Die beiden Träger bewegten sich keinen Zentimeter und ließen sich überholen. „Sieht nicht so aus, als ob dein Plan funktioniert", flüsterte Zwirner. Wie zum Trotz schlug Meier mit der Machete kraftvoller zu. Die Klinge rauschte ins Gestrüpp und blieb stecken. Er zerrte am Griff, sie rührte sich nicht. Mit seinem gesamten Körpergewicht zog er daran, vergeblich. Es war nicht logisch. Der Zweig war zu dünn, dass sich die Schneide darin derart verkeilte. Und warum bog der schmale Ast sich nicht nach unten?

Die Träger sprangen auf und flohen.

Erstaunt beobachtete Zwirner, wie nur wenige Worte seines Kollegen die Flüchtenden stoppten. „Was hast du ihnen gesagt?"

„Ich habe behauptet, alles sei in Ordnung, du übernimmst jetzt die Führung. Zieh die Klinge wieder raus, egal wie. Bitte Stefan, gib dein Bestes."

Zwirner versuchte es, rutschte dabei aus und fiel auf einen Stein, rund und verwittert, groß wie ein Affenkopf. Im Aufstehen stützte er sich darauf ab. Das Knie schmerzte und würde wohl anschwellen, aber ernsthaft hatte er sich nicht verletzt.

Mit zittrigen Händen zog er am Buschmesser. Es löste sich kinderleicht. Er hielt es einige Sekunden hoch über dem Kopf, dann sauste die Klingenspitze unaufhaltsam in den Boden. Was geschah hier? Fremde Kräfte hatten ihn geführt. Er starrte auf seine Hände, ihre Umklammerung löste sich nicht.

Die Träger rappelten sich auf und umkreisten Zwirner mehrere Male. Der mit dem Federschmuck kniete vor ihm nieder und rief etwas zu Klaus Meyer hin.

„Er erklärt, nur Schamanen können den Bann brechen. Du wärest ein mächtiger Schamane!"

Der zweite Eingeborene warf sich ebenfalls in den Sand.

„Was macht er da? Gehen wir weiter", sagte Zwirner. Seine Hände lockerten sich. Augenblicklich suchten die Träger ihre im Gebüsch verstreuten Gepäckstücke zusammen, und hoben sie wieder auf ihre Schultern. Stefan Zwirner übernahm die Führung.

Der Lärm ihrer Macheten unterbrach die feinen Laute des Regenwalds, diese exotische Mischung aus Rascheln, Schreien, Zwitschern und Knistern ringsum. All das hörte sich für ihn an wie eine Symphonie, deren Harmonien durch das Hacken ihrer Buschmesser gestört wurde. Gerne hätte er verharrt und dem Konzert gelauscht. Aber dicht gewachsenes Gestrüpp versperrte ihnen den Weg, dunkelgrün, bedrohlich und bis zum Abend brauchten sie einen Platz für ihr Lager. Er holte wieder und wieder aus. Es klirrte. Die Messerklinge schnellte zurück. Zwirner kontrollierte die Schneide. Sie war unbeschädigt. Vorsichtiger als zuvor schlug er weiter in die Äste. Erneut ein Geräusch wie von Messern an einem Schleifstein. Er beugte sich vor und entdeckte im Gestrüpp rund behauene

Steinbrocken. Mit den Händen riss er einige Ranken zur Seite.

„Hier ist etwas, ein Gebäude. Helft mir mal." Furchtlos griffen sogar die Träger zu. Allmählich legten sie eine Pyramide frei, deren Spitze etwa in der Höhe ihrer Köpfe in den Himmel ragte. Sie bestand aus rundgeschlagenen Felsstücken, die mit Harz oder Ähnlichem gemauert waren. Daneben nur kleines Gestrüpp, eine Möglichkeit für ihr Lager.

Gemeinsam umrundeten sie das Bauwerk. Einige Steine waren lose. Zwirner nahm einen heraus. Es klaffte ein dunkles Loch. Weitere Brocken lösten sich und rollten herunter.

„Scheint ein Grab zu sein, hier ist wohl der Eingang!"

Wald der Tipateo, eine Trockenzeit nach Katuis Geburt (ca. 1501)

Die Schamanin Wura klammerte ihr Kind fest an sich und rannte los, quer durch das Dorf, hinein in den Dschungel. Mit aller Kraft hastete sie den anderen durch das Unterholz hinterher, schlug Bögen um große Steine und kletterte über einen vermoderten Baumstamm, der auf dem Weg lag.

Ihren Sohn Katui, den sie mit Bändern befestigt vor ihrer Brust trug, schüttelten die Sprünge heftig durch. Er wimmerte.

Vom Ufer her erklangen die Rufe mit jedem Schritt deutlicher. „Wura, Wura, der kleine Vari ertrinkt!" Ihr eigenes Kind plärrte in das Geschrei hinein. Sie eilte weiter und erreichte das Ufer.

Das Flusswasser patschte, gurgelte und spritzte unter den Schritten und Schwimmzügen von zwei Helfern, die sich hineinstürzten.

Wura wartete am Ufer, japste nach Luft. Mit einer entschlossenen Bewegung löste sie die Bänder und gab ihren Sohn der nächstbesten Frau neben sich in den Arm.

Katui lachte schon wieder und spielte mit ihren Locken.

Sorgenvoll beobachtete sie, wie die beiden Schwimmer Vari, Lenitas Sohn, in ihre Richtung brachten. Der Junge lag reglos auf dem Rücken des vorderen Retters. Sie hoben ihn aus dem Wasser und legten ihr den schlaffen Körper zu Füßen. Die Schamanin warf sich in den Sand und pumpte die Arme des Kindes zu seinem Oberkörper hin.

Weitere Bewohner des Dorfes liefen herbei.

Wura schüttelte den Jungen immer und immer wieder. „Bleibe bei uns, kleiner Vari, lebe. Ihr Götter, helft!"

Durch die Menschenmenge bahnte sich Wuras Mutter, die alte Schamanin Rasa, den Weg nach vorn. Mit kräftigem Stampfen tanzte sie und sang laut das Lied des Lebens dazu. Wirbelte um das Geschehen herum, bewarf den leblosen Körper mit Asche und Kräutern.

Das Kind blieb stumm.

Seine Mutter eilte herbei, bedeckte mit den Händen ihr Gesicht und weinte lautlos.

Rasa und Wura hoben den Jungen hoch, drehten ihn und hielten seine Beine kopfüber, baumelten ihn kurz hin und her. Wasser tröpfelte aus seinem Mund. Sie betteten ihn erneut in den Sand. Wura kontrollierte das Lebensklopfen an seinem Handgelenk. Es fehlte.

Stille.

Sogar im Urwald rührte sich kein Tier.

Wuras Augen füllten sich mit Tränen. Rundum schluchzten die Menschen.

Katui krähte vergnügt in das Entsetzen hinein: „Oijojojo!"
Er saß bei der Frau, die ihn hütete, und warf Sand nach ihr. Quietschte und lallte, startete einen Krabbelausflug in die Richtung des Opfers. Tatschte den Arm des Jungen, die Brust, krabbelte auf ihn hinauf und legte sich in ganzer Länge bäuchlings auf das reglose Kind. Brabbelte, lachte und schob sich einen Daumen in den Mund.
Leise Unruhe wogte Wura entgegen, Gesichter mit zusammengezogenen Brauen, gepressten Lippen und bleichen Wangen starrten unmissverständlich. „Zieh Katui da weg!", rief ein Mann und schüttelte mit dem Kopf.
Doch Wura unternahm nichts. Hoffen klopfte hartnäckig in ihrer Brust.
Katui kicherte und patschte erneut auf die Rippen des Jungen, fingerte nach dessen Mund.
Da hustete Vari, spuckte Wasser, öffnete die Augen, hustete und hustete, so dass Katui auf seinem Bauch immer wieder hoch und herunter federte. Das Krabbelkind jauchzte bei jedem Hopser.
Die Dorfbewohner stimmten ein, sprangen herum und rissen die Hände zum Himmel. Wura zog Katui von dem Jungen fort.
Varis Mutter küsste, umarmte und streichelte ihren Sohn, ungestüm, pausenlos. Freudentränen glitzerten auf ihren Wangen.
Sie sprang zu Katui auf Wuras Arm und schmatzte einen Kuss auf seine Stirn. „Ich danke dir so sehr." Der Kleine

schenkte ihr ein Lächeln und angelte nach ihrer Lebenskette.

Großmutter Rasa raunte Wura zu. „Katui trägt die Liebe der Götter in sich. Er wird ein wunderbarer Schamane."

Wald der Tipateo, zwei Trockenzeiten nach Katuis Geburt (ca. 1502)

Katui schob vor Oma Rasas Hängematte Moos zu einem Hügel zusammen. Sie lag über ihm und schnarchte leise. Mama Wura und Papa Uske waren nicht da. In der Mitte der Hütte knisterte das Feuer. Das brannte immer. Heute brutzelte Maniok darin. Es roch gut.

Sein Zeigefinger rutschte in das linke Nasenloch. Er schielte zu Rasa hoch. Ob das Essen schon fertig war?

Nicht zum Feuer. Sagten alle.

Es roch so lecker. Er musterte die Flammen. War weit.

Auf allen vieren kroch er hin, umrundete die Feuerstelle, immer näher an die Glut heran. Verführerisch knisterte es dort. Katui schnupperte. Sein Magen knurrte leise.

„Mano? Gut?", fragte er in Großmutters Richtung.

Sie murmelte nur. „Heißt Maniok, mein Kleiner."

Hatte er doch gesagt.

Er packte den Feuerstock mit beiden Händen und stocherte in das Feuer. Es knisterte, der Stock rutschte ihm weg und fiel herunter, Funken sprühten, einige landeten auf seinem Arm. Langsam änderten sie die Farbe von Rot nach Grau. Er pustete den Rest weg. Das kitzelte. Kleine schwarze Flecken blieben zurück.

Mama Wura sagte immer. Nicht zum Feuer. Ist heiß.

Katui kannte das Wort heiß, dachte darüber nach. Sonne auf Arm war heiß. Essen war heiß im Mund.

Hier war es nur hell.

Ein Holzstück rutschte direkt auf ihn zu. Er nahm es und betrachtete es. Die Flammen waberten das Holz entlang auf seine Finger zu, hinterließen schwarze Holzbrösel, leckten über seinen Handrücken. Kühlten seine Haut wie Wind.

Wieso sagten die Großen: "Vorsicht heiß?"

Stimmte nicht.

Er warf das verkohlte Stück zurück und marschierte los, kam aus dem Gleichgewicht und fiel vorwärts auf alle Maniokstücke ins Feuer. Es waberte und knisterte, es rauchte und fauchte um ihn herum. Die weißgelben Zungen streichelten kühl seinen Körper. Er haschte nach ihnen, griff ins Leere. Unter seinem Bauch zog er ein gares Stück hervor und biss hinein. Lecker. Ja, das war heiß. Auf dem höchsten Punkt der Feuerstelle machte er es sich bequem, zerrte glühende Holzstücke vor, stapelte sie und beobachtete, wie sie zu Asche wurden, schmatzte mehr Maniok und klatschte in die Hände.

Durch das helle Geflacker erkannte er seine Mutter.

„Katui! Rasa! Der Junge brennt!" Wura rannte um den Essplatz herum, angelte nach ihrem Sohn, zuckte immer wieder zurück.

Großmutter kam dazu. Beide erreichten ihn nicht. Er hockte im Feuer und warf Kohlestückchen nach ihnen. Kicherte dabei.

Warum sprangen sie von den Stücken weg? Warum lachten sie nicht?

Wura raufte sich die Haare, rannte hin und her. „Wieso ist er da? Wie ist das möglich? Er verbrennt nicht!"

Vater Uske tauchte neben der Mutter auf. Er hatte die Wasserschale vom Eingang dabei und schüttete ihren Inhalt seinem Sohn über den Kopf.

Es zischte und dampfte.

„Ah!" Katui floh zu Rasa, die ihn sofort von allen Seiten begutachtete und abklopfte. „Er ist unverletzt! Nur schmutzig. Du stinkst nach Rauch." Sie gab ihm einen Klaps auf den Po. „Welch Laune der Götter hat dieses Kind erschaffen?"

Katui rieb sich sein Hinterteil und grinste.

Die Feuerstelle dampfte kleine Wolken und erlosch.

Wura griff sich ihren Sohn. Setzte sich in das Moos und sprach mit ihm auf Augenhöhe. „Das ist ein Geschenk der Götter, das geheim bleiben muss. Niemals wieder darfst du in die Flammen steigen, erst wenn du groß bist, verstanden?"

Katui klopfte der Schreck in seiner Brust, so laut und streng sprach Wura mit ihm.

Oma Rasa nickte heftig zu Mamas Worten und schob ihr einen Zweig mit hellgrünen Blättern zu. „Das Kraut des Vergessens, so bleibt er dem Feuer lange fern."

Mama steckte es ihm sofort in den Mund. Es kitzelte seinen Gaumen. Er kicherte und schluckte.

Was hatte Oma Rasa gerade gesagt?

Wald der Tipateo, sechs Trockenzeiten nach Katuis Geburt (ca. 1506)

Die Familie saß morgens am Feuer und beendete die erste Mahlzeit des Tages. Rasa schnappte sich Katuis kleine Schwester und legte sich mit ihr auf eine Hängematte. Vergnügt zog das Mädchen an Rasas Lebenskette und zeigte auf ihre Großmutter. „Da, da, Asa." Sie klatschte in die Händchen und kletterte auf der Oma herum.

Wura bewegte sich langsam mit ihrem dicken Bauch. Bald schon erwarteten sie das neue Familienmitglied. Katui half ihr beim Aufräumen der Schalen, besserte einige Stellen am Boden mit frischem Moos aus und plante, seinen Freund Frakiki zu besuchen. Da kam Wura auf ihn zu. „Komm, es ist so weit." Sie nahm seine Hand und zog ihn aus der Familienhütte zu der kleinen geheimnisvollen Schamanenkate, in der sie normalerweise jeden Vormittag allein verschwand.

Ihr Zeigefinger malte Zeichen in die Luft, sie murmelte unverständliche Worte. Mit ihrem ganzen Gewicht warf sie sich gegen den Baumstamm vor dem Eingang, bis er zur Seite rutschte. Mit einer einladenden Geste bedeutete sie ihrem Sohn, einzutreten. „Willkommen in meinem Reich."

Er zog den Bauch ein, um dem Druckgefühl darin etwas entgegenzusetzen. Was erwartete ihn hier? Seine Füße gehorchten ihm nicht, verweigerten den ersten Schritt.

„Es gibt hier nichts Gefährliches, du brauchst keine Angst zu haben." Wuras Stimme klang weich.

„Ich habe keine Angst", log Katui.

Die Mutter lächelte, bewegte sich bedächtig und schob ihren Sohn langsam in die kleine Hütte hinein.

Dunkel war es und vollgestopft. Es verging etwas Zeit, bis er einzelne Gegenstände im Zwielicht erkannte. Kräuter dufteten an den Wänden. In einem Winkel lagen Knochen im Sand, die feucht-erdiges Aroma verströmten. Unzählige Käfer, Schnecken und Würmer krochen und knisterten auf einem kleinen Erdhügel herum. Katui stellte sich daneben. „Sieht aus, wie ein lebendiger Hügel."

„Die liefern mir Zutaten für verschiedene Heilpasten. Schneckenschleim zum Beispiel hilft bei Verbrennungen. Schau mal." Seine Mutter hielt ihm das Weichtier vor die Nase. Es sah unscheinbar aus, grau mit hellbraunem Gehäuse. „Und dieser hier", sie fing geschickt mit den Händen einen großen Käfer, „hilft bei Bissen von kleinen Skorpionen."

„Hat er auch einen besonderen Schleim?"

„Nein, der wird getrocknet und dann zermahlen. Das Pulver wird in Wasser gelöst und auf dem Biss verstrichen!"

„Warum laufen sie nicht weg?"

Sie nickte stumm und ließ das Insekt wieder in den Hügel fallen. „Heute, mein Sohn, beginnt dein Unterricht. Eines Tages wirst du der Schamane unseres Volkes sein. Ich werde dir all mein Wissen geben. Auch, wie Orte geschützt werden oder wie diese Tiere an einen Ort gebannt werden."

Er breitete die Arme aus und drehte sich langsam um sich selbst. „Ich werde bis zur nächsten Trockenzeit alles können", erklärte er, ohne zu zögern mit fester Stimme.

„Du hast erst zweimal drei Trockenzeiten erlebt", Wura strich ihm über das Haar, „von nun an, werde ich dich täglich lehren. Habe Geduld. Ich selbst erfahre noch immer Neues, jeden Tag."

Er wagte nicht, zu widersprechen. Dabei lernte er oft schneller als andere. Stattdessen fragte er: „Hat Großmutter Rasa dich auch gelehrt?"

„Selbstverständlich, mein Sohn, gib gut acht, ich beginne mit denselben Worten wie damals sie." Sie holte hörbar Luft.

„Zuri war der erste Schamane der Tipateo. Er verfügte über unvorstellbare Kräfte, stand eng mit den Göttern, die mit ihm sprachen. Wir sind seine Nachfahren, all sein Wissen wird weiter gereicht von Schamane zu Schamane. Verstehe, mein Sohn. Das ist deine Bestimmung und Lebensaufgabe." Sie wies auf den Ausgang. „Bevor du gehst, sollst du erfahren, dass die Götter dem Schamanen Zuri eine Vorsehung im Schlafe schickten. Sie kündigten für die ferne Zukunft einen Nachfahren an, mächtiger als Zuri selbst. Den genauen Text kenne ich nicht. Rasa bewahrt ihn bei sich und wird ihn an mich weitergeben, wenn ihre Kräfte schwinden. Dann werde ich das Geheimnis hüten, bis mein Ende naht. Danach wirst du darüber wachen. "

Gemeinsam traten sie ins Freie. Wura murmelte unverständliche Worte, malte erneut Zeichen in die Luft und endete mit einer kleinen Verbeugung.

Katui kannte diese Zeremonie, beobachtete sie heute genau. Die Symbole merkte er sich leicht. Den Eintrittsspruch würde ihm seine Mutter bald erklären. Ein Lächeln huschte über sein Gesicht. Auf dem Weg zu seinem Freund machte er immer wieder kleine Hüpfer.

Kapitel 2

Berlin März 1989

Der Brötchenkorb lag schräg auf den Tellern, der Butterteller schaukelte obenauf. Professor Hastig hielt den Atem an und hob das Tablett höher. Es klingelte. Er zuckte zusammen. Geschirr, Besteck, die Aufschnittplatte, dazu der Orangensaft, Gläser, das Gebäck und die Butter schepperten auf den Boden. Im Schreck stieß der Professor gegen den Tisch. Einen Moment lang schwankte die Kaffeekanne und kämpfte um ihr Gleichgewicht. Die Schwerkraft siegte, braune Brühe schwappte über die Tischkante herunter auf seinen Fuß.

Mit schmerzverzogenem Gesicht sprang er zur Seite. „Saparalott!"

Er rettete den Rest des Kaffees und stellte die Kanne rasch aufrecht. Ein Lappen musste her. Sein Arm blieb an der Klinke der Küchentür hängen.

„Kreuzkruzifix!"

Am Küchenbecken griff er nach dem Geschirrtuch. Diesmal klingelte es anhaltender. Ja, richtig, die Tür! Im Flur hinterließ er Kaffeespuren, sein Fuß schmerzte. Er rieb sich seinen Unterarm. „Hallo Bernhard, mein Freund, komm rein."

„Hallo Professorchen, Mensch, was ist denn los? Was war das für ein Lärm? Bin ich etwa zu früh?"

„Nein, nein ich bin zu spät dran. Ich hatte wohl das Tablett zu voll beladen."

Bernhard lief voraus, er trug mit beiden Händen ein Paket, ächzte und platzierte es auf dem Tisch. „Das lag vor deiner Tür."

„Nanu. Ich habe nichts bestellt. Ist das für mich?"

„Klar, dein Name steht drauf. Hier, groß und deutlich:

Herrn Achim Hastig,

Professor der Physik,

Spezialgebiet Zeitphänomene."

Der Professor inspizierte das Paket genauer.

„Seltsam – und ohne Briefmarken."

„Im Hausflur kam mir ein junger Mann entgegen. Vielleicht einer deiner Studenten? Lass uns nachschauen, was drin ist. – Du meine Güte, was ist denn hier passiert? Was für ein Chaos."

Der Professor humpelte herbei, setzte sich auf einen Stuhl und streifte den Lederpantoffel ab. „Das gibt eine Brandblase! Piekst wie tausend Stecknadeln."

Bernhard begutachtete den Fuß. „Sieht schmerzhaft aus. Hast du eine Brandsalbe?" Er wartete die Antwort nicht ab, sondern öffnete nacheinander Schubladen und Schränke. Im Bad setzte er die Suchaktion fort. Mit einem Erste-Hilfe-Kasten kam er zurück.

„Dann frühstücken wir gemütlich. Können wir unsere Neugier auf das Paket so lange zügeln?"

„Ähm, ok", murmelte der Professor unwillig.

Warum sagte er das jetzt? Schon mehr als einmal hatte er nicht auf seinen Freund gehört. Mehr als einmal hatte er das bereut. Also gut, zuerst Frühstück.

Bernhard verteilte Teller und Besteck, dekorierte Wurst und Käse auf einem Holzbrett. Der Hausherr kochte frischen Kaffee. Am Fuß schmerzte die Verbrühung kaum noch. Nur der Kaffeefleck kitzelte nasskalt seinen Oberschenkel.

Bernhard biss in ein knusprig knackendes Brötchen.

„In deinem Chaos...", nuschelte er, „ist es immer gemütlich!" Er lachte und kaute mit offenem Mund.

Der Professor kam mit einem Küchenmesser. „Ich will doch wissen, was da drin ist!" Er setzte die Klinge an und rutschte ab. Nur knapp verfehlte sie Bernhards Kaffeetasse. Der trank rasch den letzten Schluck und griff sich das Messer. „Was dagegen, wenn ich das mache?"

Zum Vorschein kam eine Metalldose, die in Holzwolle eingewickelt war. Der Freund hielt sie hoch und streifte die Umhüllung ab. Eine verbeulte Keksdose mit schiefem Deckel kam zum Vorschein.

Neugierig nahm der Professor ihm die Dose aus den Händen. „Leicht rostig. Da sind Kratzspuren. Der Deckel hat sich verkantet. Schaffst du's mit dem Messer, Bernhard?"

Metall schepperte auf den Fußboden. Geruch nach vergilbtem Papier schlug ihnen entgegen. Zuoberst lag eine Tonbandrolle.

„Darunter sind Schulhefte." Vorsichtig zog der Professor das Oberste heraus. Zwei Ecken bogen sich hoch. Er blätterte darin. Ein Zettel lag lose auf der ersten Seite.

„Sehr geehrter Herr Professor Hastig,

diese Dose fanden wir während unserer Expedition durch den Regenwald des Amazonas (Juni 1988) in einem leeren Grab. Dabei eine Notiz mit Ihrem Namen. Nach dem Fundort zu schließen, müsste der Behälter dort seit vierhundert Jahren gelegen haben. Er befand sich in einer kleinen Pyramide aus Steinen im Urwald. Dazu auch einige erstaunlich gut erhaltene, ebenfalls beschriftete Palmblätter. Wir überlassen Ihnen die Fundstücke. Ich werde mich in Kürze bei Ihnen melden. Lesen Sie die Hefte. Ihr Inhalt ist uns unerklärlich. Ich bin sehr gespannt auf Ihre Beurteilung dieses Fundes.

Mit freundlichen Grüßen Stefan Zwirner."

„Tagebücher?" Der Professor griff sich das nächste Heft und las darin.

Bernhard beugte sich weit vor. „Das ist Kurrentschrift. So wurde in Deutschland Anfang des zwanzigsten Jahrhunderts geschrieben."

„Massig Rechtschreibfehler," sagte der Professor, „aber erstaunlich klar lesbar, trotz Bleistift. Die Handschrift eines Kindes. Palmblätter? Hast du die schon gesehen?" Er blätterte weiter. „Ah, hier." Aus der Mitte des Tagebuchs rutschten grün-braune Blätter heraus, die genauso groß waren wie die Papierseiten. „Offenbar getrocknet. Womit wurden die behandelt? So biegsam weich und trotzdem reißfest."

Bernhard begutachtete den Text. „Ist dieselbe Handschrift, aber mit Tinte oder ähnlichem geschrieben." Er hielt eine Spule in die Höhe. „Vierhundert Jahre? Das ist unmöglich, Tonbänder gibt es erst seit den Dreißigern. Hören wir uns später mal an. Beschäftigen wir uns zunächst mit den Heften. Hast du noch das alte Episkop, Professorchen?" Bernhard verschwand im Büro. „Da steht es ja."

Der Professor nahm die Kaffeekanne mit den Tassen und folgte seinem Freund. Der hatte schon die Leinwand aufgestellt und zwei Sessel davorgeschoben. Ein imposanter Projektor rauschte sein Licht darauf. Der Gast schob das erste Heft hinein. Groß und deutlich erschien die Tagebuchseite an der Wand. Der Anfang lautete:

„Mein Name ist Katui, ich gehöre zum Volk der Tipateo …"

Wald der Tipateo, zweite Trockenzeit nach der großen Flut (ca. 1514)

Katui saß am Ufer und sprach in Gedanken mit sich selbst. *Auf keinen Fall bewegen! Warte auf den richtigen Moment.*

Ein ausgewachsener Fisch schwamm vor ihm, er hob langsam die Hände. Sein rechter Fuß rutschte ab, die Lebenskette mit den Samenkapseln klapperte am Hals. Ein Flossenschlag, eine kleine Welle an der Wasseroberfläche und weg war die Beute.

Die Krokodile sollten den fressen, der sich Schmuck ausgedacht hatte, der klappert!

Katui zog sich die Kette über den Kopf und legte sie zum Köcher mit den Pfeilen auf das trockene Ufer. Daneben lag sein Handgelenkschmuck, Lederbänder mit Federn und Tierknochen. Rasch kehrte er zu dem stabilen Stein im flachen Uferwasser des Flüsschens Wakipi zurück und lauerte auf die nächste Gelegenheit. Pflanzen schwebten wie Medusen im Flusslauf. Dazwischen ein neuer Fisch. Katui spannte alle Muskeln, strauchelte und fing sich in allerletzter Minute. Erneut griff er ins Leere. Der erfolglose Jäger schnappte sich seinen Köcher. Vier Pfeile lugten heraus. Am ersten war die Spitze schief. Der zweite hatte einen gespaltenen Schaft und an den beiden letzten standen die Federn zerzaust in alle Richtungen, wie bei Vögeln in der Mauser. Er seufzte und kletterte zurück auf den Stein, hockte sich hin und betrachtete kritisch die gemalten roten Striche auf seinem Unterarm. Fingerbreit, auf jedem Arm einer, von oben bis herunter zum Handgelenk. Katui benetzte einen Zeigefinger mit Spucke und fuhr in Schlangenlinien über die Bemalung. Ein neues Muster entstand. Er hockte sich nieder und suchte sein Abbild auf dem Wasser. Da schwamm ein Fisch mitten im Bild seines Lockenkopfs. Katui hielt den Atem an und griff zu. Glitschig rutschte ihm die Beute weg. Beim nächsten Versuch erwischte er den Fang und schleuderte ihn ans Ufer. Ehe irgendein Krokodil den Kampf im Fluss bemerkt hatte, sprang er in den trockenen Sand. Mit einem dicken Stock schlug er mehrfach zu. „Verzeih mir, ich brauche dein Leben für meines." Ein letztes Mal krümmte der Fisch seine Schwanzflosse und blieb reglos liegen. Katui hatte es von seinem Vater gelernt: „Du darfst nur töten, um dich und deine Familie zu ernähren. Vergiss nie, deine Beute um Vergebung zu bitten, sonst erfährst du großes Leid, das dir die Götter schicken."

Der Fisch war fast so lang wie Katuis Arm. Er packte ihn am Schwanz und schwang ihn auf seinen Rücken. Gebückt folgte er dem Pfad über den Hügel hinweg zum Dorf.

Aus einigen Hütten stieg Rauch auf. Die Affen schlugen keinen Alarm seinetwegen, sie kannten alle Bewohner. Die meisten Männer waren heute zur Jagd. Frauen saßen im Sand und zerkleinerten Süßkartoffeln, Maniok und Früchte. Die Nachbarin rieb Paranüsse, um daraus Öl zu pressen. Großmutter Rasa saß dabei und flocht aus Baststreifen eine Matte.

Sein Brüderchen und einige Kinder spielten mit Samenkapseln und Stöckchen, legten damit Muster in den Sand. Kurz vor der Familienhütte führte sein Weg an der Schamanen-Hütte vorbei. Der Baumstamm lag am Boden. Sicheres Zeichen, dass seine Mutter dort war. Er verharrte einen Moment.

Ob sie eine neue Lehrstunde vorbereitete?

Wura trat aus der Hütte und grüßte ihn lächelnd. Sie schob den Baumstamm vor den Eingang und murmelte die Worte des Schutzzaubers. Mit den Händen strich sie über den Stamm, bewegte sich einen Schritt zurück und beendete das Ritual mit einer kleinen Verbeugung. Dann wandte sie sich ihm zu. „Mein Sohn hatte heute Erfolg", in ihren Augen blitzte Anerkennung, „dein erstes selbst gejagtes Tier."

Gemeinsam betraten sie die Familienhütte.

Er warf den Fisch neben die Feuerstelle, blieb danebenstehen und reckte das Kinn in die Höhe.

„Oh, heute Nacht werden wir dich feiern!", begrüßte ihn seine Schwester und richtete sich in ihrer Hängematte auf.

„Wolltest du der Tipateo werden, der als ältester Junge sein erstes Tier erlegt?"

Wura legte ihre Hand auf die Schulter des Mädchens. „Das ist seine Bestimmung, heute sollte es geschehen. Es gibt kein zu spät. Alles hat seinen Sinn."

Wuras warme Stimme füllte den Raum, seine Schwester verstummte.

Großmutter Rasa kam herein und setzte sich zu ihnen. „Du wirst ein mächtiger Schamane, der große Fisch zeigt das."

Etwas später am selben Tag

„Können wir sprechen?" Katuis Vater Uske hob die Matte beiseite und kroch in das Versteck des Sohnes.

„Du hast es schön hier. All die Kräuter rundherum, das Moos am Boden. Es freut mich, dass du es so pflegst."

Uske kauerte sich wie gewohnt Katui gegenüber hin. Mühsam kreuzte er die Beine und stieß sich dabei den Kopf an einer Kalebasse, die von der Decke hing.

Erwartungsvoll schaute Katui in die blauen Augen des Vaters. Dessen hell nussfarbige Haut und seine leuchtend braunen Haare stachen im Halbdunkel des Verstecks hervor. Sein Sohn, der wie alle anderen Tipateo dunkler war, bemerkte es heute stärker als sonst.

„Du hast einen Fisch gebracht. Das freut mich. Wir werden uns satt essen. Und wir werden feiern. Heute Nacht ist deine Prüfung. Du bist unser erstgeborenes Kind. Nach der Tradition wird es Schamane. Du weißt das."

„Welche Prüfung, Vater?"

„Wir wissen es nicht. Du wirst träumen. Der Traum ist tief. Manche sahen das Ende der Welt. Manche begegneten Geistern. Manche starben nach der Rückkehr. Manche verschwanden."

Der Vater betrachtete seine Zehen. „Die letzte, die verschwand, hieß Bina. Sie war die Schwester von Dela."

Katui kannte die Ahnenreihe seiner Großmutter Rasa so wie seine eigene. Ihre benannte alle weiblichen Vorfahren. Die Namen Bina und Dela kamen darin vor. Seine war kurz: Katui, der Sohn des Uske, dem Fremden. Die restlichen männlichen Ahnen kannte niemand. Sein Vater sah auf.

„Die Schamanen sagen, es sind die Götter, die gefährliche Träume schicken. Sie prüfen dich mit bösen Menschen oder Erlebnissen."

Katui rutschte hin und her. „Wie können Träume einen Menschen verschwinden lassen?"

„Das wissen nur die Götter. Deine Mutter und ich sind in Sorge. Alle Schamanen durchlaufen die Prüfung. Es ist der Beweis."

„Wofür?"

„Dass du ein Schamane der Tipateo bist."

Katui schwieg. Sein Blut pochte. „Warum heute?"

„Dein erstes gejagtes Tier. Es zeigt deine Reife."

„Muss ich Angst haben?"

„Genau das ist deine Aufgabe. Besiege die Angst!"

„Ist das möglich?"

„Großmutter Rasa sagt, du bist stark."

Eine Weile schwiegen sie, dann legte Uske einen kleinen Beutel aus Tierhaut auf das Moos vor Katuis Füßen. „Darin sind Beeren. Sie könnten dir zurück helfen. Trage sie am Körper. Die ganze Nacht. Wura sagt, du brauchst Wasser und Sonne, erst dann essen."

Plötzlich beugte Uske sich näher zu Katui und wechselte in die Sprache, die nur er kannte. Sein Sohn hatte sie ein wenig von ihm gelernt. „Du wirst den Ahnen begegnen. Sie wissen alles. Vielleicht auch etwas über meine Familie. Wirst du sie fragen?"

„Dann gab es diese Familie wirklich?"

Sein Vater schüttelte kurz den Kopf, betrachtete den Boden und nickte im Anschluss daran. „Ich sehe immer nur ein Bild. Meine Mutter läuft aufgeregt hin und her, sie weint." Er schaute hinauf zu den Zweigen. „Immer wieder ruft sie: Der arme Wilhelm! Was für ein Glück, er lebt. Ohne seine Haube wäre er tot."

Diesen Satz rief Uske klar und deutlich in der fremden Sprache. Dann flüsterte er. „Ich weiß nicht, was sie damit sagen wollte. Ich war doch ein kleines Kind."

In der Nacht desselben Tages

Würziger Duft von gebratenem Fisch füllte die Hütte. Katui hatte alle Gewürze von Pfeffer bis zu Pottasche der Sakuri-Palme beigefügt. Sie saßen rund um das Essen auf dem

Boden, der ganze Clan. So, wie es die Tradition verlangte, nahm der junge Jäger das erste Stück, dann gab er nacheinander allen Familienmitgliedern den ihnen gebührenden Teil. Bei Süßkartoffeln und Kräutern bediente sich jeder selbst.

„Preist die Götter für diese gute Mahlzeit," sagte der Vater. Gräten und wenige Reste blieben zurück. Uske und sein Schwager ergriffen Stampfhölzer, die sie am Tag aus frischen Baumstämmen geschnitzt hatten und stampften damit rhythmisch auf den Boden. Wura sang. Das Lied vom Jäger, der den Tapir verfehlte, das Lied vom Tiger, der ein Kind angriff, doch es dann verschonte, und das Lied vom jungen Mann, der das größte Krokodil der Gegend erlegte. Alle trugen festliche Schurze, gefertigt aus Rindenbast, die ihnen von der Taille bis zur halben Wade reichten. Rote Bemalung auf ihrer Haut zeigte, wie wichtig diese Feier war.

Die Familie tanzte, Katui schloss sich an. Sie schwangen Äste wie Speere im Takt der Stampfhölzer. Seine Schwester spielte ein getroffenes Tier und wand sich am Boden. Sie sangen gemeinsam, sie lachten und sprangen herum, hüpften hinaus in den Dschungel. Am Himmel prangte die weiße Scheibe des Gottes der Nacht.

Die Meute kehrte zurück und umkreiste Wura, die sie am Eingang der Hütte erwartete. Sie feierte jedoch nicht mehr, sondern nahm die Hand ihres Sohnes. „Es ist Zeit."

In Katuis Körper hämmerten noch die rhythmischen Stampflaute. Er schüttelte mit dem Kopf, hopste auf und ab, entwich der Mutter, lachte. Sie lief ihm hinterher, erreichte ihn nicht und verfolgte ihn nur noch mit dem Zeigefinger, hielt ihn unvermittelt hoch. Katuis stoppte abrupt, schwankte. Die Füße klebten am Boden. „Mutter, was tust du?"

„Du sollst schlafen." Sie bewegte den Finger wieder und Katui schlurfte zu seiner Hängematte. „Hör auf, Mutter. Du bist stärker." Wie nach dem Biss einer Schlange tobte ihm ein Pochen durch die Adern. Von weither hörte er die Stimme des Vaters „Besiege die Angst."

Wura wischte mit der flachen Hand durch die Luft und Katui lief aus eigener Kraft weiter. Versteckt unter dem Schurz kratzte der Beutel an seinem Oberschenkel. *Noch scheint keine Sonne!* Der Gedankte beruhigte ihn.

Wura reichte ihm eine Tonschale. „Trink mein Sohn, Nussmilch mit Rindenpulver des Feuerbaums."

Ein hellbraunes Pulver schwamm an der Oberfläche. Es schmeckte scharf und verstärkte den süßen Geschmack der Milch. In einem Zug trank er die Schale leer.

Wuras Lippen bewegten sich, aber er hörte ihre Worte nicht, wollte fragen, versuchte, sich aufzurichten. Seine Zunge wurde schwer, er sank zurück. Im Schaukeln seiner Matte schwankte alles um ihn herum, verlor Farbe, verlor Kontur, schwebte vogelgleich empor, verdunkelte sich.

Er hörte ferne Stimmen. Es roch nach Schweiß.

Kapitel 3

Berlin, März 1989

„Also Professorchen, das ist doch pure Fantasie!"

„Hm … Schamanen … Fluss Wakipi … könnte im Amazonasgebiet sein … indigene Völker leben dort noch heute wie in der Steinzeit."

„Aber der schreibt in ein Schulheft, mit Bleistift und in Deutsch!"

Bernhard nahm das Heft in die Hand und blätterte darin. Eine Staubwolke flog auf und wirkte im Schein des Episkops wie ein Schwarm Mücken. Er schaltete die Schreibtischlampe an. „Hier auf der Rückseite steht klein gedruckt - 1911 - von wegen vierhundert Jahre!" Der Historiker Bernhard, akzeptierte nur, was mit Quellen belegt wissenschaftlich nachzuweisen war.

„Ich sag mal so," dozierte der Professor, „wir haben eine Metalldose, eine Nachricht von einem Stefan Zwirner, ein Tonband, diese Hefte und ungewöhnlich haltbare Palmblatt-Seiten." Er zeigte auf die Tonbandrolle. „Die gehörte zu einem Tonbandgerät. Könnte aus den Sechzigerjahren sein. Müssen wir hören, was drauf ist. Das Heft anno 1911. Da ist K. i. Pr. aufgedruckt – ist das eine Abkürzung der Manufaktur?" Er legte den Brief dazu. „Stefan Zwirner behauptet, alles wäre vor vierhundert Jahren im Grab deponiert. Vielleicht hat er das ja untersucht." Jetzt war er in seinem Element. Zeitberechnungen, Altersermittlung von Gegenständen, unerklärliche Zeitphänomene. Das faszinierte ihn. Er hatte wahllos eines der Hefte genommen. „Das Alter der Palmblätter kann untersucht werden."

Bernhard blieb skeptisch. „Ich glaube nicht, dass es diesen Stefan Zwirner wirklich gibt. Aber einverstanden. Lass eine Altersbestimmung durchführen, um die Scherzbolde zu entlarven. Ich bin sicher, dass ist ein Studentenstreich. Sie kennen deinen Spleen. Jetzt präsentieren sie dir etwas zum Rätseln."

„Einen Studenten, der Stefan Zwirner heißt, kenne ich tatsächlich nicht."

„Manchmal bist du rührend naiv, mein Freund."

Der Professor murmelte unverständliche Worte und seufzte leise. „Ich brauche jetzt eine Denkpause."

Bernhard sah auf die Uhr. „Gute Idee. Wir pausieren und danach widmen wir uns weiter diesen mysteriösen Schulheften."

Die erste Ankunft

Katui hörte Menschen rufen. Es folgte ein schriller Pfiff, durchdringender als ein Papageienschrei.

„Was fällt dir ein, das Spielfeld zu betreten!"

Was war ein Spielfeld? Er öffnete das rechte Auge, dann das linke, vorsichtig, nur schmale Schlitze und sah weiße Geister mit schwarzen, braunen oder gelben Haaren. Eine dunkle Gestalt kam dazu. Gesicht und Hände rosa, kahlköpfig. Katui versuchte, rückwärts vor ihm auszuweichen. Es funktionierte nicht. Er lag auf einem weichen Boden, der sich anfühlte wie Moos.

„Er bewegt sich!", rief der Glatzkopf und streckte die Hand aus. Mit seinem lautesten Kriegsschrei sprang Katui auf, flink wie ein Alligator. Leicht geduckt und breitbeinig spannte er einen imaginären Bogen und richtete seine nicht vorhandene Pfeilspitze auf die Geister. Sie lachten und kamen näher.

„Wo bist du denn ausgerissen, hm? Nackter Oberkörper, frierst du nicht?"

„Ja, ist kalt."

„Er versteht uns!"

Das war die Sprache seines Vaters!

Immer mehr dieser Geistwesen wuselten um ihn herum. Wo war er hier? Katui kannte eine solch große Fläche nur vom Fluss. Diese war grün. Aus dem Augenwinkel sah er einen riesigen geflochtenen Korb, der seitwärts gekippt dalag. Gestalten rannten umher. Lautes Gejohle ringsum. Feierten sie? Waren es Tänze? Alle hatten bunte Sachen an. Jetzt bauten sich ein paar Männer vor ihm auf. Sie überragten ihn um mindestens einen halben Kopf. Ihre Gesichter glänzten. Sie stanken. Katuis Körper bebte. Beine und Hände zitterten.

Siege über deine Angst. Deshalb war er hier.

Er vergaß Pfeil und Bogen, lächelte und breitete die Arme aus. „Oh, ihr mächtigen Ahnen. Ich komme von meinem Vater, er hofft auf eure Hilfe."

Das löste Gelächter aus.

„Wo haben se denn den rausgelassen?", rief der Glatzkopf. Neben ihm lachte ein blonder Geist. „Der ist vielleicht aus einem Zirkus getürmt, jagt ihn endlich weg! Wir wollen weiterspielen."

Der dunkle Mann steckte sich ein kleines schwarzes Holz in den Mund und pustete mit dicken Backen.

Katui zuckte zusammen. Welcher Papagei pfiff so grell und laut?

„Was suchst du hier? Verschwinde, und zieh dir etwas an, du schlotterst ja!" Damit drehte der Pfeifer sich um und lief davon. Die anderen ihm hinterher.

Jemand packte Katui an den Schultern und zog ihn einige Schritte rückwärts.

„Stell dich da hin! Hier kannst du bleiben, wenn du willst. Schau dir das Spiel an. Aber ich mach von dir eine Photographie!" Und plötzlich hatte der Mensch ein Tuch über dem Kopf und verschwand hinter einem Holz mit einem Auge und drei dünnen Beinen. In seiner Hand hielt er einen Steinhammer. Und schon knallte es und qualmte. Der Hammer hatte Feuer gespuckt.

Die Ahnen beherrschten den Feuergott!

Katui rannte panisch los. Ein Mann mit Zwirbelbart stellte sich ihm in den Weg. Katui lief ihm direkt in die Arme. Beide schlugen auf dem Boden auf. Es gab eine Rangelei. „Hiergeblieben", knurrte der Mann.

Katui befreite sich und stürmte davon. Auf einen Fluss zu, denn dort führte ein Weg über das Wasser. Kann ein Mensch darüber rennen? Nicht zweifeln, nur weg von hier. Er lief und lief – immer mehr Gestalten verfolgten ihn.

„Stehen bleiben, im Namen des Kaisers!"

Dazu Pfiffe, immer und immer wieder. Von allen Seiten. Katui schlug Haken wie ein Hase und erreichte einen großen Platz, Körbe standen hier nebeneinander, voller Fische. Ihr Geruch versprach bekannte Sicherheit, er kroch dazwischen. Eine Frau griff nach ihm, hielt ihn am Genick, mit fester Hand und bugsierte ihn ruckzuck in ein Versteck: „Hierher Jungchen."

Katui hockte am Boden, über ihm Holz, hinter ihm Stein, vor ihm der Rücken seiner Retterin, die mit ihrem Rock den

Unterschlupf besser verdeckte als jede Palmblatt-Matte. Um ihn herum der Duft von Fischen, Gemüse und Früchten.

„Habt ihr den Wilden gesehen?", rief ein Mann.

„Eck wees von nuscht."

„Aber er ist doch direkt hierher gerannt."

„Eck wees von nuscht."

Immer wieder Gezeter und Geschrei, bis endlich Stille war. Erst jetzt entdeckte Katui vor seinem Versteck das Mädchen neben der Frau.

„Die Luft ist rein", hörte er die Kleine sagen.

Er blieb, wo er war. Hier fühlte er sich geschützt. Was für ein böser Traum. Wann war er zu Ende? Seine Finger flatterten. Die Kleine beugte sich herunter, dann hockte sie sich zu ihm. Ihre grünen Augen musterten ihn, sie lächelte. Er betrachtete ihre vielen hellbraunen Punkte auf der Nase, auf den Wangen, am Hals, sogar die Arme hinauf. Sie hatte schulterlanges rötliches Haar wie das Kernholz des Paranussbaumes, wenn es schon eine Zeitlang am Boden liegt.

„Ich heiße Karlotta, und wie heißt du?"

„Ka, Ka ...", ein tiefer Atemzug, „...Katui."

„Kommst du mit uns nach Hause oder willst du hier die ganze Nacht hocken?"

„Weiß nicht."

„Was weißt du nicht?"

„Wo ist hier?"

„Hier ist der Königsberger Fischmarkt."

„Du bist ein Geist?"

„Wie kommst du denn darauf?" Sie lachte.

Die Mutter grinste und schüttelte den Kopf.

„Katui, wo kommst du her?", fragte Karlotta.

„Aus dem Wald. Ich träume. Kennst du Uske?"

Sie antwortete nicht. Ohne Vorwarnung griff sie seinen Arm und zog daran. „Komm mit."

Am Abend desselben Tages

Katui lief Wasser ins rechte Ohr. Karlottas Mutter, stand hinter ihm. Sie hatte einen weißen Stein in der Hand. Damit rieb sie ihm den Kopf, den Rücken und die Arme ab. Es schäumte, wie bei Wasserwurzeln, die er Zuhause im Fluss zum Waschen benutzte. Hier gab es keinen Fluss. Hier hatten sie Wasser in der Hütte von Karlotta und ihrer Mama hatte es in eine imposante Schale gefüllt. Sie nannten es „Küche". Karlottas Mutter gab ihm ein Handtuch. Mit Gesten als hielte sie ein Tuch in der Hand, zeigte sie ihm, wie man es verwendete. „Verstanden?" Katui nickte.

Sie ließ ihn allein. Nach dem Bad zog er seinen Schurz an und setzte sich auf den Boden. Dort lag sein Beutel mit den Beeren. Er band ihn an der Taille fest. Wann schien endlich die Sonne?

Karlotta schaute durch einen Türspalt. „Jetzt siehst du aus, wie ein Junge, der im Sommer lange am Strand war. Komm mit. Wir haben noch Kleidung von meinem Vater auf dem Hängeboden in der Schlafkammer. Wird dir zu groß sein, aber die wärmt."

Sie stieg eine Leiter hinauf und warf ihm aus der Öffnung in der Zimmerdecke Sachen zu. „So, hier hast du eine Hose, ein Hemd, Unterwäsche, Socken und Schuhe." Katui fing sie auf. Die Schuhe polterten auf den Holzboden neben ihm. Langsam stieg die Spenderin herunter. Unten angekommen zeigte sie auf die Wand gegenüber des Bettes. „Und dort ist ein Spiegel. Lass dir Zeit, ich komme gleich wieder."

Der Spiegel war hell wie Wasser. Vorsichtig berührte er ihn mit den Fingerspitzen, hart, kalt, glatt und trocken. In keinem Fluss hatte Katui sich jemals so klar betrachten können. Das Hemd wickelte er sich um die Hüften. Die Hose legte er sich über die Schultern. Socken und Schuhe hielt er unschlüssig in den Händen.

„Bist du fertig?", fragte die neue Freundin von der Tür aus. Katui betrachtete sich ein letztes Mal von allen Seiten. Kein Schamane hatte bisher solch prächtige Sachen besessen. „Ja!", antwortete er laut und deutlich.

Im Spiegel erschien hinter seiner Schulter ein rot-blonder Schopf. „Oh, tatsächlich?" Sie kicherte.

Gemüsesuppe schmeckte ihm. Sie saßen in der Küche.

„Fühlst du dich wohl in den Sachen?", fragte Magda.

Karlotta hatte ihm gezeigt, wie man die Kleidung trug. Eine Schnur um seine Taille sicherte die Hose vor dem Herunterrutschen, die Hosenbeine waren aufgekrempelt, ebenso die Hemdenärmel. Katui zupfte daran. „Schön warm. Schuhe sind schwer."

„Wirst dia dran jewöhnen", sagte die Frau. „Holt Wasser, ihr zwee, und nehmt dat Schmutzwasser mit." Die Mutter sprach langsam und mit Gesten, sodass er sie verstand. Mit einem breiten Lächeln griff er den Eimer und folgte Karlotta. Sie zog im Hof an einem dicken Ast und schon rauschte Wasser heraus. Mit der holen Hand fing er etwas auf und kostete es.

„Das kommt aus der Erde", sagte Karlotta. Sie reichte ihm den vollen Eimer. „Welcher Monat ist bei dir zu Hause?"

„Monat?"

„Wir zählen unsere Zeit. Jetzt ist April. 13. April 1911."

„Bei uns Regenzeit und Trockenzeit. Vor letzter Trockenzeit war Regenzeit groß, sehr große Flut. Wir waren auf dem Berg. Jetzt wir haben zweite Trockenzeit nach der großen Flut. "

„Wie alt bist du?"

„Was alt?"

„Wie lange lebst du schon?"

Katui griff nach seiner Kette am Hals. „So viel Trockenzeit." Karlotta zählte die Samenkapseln. „Das sind vierzehn. Ich bin zwölf."

„Tipateo sagen eins, zwei, viele, sehr viele."

„Mehr zählen kannst du nicht?"

„Muss ich?"

„Vielleicht nicht. Ich zeig's dir mal. Morgen vielleicht. Es ist ganz einfach."

Königsberg in Preußen 13. April 1911, nachts

Katui vermisste seine Hängematte. Am Abend hatten sie ihm eine Wolldecke auf den Boden gelegt, auf der er sich nur hin und her wälzte. Der Steinboden war zu kalt. Kurz entschlossen baute er sich aus der Decke und seiner Taillenschnur einen gewohnten Schlafplatz, quer durch den Raum, zwischen Fenster und dem Baumstamm beim gefangenen Feuer. Mit einem Seufzer ließ er sich hineinfallen. Es krachte. Sein Rücken bekam einen heftigen Schlag und er fand sich am Boden wieder. Rauch brannte in seinen Augen, rasend schnell füllten schwarze Schwaden den Raum, so dass er nichts mehr sah. Er blinzelte. Der Qualm verlor die Farbe, veränderte sich zu durchsichtigen

Wolken. Der Stamm ragte schräg in die Küche und qualmte. Katui nutzte die Sicht und richtete ihn auf. Das Ende rutschte ohne Mühe wieder in die Öffnung an der Wand. Er streckte sich und rüttelte zur Sicherheit noch einmal an dem Stamm. Dabei stützte er sich auf der Platte ab, unter der das Feuer flackerte, kühl und angenehm gab sie ihm genug Halt.

Karlotta kam herbeigerannt. „Vorsicht, deine Hand!" Sie sprang herbei und riss seinen Arm zu sich. „Du bist ja gar nicht verletzt!"

Im Türrahmen erschien Magda. „Watt is hier los? Allet voll Rauch! Eck seh kaum was." Der Fensterriegel quietschte, ein kühler Lufthauch strömte herein, die Rauchschwaden verzogen sich.

Katui betrachtete seine Handflächen und wunderte sich über die Aufregung der beiden. „Es war doch nicht heiß."

Karlotta berührte seine Finger. „Nicht mal gerötet!"

„Hast du die Decke am Ofenrohr festjebunden?", fragte Magda.

„Ich kann da unten nicht schlafen."

Die Mutter griff zu einem Lappen und wischte die Wand rund um das Rohr sauber. „Zum Glück nuscht Schlimms passiat."

„Wieso hast du das Feuer nicht gespürt?", fragte seine Freundin.

Er kannte keine Antwort und er hatte genug von dem Traum. Sein Rücken schmerzte, er zitterte vor dem offenen Fenster im Morgengrauen. Die Sonne schickte erste Strahlen durch den Morgennebel. Die Sonne! Er löste den kleinen Beutel von seiner Taille, nahm eine Schale vom Tisch und wischte Rußteilchen weg. Die Beeren passten alle hinein. Er zerdrückte sie mit der bloßen Hand zu Mus, gab dann etwas Wasser dazu. Gierig schlang er den Brei herunter, setzte sich auf den Boden in den Sonnenstrahl und schloss die Augen. Gleich wäre er wieder Zuhause.

Er lauschte nach vertrauten Geräuschen.

Keine Schreie der Vögel. Kein Rauschen des Windes in den Baumwipfeln.

Etwas Warmes, berührte weich seine Wange, streichelte sie.

Er öffnete die Augen. Karlotta hockte vor ihm und zog rasch ihre Hand zurück. Ihre Unterlippe schob sich vor. „Was ist denn los?"

Wo war seine Familie? Wieso war er noch hier? Bilder jagten durch seinen Kopf. Er sah Wura, wie sie lächelte und wie Uske aufrecht durchs Dorf schritt, sah die spielenden Geschwister, den Fluss, den Wald.

Der Beutel mit den Beeren war leer. Es gab kein Zurück für ihn! Ein Schmerz krallte sich in seinen Bauch, nahm ihm die Luft. Er flüchtete in Karlottas Kammer, in die dunkelste Ecke zwischen Bett und Wand, verschränkte die Arme über den Knien und versteckte sein Gesicht.

Karlotta folgte ihm ohne Hast und setzte sich dazu. Er umarmte sie. Beide weinten. Da stand plötzlich die Mutter im Zimmer. „Schluss jetze! So jenau müsta det mit dem Karfreitag nich nehm."

Die beiden flogen auseinander. Karlotta strich sich mit den Fingern verlegen durch ihr Haar. Katui wagte es nicht, die Mutter anzusehen. Aber sie überraschte ihn. „Katui, kannst bleiben, solange de willst."

„Danke, Mama", sagte Karlotta.

„Danke, ...Mutter?", fragte Katui.

„Sach Magda zu mia."

Kapitel 4
Berlin, unverändert März 1989

Der Professor rieb sich die Lider. Seine Augen brannten. „Daran spüre ich, dass ich älter werde. Die helle Leinwand im Dunkeln strengt mich an."

Bernhard nickte. „Dann wollen wir mal Licht in das Ganze bringen." Erst nach dem dritten Schwung gelang es ihm, aus dem Sessel aufzustehen. Mit ausgestreckter Hand tastete er sich zum Lichtschalter vor.

„Mein lieber Professor, der Autor ist ein findiger Betrüger. Ich kann mir nichts anderes vorstellen."

„Diesen Katui hätte ich gerne getroffen", sagte der Professor.

„Du bist ein unverbesserlicher Träumer. Deine Studenten kennen dich vermutlich zu gut! Hast du mal in einer deiner Vorlesung über Zeitanomalien referiert?"

„Habe ich nie… Zeitphänomene stehen nicht im Lehrplan."

„Aber willst du mir weismachen, dass du während deiner letzten Vorlesungsreihe ‚*Organisation des Universums, Fakten und Theorien*', nicht auch über dein Steckenpferd gesprochen hast? Kleiner Schwenk, nur mal so, die Ideen von Hawkins und eingeflochten deine eigenen Schlussfolgerungen…"

„Hast du dich je gefragt," konterte der Professor, „was aus all der Energie wird, wenn ein Stern verglüht?"

„Professorchen, ich vermute nicht, dass ‚schwarze Löcher' an uns Menschlein ihre Energien abgeben für mysteriöse Zeitverschiebungen oder schwarze Löcher!"

„Ich will mich jetzt auf keine Diskussion einlassen. Prüfen wir doch die Fakten in Katuis Bericht."

„Einverstanden. Was genau?"

Der Professor lief los, immer um seinen Freund herum. „Ich sag mal so: Der junge Mann ist aus seinem Dorf verschwunden und behauptet durch eine merkwürdige Reise 1911 in Ostpreußen gelandet zu sein. Übrigens, meine Familie stammt von dort. Ich habe einige Literatur dazu." Der Professor nahm ein Buch aus dem Regal neben seinem Schreibtisch, studierte das Inhaltsverzeichnis und schlug die gefundene Seite auf. „Königsberg in Ostpreußen, oberer und unterer Fischmarkt, direkt am Pregel gegenüber dem Kneiphof im Zentrum der Stadt, tagsüber auf dem Markt stets dichtes Gedränge." Er blätterte weiter. „Sportanlagen, Friedländer Torplatz, zweiundzwanzigtausend Plätze, davon dreitausend Sitzplätze, gelegen im Süden von Königsberg, Ortsteil Mühlenhof. Ich sag mal so. Diese Fakten stimmen schon mal."

Bernhard grinste. „Jeder Schwindler kann all das leicht recherchieren."

Professor Hastig rückte Bücher hin und her, wenig benutzt fand er einen weiteren Band, verborgen weit oben im Regal. Es hatte den Titel: *Fußball im Wandel der Zeit*. Darin blätterte er einige Minuten hin und her. „Hör zu, Bernhard! 13. April 1911, Freundschaftsspiel VfB Königsberg gegen SV Prussia Samland. Endstand eins zu eins. Spielort: Friedländer Torplatz. Ich stell jetzt mal fest. Da gab es in der Tat Fußballspiel, genau wie von Katui beschrieben."

„Steht da auch was von besonderen Vorkommnissen? Landung eines Außerirdischen, zum Beispiel?"

„Hm, nein, ich lese nichts."

„War ein Scherz, Professorchen! Mit solchen Details führen dich deine Studenten an der Nase herum."

„Immerhin wären die Fakten sorgfältig recherchiert!" Der Professor nahm das Schulheft und tippte mit dem Finger auf die Rückseite. „K. i. Pr. – Könnte Königsberg in Preußen heißen."

Beide schwiegen eine Weile.

„Ich schlag mal vor. Lassen wir eine Altersanalyse der Palmblätter in den Heften machen. Das ist zwar technisch nicht in unserem Institut möglich, aber ich habe dafür eine Lösung!"

Altersbestimmung passte zudem in den Lehrplan. Er sah sie schon vor sich, diese neunmalklugen Studenten, wie sie erstaunt und ehrfürchtig seine Ergebnisse zur Kenntnis nahmen. Wie sie die Existenz von Zeitanomalien endlich akzeptierten, wenn es die Analyse eindeutig bewies. Er nickte triumphierend. „Es wird eine Weile dauern."

„Sehr gut", sagte Bernhard. „Da wurde ein Foto gemacht. Ob sich das finden lässt? – Ich möchte die Hefte in meinem Büro kopieren, dann können wir sie beide parallel studieren, kommst du nachher mit?"

„Gute Idee. Aber jetzt lesen wir bitte noch weiter!"

Königsberg in Preußen, April 1911

Karlotta rüttelte an der Hängematte, die sie für ihn besorgt hatten. „Aufstehen, Schlafmütze!" Leichtfüßig sprang Katui heraus. Ein neuer Tag mit der Freundin stand ihm bevor.

Sie frühstückten gemeinsam angefeuchtetes Brot mit Zucker und tranken warme Milch dazu. Dann räumten sie die Küche auf, wobei Karlotta ihm die Namen der verschiedenen Gegenstände nannte und ihren Gebrauch erklärte.

„Mein Vater sagt ihr seid unsere Ahnen."

„Wieso?"

„Schamanenwissen. Er hofft, ihr kennt seine Familie."

„Das ist Unsinn. Wir sind nur wie du."

„Er heißt Uske. Weiß nicht, woher er kommt."

„Weiß doch keiner."

Sie schwiegen.

Karlotta holte eine Schüssel mit Eiern. „Morgen ist Ostern. Das ist ein Festtag, deshalb möchte ich Eier färben. Dafür habe ich Zwiebelschalen gesammelt. Wir haben nur diese sechs Eier, also vorsichtig, dass wir sie nicht zerschlagen." Gespannt verfolgte Katui was die Freundin mit den Eiern anstellte. Sie nahm einen Topf, füllte ihn mit Wasser, gab die Zwiebelschalen mit etwas Essig dazu und kochte die Mischung auf. Kreuz und quer wickelte sie Bindfaden um jedes rohe Ei. Geduldig verknotete sie die Enden. Immer wieder rutschte ihr der Faden vom Ei.

„Siehst du, jetzt kommen sie in den kochenden Sud. Sie bleiben da drin bis er abkühlt, dann sind sie bemalt."

„Wie weißt du das?"

„Hab ich in einem Buch gelesen. Zu Ostern färben wir die Eier als Schmuck."

„Ein Buch?"

Karlotta schaute ihn erstaunt an. „Du kannst nicht lesen? Ich lese sehr gerne! Kannst du auch nicht schreiben?"

„Muss ich?"

„Vielleicht alles aufschreiben, was du hier erlebst, damit du nichts vergisst."

„Für wen?"

„Eines Tages kehrst du nach Hause zurück, wovon Du mir erzählt hast."

„Ja, schön." Es klang traurig.

Karlotta lief in ihre Kammer und holte ein dickes Buch.

„Von den Gebrüdern Grimm. Da lese ich oft drin. Hör mal die Geschichte von Schneeweißchen und Rosenrot. Es war einmal eine arme Witwe, die lebte einsam in einem Hüttchen ..."

Karlotta klappte das Buch zu. Draußen war es inzwischen dunkel.

„Und wenn sie nicht gestorben sind, dann leben sie noch heute."

„Sind sie jetzt glücklich?" Katui zeigte auf das Märchenbuch.

Karlotta nickte. „Freut mich, dass die Geschichte dir gefällt."

Sie goss das Zwiebelwasser ab und entfernte die Schnüre von den Eiern. Alle waren zwiebelschalendunkel, nur wo die Fäden kreuz und quer herumgewickelt waren, blieben helle Streifen wie Ornamente. Sie hielt eines hoch und drehte es rundherum. „Sehr gut, jetzt kann Ostern kommen."

„Ist lesen schwer?"

„Aber nein, ich zeige es dir."

Königsberg in Preußen, August 1911

„Dank dir auch für deine Hilfe, meen Jung", sagte der alte Kutterkapitän. Er nahm einen großen Fisch, wickelte ihn in Zeitungspapier und drückte Katui das Päckchen in die Hand, der die Gabe freudig entgegennahm. Das würde heute Abend ein leckeres Festessen geben. Er schlenderte mit dem Geschenk unter dem Arm munter über den Fischmarkt und am Pregel entlang.

Die Fischer, die ihre Boote am Kai festgemacht hatten und direkt von dort ihren Fang verkauften, grüßten ihn fast alle. Manche nickten nur, andere hoben die Hand zum Gruß und einer rief: „Katui, ich muss morgen meinen Kahn schrubben, kannst mir helfen, wenn du willst, gilt dann als Bezahlung für die Hose. Siehst gut darin aus."

„Morgen bin ich da!"

Sie hoben beide kurz die Hand, jetzt galt es.

Ein warmer Tag heute. Katui wusste inzwischen, es war „August" und „Sommer". Einen Moment lang blieb er am Kai stehen und betrachtete sich im Wasser. Mit weißem Hemd, brauner Hose und Sandalen sah er aus wie viele Jungen auf dem Markt. Die Schmuckketten an Handgelenken und Füßen hatte er abgelegt. Nur die Lebenskette klapperte leise an seinem Hals.

Magda saß an ihrem kleinen Stand zwischen dem unteren und oberen Fischmarkt, am einzigen Durchgang durch die Häuserfront. Hier verkaufte sie sechs Tage die Woche Zutaten für Fischsuppe. Möhren, Sellerie, Rüben, Zwiebeln, Petersilienwurzeln, Lauch und Kräuter. Dazu einige Früchte.

Katui kannte sie inzwischen alle, denn er begleitete Magda

täglich. Beide schoben sie im Morgengrauen den Verkaufskarren zum Gemüsemarkt. Dort erstanden sie Ware vom Vortag, und bevor sich die ersten Kunden einfanden, band Magda Suppengrün zu Bunden, genau die Menge, die für einen Topf Suppe nötig war. Das restliche Gemüse verkaufte sie einzeln. Wegen der günstigen Preise kamen viele Leute an ihren Stand.

Auch diesen Vormittag war reichlich Kundschaft an ihrem Karren. Katui eilte Magda zu Hilfe. Er reichte einer Frau das gewünschte Bund Suppengrün.

„Macht siebenunddreißig Pfennig, die Dame, vielen Dank und noch einen schönen Tag für Sie. – Und der Herr, was darf es sein?"

Der Angesprochene zögerte.

„Ein Bund Möhren vielleicht?"

„Möhren, sehr gerne."

Der Herr räusperte sich. „Ich denke ich habe Sie schon mal gesehen."

„Kann schon sein, ich bin jeden Tag hier."

„Nein, nein, nicht auf dem Markt. Woanders, aber ich weiß nicht mehr wo."

Katui musterte den korpulenten Menschen mit Zwirbelbart unter der Nase und zuckte die Schultern. Aus einem Bogen Zeitungspapier drehte er geschickt eine spitze Tüte, packte die Möhren hinein und übergab sie. „Ich kenne Sie nicht. Macht zwölf Pfennig, der Herr."

Der Mann bezahlte, wischte sich mit dem Handrücken unter der Nase entlang, verharrte einen Augenblick und zog schweigend davon.

Der Kundenansturm war vorerst vorbei. „Hast schnell gelernt, Jungchen. Auch das Rechnen, friat mich", sagte

Magda.

„Weißt du etwas über meinen Vater?"

Magda sah ihn verdutzt an. „Wie sollte eck?"

„Mein Vater hoffte es. Er heißt Uske."

Sie kräuselte kurz die Augenbrauen, betrachtete ihre Hände und rieb einen Apfel sauber, sehr sauber. „Nee Jungchen, eck wees von nuscht."

Mittags verließ Katui den Fischmarkt. Es nahte der angenehme Teil des Tages. Flott marschierte er am Ufer des Pregels entlang, querte den Neuen Markt und bog in die Sackheimer Straße ab. In diesem Viertel lebten Arbeiter, kleine Handwerker und viele Markthändler. Kinder, oft in zerschlissener Kleidung, spielten in den dunklen Innenhöfen. Es waren nur wenige Pferdefuhrwerke unterwegs. Vom Fischmarkt bis hierher benötigte Katui eine knappe Dreiviertelstunde. Das Haus mit der Wohnung der beiden lag fast am Ende der Straße, kurz vor dem Waisen- und Siechenheim. Im Treppenhaus nahm er immer zwei Stufen auf einmal.

Karlotta saß am Küchentisch über ihren Schulheften. Katui setzte sich zu ihr. „Ich bin gleich fertig", sagte sie. „Nur noch ein paar Rechenaufgaben. Hol schon mal das Buch."

Er öffnete es behutsam und las langsam, aber fehlerfrei. Inzwischen kannte er alle Worte.

„Gut gelesen, meine Lehrerin wäre stolz auf dich", sagte Karlotta. „Lass uns noch Schreiben üben. Am besten nochmal den Satz von gestern."

Katui nahm das Tintenfass und den Federhalter. Vorsichtig tunkte er die Feder in die Tinte und kritzelte auf ein Blatt

Papier: *Der Posttammer Pustkutscher patzt den posthammer Pustkutschkassten.*

Da stand der Satz jetzt, in Buchstaben, die sich in alle Richtungen neigten, mit etlichen Tintentropfen verziert. Katuis Hände sahen aus wie in Tinte gebadet. Karlotta wischte den Federhalter mit einem Tuch ab und schrieb den Spruch neu: *Der Potsdamer Postkutscher putzt den Potsdamer Postkutschkasten.*

„Das lerne ich wohl nie."

„Aber natürlich lernst du das. Sei nicht so streng mit dir. Du schreibst doch erst seit vier Wochen."

Katui wusch sich die Hände in der Waschschüssel neben dem Herd und kehrte zu Karlotta zurück. Seine Fingerspitzen blieben blaugrau. „Was ist das?" Da lag ein Schulheft auf dem Tisch. Er öffnete es. Es war leer.

„Hab ich gekauft. Vielleicht hast du Lust allein etwas zu schreiben. Einfach so zur Übung."

„Mit Feder und Tinte schreiben?"

„Oder mit Bleistift, für den Anfang. Du musst ihn oft anspitzen, das geht mit diesem Schleifpapier. Ich zeig es dir."

Sie schmirgelte das vordere Ende mit dem rauen Papier, so dass Holzstaub entstand. „Schau, immer weiterdrehen. Fertig. Bitteschön."

Einen Augenblick zögerte er – und schrieb dann auf die erste Seite: „Ich heiße Katui."

Karlotta nickte mit zufriedener Miene. Die Uhr an der Wand schlug. „Oh je, schon so spät. Wir haben vergessen, Mama abzuholen."

Draußen gewitterte es. An der Tür raschelte es und Magda kam herein, mit triefenden Haaren und nassen Kleidern.

„So, so, hier hockt ia, warm und trocken." Ärger schwang in ihrer Stimme.

Katui nahm sofort den leeren Eimer und flüchtete ins Treppenhaus.

Beim Wasserzapfen im Hof ließ er sich Zeit, in der Hoffnung Magda würde sich beruhigt haben, wenn er etwas später zurückkäme.

Sie hatte im Regen die Marktkarre geschoben, ohne Hilfe! Wie unachtsam von ihnen, sie zu vergessen.

Er stellte den vollen Eimer ab und wartete einige Minuten. Es raschelte.

Jemand stieß ihn zu Boden. Ein Scheppern, gluckerndes Wasser. Katui schlug um sich, trat mit den Beinen, schrie, versuchte, sich irgendwo festzuklammern, griff immer wieder in groben Stoff. Sein Rücken krachte auf Holz. Ihm blieb kurz die Luft weg. Ein schneidender Schmerz an den Fußgelenken, dann rund um den Brustkorb und an den Armen. Eine Peitsche knallte. Pferdegetrappel. Der Pferdewagen fuhr los und rüttelte Katui heftig durch.

Karlotta beobachtete die Butter, wie sie am Rand eines Fischstückes kleine Fettblasen bildete. Kurz darauf platzten sie und brutzelten ihr Aroma in die Luft. Wo blieb Katui? Magda brabbelte mürrisch vor sich hin. Er wusste doch, dass sie es mit ihm nie böse meinte. Wieso war er so ein Angsthase? Wo mochte er hingelaufen sein?

Sie warteten. Karlotta stocherte auf ihrem Teller herum.

Magda kaute lange auf jedem Bissen. „Wir heben den Rest für ihn auf." Mit diesen Worten nahm sie die Pfanne vom Tisch.

Karlotta spähte aus dem Fenster in die Dunkelheit, wandte

sich immer wieder zur Tür und fragte alle paar Minuten „Hörst du was?"

Wortlos zu verschwinden, das war nicht seine Art. „Ich gehe ihn jetzt suchen."

„Nuscht da. Nich um diese Uhrzeit." Die Mutter griff nach ihrer Jacke. „Wir beide jehn."

Im Hof war es still. Der Regen hatte aufgehört. Das matte Licht aus einigen Fenstern spiegelte sich in den letzten Pfützen. Wasser plätscherte in einer Ecke auf den Boden, die Regenrinne war schon lange undicht. Sie suchten um die Pumpe herum alles ab, keine Spur von Katui.

Lag er womöglich verletzt in einer Ecke? Bei diesem Gedanken verkrampfte sich Karlottas Magen. Sie suchte die dunklen Stellen entlang den Hauswänden ab. Es schepperte. „Mama, da liegt der Eimer!" Sie brachte ihn ins Licht zur Haustür. „Katui ist etwas passiert. Was machen wir denn jetzt?"

Magda schaute zum Nachthimmel.

„Sie kommen und gehen. Ich hätte es wissen müssen."

„Was sagst du, Mutter?"

Statt einer Antwort zog Magda ihre Tochter an sich und umarmte sie fest.

„Er wird nicht mehr kommen."

„Wie kannst du das sagen?" Karlotta riss sich los.

Ihre Mutter packte sie am Arm. „Suchen ist sinnlos. Ab nach Hause."

Katui öffnete die Augen. Dunkelheit um ihn herum. Kein Schatten, keine Silhouette. Wo waren die Rufe der Nachtvögel und Affen? Wo das leise Rascheln kleiner Tiere am Boden. Wo war das Rauschen und Summen ringsum, niemals schlief der Wald.

Jemand atmete in seiner Nähe. Katui wagte keine Bewegung. Und schon wurde er gepackt, gedreht, gewendet, die Arme kamen frei, es wurde heller. Holzgeruch stieg ihm in die Nase. Ein schnurrbärtiges Gesicht beugte sich über ihn. Katui schrie auf, schlug um sich und traf den Mann am Arm. Dann zielte er mit der Faust in die unbekannte Visage.

Nur weg hier.

Seine Beine gehorchten nicht. Er kroch wie ein Wurm. Der Fremde war stärker, klemmte sich den Gefangenen zwischen die Schenkel und verdrehte ihm die Arme. „Halt still, du Bastard! Du kannst bei mir ein ruhiges Leben haben oder eben nicht. Wenn ich loslasse, wirst du ruhig sein?"

Katui nickte mit schmerzverzerrtem Gesicht.

Der Kerl packte fester zu. „Reiz mich nicht! Ich warne dich. Bleibst du jetzt still?"

Als Antwort sank ihm sein Opfer schlaff in die Arme.

„Ich lass dich jetzt los, wehe du wehrst dich!"

Sein Gefangener stöhnte.

Der Mann ließ los. „Bist ein kräftiger Bursche, sieht man dir gar nicht an. Hast 'ne hübsche Fratze. Schätze, wirst der Weiber-Liebling!"

Um Katuis Beine waren grobe Stricke gewickelt. Mühsam drehte er sich in eine Sitzposition und sah sich um. Gitterstäbe um ihn herum. Er saß in einem Käfig, klein wie eine Vorratshütte. Der Boden aus Holz, die daumendicken Gitterstäbe aus Metall. An der Schmalseite eine Gittertür. Die andere Gitterwand neben ihm war mit einer Decke abgehängt. Gegenüber gab es eine leere Zelle.

Der Kerl wischte mit der Hand unter seiner Nase entlang. Eine rote Blutspur zeichnete sich dabei auf seinen Handrücken.

„Hast ne kräftige Faust. Respekt. Wird dir aber nichts nutzen. Neulich hattest du einen Bastrock an. Das gefiel mir besser."

Jetzt erkannte Katui den Entführer. Der hatte ihn im Stadion so festgehalten, dass sie gemeinsam gefallen waren. Und heute hatte er Möhren an Magdas Stand gekauft. „Was willst du?"

„Du wirst für mich arbeiten."

„Nein!"

„Wirst schon sehn."

Der Mann zog ein Tuch aus der Hosentasche, knebelte ihn damit und fesselte ihn wieder. Mit einem heftigen Fußtritt verabschiedete er sich. Katui lag auf der Seite und würgte. Schmerzen wüteten seinen Rücken entlang, krochen immer tiefer und vernebelten ihm das Bewusstsein.

Die Käfigtür knallte ins Schloss. Der Entführer drehte den Schlüssel zweimal rum.

Katui lag halbwach, sein Körper wehrte sich gegen eine Ohnmacht. Immer wieder schreckte er auf, sah wirre Bilder von Fratzen und Dämonen, Tränen verkrusteten auf seinen Wangen und juckten. Er zitterte. Nicht vor Kälte.

Für Momente war er bei Bewusstsein. Lang genug, um seinen Lebensgeist zu bitten, ihn davonziehen zu lassen, weit fort und auf ewig. So schlief er mit der festen Absicht ein, nie mehr zu erwachen.

Schlüsselklappern weckte ihn. Widerwillig öffnete er die Augen und sah seinen Peiniger direkt vor sich. „Wirst du ruhig bleiben, wenn ich dich losbinde?"

Katui nickte. Der Kerl beugte sich herunter und entfernte alle Stricke samt Knebel. „Hier, Essen und Trinken."

Erst jetzt bemerkte Katui, wie lange er nichts mehr gegessen hatte. Zu seiner eigenen Überraschung knurrte ihm der Magen und er griff zu. Brot mit Butter, ein gekochtes Ei und Tee. Den schlürfte er vorweg.

„Für dich bin ich Meister Zwirner. Wie heißt du?"

„Katui".

Der Mann ließ ihn nicht aus den Augen. „Ich werd dich Tutu nennen."

Katui zuckte mit den Achseln.

„Hör mir zu. Du machst, was ich will. Dann bekommst du Essen, einen Schlafplatz und keine Schläge. Außerhalb der Zelle trägst du Handfesseln. Ich lass dir zwei Decken für den Anfang", brummte Meister Zwirner und verabschiedete sich mit einem Klaps auf den Hinterkopf des Gefangenen.

Katui durchdachte seine Flucht. Dazu war er fest entschlossen.

Meister Zwirner ist die gefährliche Prüfung der Götter. Ich finde einen Weg, versprach er sich still.

Eine Fliege landete auf seinem Arm und krabbelte dort herum. Der junge Schamane, schickte dem Insekt einen Gedanken. Denn Wura hatte ihn gelehrt, das Wissen aller Kreaturen zu nutzen.

Ich brauche deine Hilfe. Rätst du mir, zu kämpfen und mich nicht zu fügen? Dann fliege los, wenn du meinen Atem spürst. Oder empfiehlst du mir zu gehorchen und auf eine Fluchtgelegenheit zu warten? In dem Fall bleib einfach sitzen.

Inzwischen hatte die Fliege seinen Oberarm erreicht. Er pustete sanft. Das Tier rieb seine Hinterbeinchen aneinander und putzte sich die Flügel.

Ich danke dir.

Erst jetzt flog der Brummer davon.

Königsberg in Preußen, September 1911

Am hellen Morgen weckten Katui aufgeregte Stimmen.

„Dort ist er!"

„Los, hinterher!"

„Verdammt nein, wieder weg!"

War das nicht ein Affe, der da kreischte?

Katui stellte sich auf die Zehenspitzen und reckte den Hals, um durch einen Spalt seines Verschlags zu spähen. Ja, er hatte sich nicht getäuscht. Das Kapuzineräffchen war ausgerissen, es gehörte dem Leierkastenmann, der jeden Tag die Besucher des Jahrmarkts gleich nach den Kassen begrüßte. Geschickt sprang es auf den Dächern der Wagen hin und her. Waren die Abstände zu groß, floh es sogar für Sekunden auf einen der Köpfe seiner Jäger. Wurde es an einem Bein oder Arm erwischt, kreischte es und setzte die Zähne ein, so dass es immer wieder freikam. Gerade klaute es einem Mann den Hut und kletterte damit auf eine Fahnenstange, weit und breit der höchste Punkt auf dem Gelände. Jetzt saß ein Hut mit pelzigen Beinen dort auf der Spitze.

In Katuis Gaumen kitzelte es. Ein fast vergessenes Geräusch entwich seinem Mund.

Katui lachte.

„Ich bin wohl zu nett zu dir, dass du noch lachen kannst!"
Meister Zwirner stand direkt hinter ihm. Katui duckte sich,
erwartete Schläge. Doch der Kerl setzte sich friedlich auf
den Boden und winkte ihn herbei. Bedeutete es heute
Freundlichkeit oder war es eine Finte? Das Grinsen des
Mannes wirkte wie Zähnefletschen. Sein Peiniger holte eine
Zigarre aus der Tasche und zündete sie an. Katui
entspannte sich und hockte sich hin.

„Die Einnahmen gestern waren die besten seit langer Zeit.
Du leistest gute Arbeit. Das erwarte ich grundsätzlich von
dir! Verstehen wir uns?!"

Katui nickte. Es roch übel nach einer Mischung aus Rauch
und Bier.

„Ich will nicht undankbar sein. Ab heute kannst du ohne
Ketten auf die Bühne. Aber du bist tot, wenn du versuchst
zu fliehen! Deine Kollegen lassen dich nicht aus den Augen.
Das sind brutale Burschen!"

Katui nickte stumm. Wie er diese falschen Exoten
verachtete. Tagtäglich zogen die sich Baströcke an und
hopsten unbeholfen auf der Bühne herum. Weiße Männer,
die sich schwarz anmalten!

„Das Programm beginnt wie immer am Nachmittag! Setz
dich, ich hab dir gutes Essen mitgebracht."

Eine Weile schaute er Katui stumm zu und rauchte. Dann
erhob er sich und ließ ihn allein.

Pünktlich zum Vorstellungsbeginn öffneten zwei schwarz
geschminkte Kerle den Verschlag. Wortlos griffen sie den
Gefangenen rechts und links. Keine Kette! Keine Tritte und
Schläge in den Rücken. Wie immer, drückten sie ihn stumm

auf einen Schemel hinter der Bühne, nicht sichtbar für die Zuschauer.

Mit kräftiger Stimme lockte Meister Zwirner das Publikum. „Verehrte Herren- und Damenschaften, treten Sie ein! Versäumen Sie nicht unser einzigartiges Programm! Zu jeder vollen Stunde. Echte Wilde aus fernen Ländern! Erst gestern sagte mir eine Dame: ‚Ich bin so begeistert, welche Exotik, welche Wildheit, ich danke Ihnen für diese Schau!'" Meister Zwirner kletterte von der Bühne und sprach einen Herrn direkt an. „Ein anderer Besucher hat mir anvertraut: ‚Sie wecken mein wissenschaftliches Interesse, gerne möchte ich diese Wilden aus der Nähe begutachten!' Herren und Damen, erleben Sie Tutu aus dem Dschungel." Er stieg wieder auf die Plattform zurück. „Bestaunen Sie seine Tänze, hören Sie seine Sprache, betrachten Sie seinen Körper bemalt mit geheimnisvollen Mustern. Hier finden Sie aus nächster Nähe das exotische, ferne, unerforschte Afrika!" Er wandte sich einer älteren Dame zu. „Gnädige Frau, Tutu wird Ihnen sogar seine Hand reichen. Sie werden Ihr Erschauern niemals vergessen. Eintritt an der Kasse! Gleich geht es los."

Katui nutzte vor jedem Auftritt die Möglichkeit, durch einen Spalt in der Bühnenrückwand die einströmenden Zuschauer zu beobachten. Das Zelt füllte sich rasch. Draußen blieb der Lärm des Jahrmarkts. Überall priesen Rekommandeure ihre Attraktionen an, schlugen Glocken und Pauken. Für einen kurzen Moment sah er vor dem offenen Eingang den Leierkastenmann vorbeigehen. Sein Äffchen saß wieder bei ihm, angekettet auf dem plärrenden Kasten. Lauthals wurden in der Bude gegenüber die Riesendame Sofia mit Prinzesschen Helga angekündigt.

Meister Zwirner schlug einen Gong. Ohrenbetäubendes, stampfendes Musikgetöse setzte ein, die zwei geschminkten Gesellen sprangen auf die Bühne, hüpften wild umher, schwangen bemalte Holzstöcke und gaben unverständliche Laute von sich, jaulten wie Hunde.

Dann war Katui an der Reihe. Mit dem Tanz der Tipateo. Wegen seiner hohen Sprünge wurde er von den Zuschauern begeistert beklatscht. Völlig außer Atem stand er beim Finale mit dem Rücken zum Publikum.

„Wagen Sie es meine Damen, bemalen Sie diesen exotischen Körper nach Ihrer Phantasie. Erleben Sie Afrika hautnah!" Einer der falschen Wilden hielt wortlos zwei Töpfe mit Farbe hoch, der andere bot Pinsel an.

„Welche Dame hat den Mut, welche ist die Glückliche?", rief Meister Zwirner.

Normalerweise dauerte es Minuten, ehe sich eine Mutige fand. Heute war es anders.

„Ich, ich, bitte. Ich möchte es ausprobieren!"

Meister Zwirner winkte in die Menge. Mit einem Jubelschrei und unter dem Applaus des Publikums kam ein Mädchen angelaufen und kletterte aufs Podest. Der schwarz angemalte Mann ließ sie einen Pinsel auswählen, Katui erkannte sofort ihren Duft. „Pst, lass dir nichts anmerken, ich bin es, Karlotta. Mama ist auch hier, wir befreien dich. Bleib einfach so stehen!"

Auf Katuis Rücken kitzelten ihre Striche. Wie gerne hätte er sich umgedreht und sie umarmt. Ihr Kleid raschelte. Sie zog ein Stoffstück hervor, wischte mit einer raschen Bewegung über den Arm des Farbtopfhalters und sprang zur Seite.

„Das ist gar kein Wilder. Das sind Betrüger. Hier, die Schminke lässt sich abwischen!"

„Lügner!"

„Scharlatane!"

„Jagt sie davon!"

Etwas flog an Katuis Kopf vorbei und verwandelte das Gesicht des falschen Exoten neben ihm in eine rot-schwarze Matschfratze. Das Publikum tobte und warf einen wahren Gemüsehagel hinterher. Einige Geschosse klatschten auch auf Katuis Rücken und schmadderten breiig herunter, doch er hielt ihnen stand. Jeder Treffer wurde von den Leuten mit Gejohle gefeiert. Meister Zwirner ergriff die Flucht. Der Mob stürmte die Bühne. Erstarrt blieben die falschen Exoten zurück. Faustschläge trafen sie. Neben Katui tauchte Magda auf. „So Jungchen, jetzt kommt der garstije Teil, abhaun is anjesagt." Sie nahm seine Hand und zog daran in Richtung der Zuschauer, aber er schob sie zum Vorhang an der Rückwand. Karlotta hatte offenbar verstanden und folgte ihnen. Niemand hielt sie auf. Schon überquerten sie eine freie Fläche hinter den Buden und rannten auf Häuser zu. Erst nach mehreren Straßenecken riskierten sie eine Pause. Passanten staunten über ihre Freudensprünge und Jubelrufe. Immer wieder lagen Befreier und Befreiter sich in den Armen.

Er hatte nicht vergessen, wie köstlich Magdas Gemüsesuppe schmeckte. Jeden einzelnen Löffel schlürfte er genüsslich. Karlotta drückte immerzu seinen Arm und lächelte ihn an. Magda trällerte ein Liedchen und füllte die Teller ein zweites Mal.

Katui lehnte sich mit einem Lächeln zurück. Was für eine selige Heimkehr hier am Tisch mit diesen lieben Menschen! Abwechselnd berichteten sie, wie sie ihn schon am Vortag auf dem Jahrmarkt entdeckt und sich auf dem Markt faules Gemüse beschafft hatten.

„Das haben wir ans Publikum verteilt... und Magda hat die erste dicke Tomate geworfen."

Karlotta hatte die Schulhefte und den Bleistift bereitgelegt. „Du solltest alles aufschreiben, gleich heute Nacht! Das Lustige und das Traurige."

Magda brachte eine braune Flasche und drei Gläser. „Hab ich aufgehoben für einen besonderen Tag. Das ist Ponarther Bier. Die feinen Leute trinken Wein, die kleinen Leute haben Bier." Es zischte, der Deckel ploppte hoch. Das Getränk schäumte beim Eingießen. Es schmeckte bitter. Katui unterdrückte einen Brechreiz und schluckte. Die anderen beiden leerten ihre Gläser schnell und prosteten sich zu. Der zweite Schluck mundete ihm schon besser. Magda verteilte gerecht die erste Flasche und holte eine nächste.

Karlotta kicherte. „Wie dämlich der falsche Exot geglotzt hat, als seine weiße Haut zu sehen war...!"

Magda hielt eine Tomate in der Hand und grinste. „Eck werd mia immer an den Wurf erinnern, wenn eck nu faules Jemüse sehe." Sie lachte schallend.

„Mir ist schwindelig", sagte Karlotta.

„Ja, das Zimmer wackelt..." Katui hielt sich an ihr fest.

„Denn jehen wir man besser schlafen", sagte Magda.

Das Licht des Vollmonds war zu schwach, deshalb löschte Katui die Petroleumlampe nicht. Mit einem Stift in der

Hand las er seinen ersten Satz und fügte den nächsten hinzu.

Ich gehöre zum Volk der Tipateo.

Er gähnte. Die Buchstaben verschwammen vor seinen Augen, tanzten über das Blatt. Er nahm die Hefte mit in seine Hängematte, verstaute sie unter seiner Decke und lehnte sich zurück. Sanft schaukelte er sich in einen Traum. Den Bleistift hielt er fest in seiner Hand. Es gab so viel zu berichten!

Kapitel 5

Berlin, März 1989

Der Professor nahm die Originalhefte aus seiner Tasche, die sich Bernhard kopiert hatte. Die lange Diskussion von gestern beschäftigte ihn. Zugegeben, Katuis Geschichte war zweifelhaft, so schwer es ihm fiel, da gab er seinem Freund inzwischen Recht. Und doch! Nur ein Bluff, ein Scherz? Nicht der erste Professor, dem Studenten einen Streich spielten.

Stefan Zwirner und Meister Zwirner. Was bedeutete das? Hatte es einen Bezug zueinander? Hoffentlich brachte die Altersanalyse der Palmblätter Klarheit. Sein Plan stand fest. *Morgen lege ich zum Beginn der Vorlesung die Hefte auf mein Pult. Kommentarlos! Und werde alle beobachten.*

Es klingelte an der Tür. Wer war das jetzt? Hatte er einen Termin vergessen?

„Hallo Paps."

„Hallo Sylvia. Was für eine Überrasch..." Seine Tochter umarmte ihn stürmisch, warf ihn fast um dabei.

„Lieber, lieber Paps. Es geht mir ja soooo gut."

„Wie schön."

„Da geschehen gerade so unglaubliche Dinge. Bist du böse, wenn ich unser Treffen nächstes Wochenende absage? Stell dir vor, ich habe eine Einladung bekommen."

„Bin ich doch nicht böse. Erzähl."

„Ach Paps, es ist noch ganz am Anfang."

„Ich will mal so sagen: endlich bekomme ich Konkurrenz?" Sylvia lachte.

„Du bleibst der wichtigste Mann in meinem Leben. Aber ja, da gibt es nun einen... Weil ich gerade hier in der Nähe war, muss ich dir schnell Bescheid sagen..."

„Erzähl!"

Sylvia zog zwar ihre Jacke aus, lief aber im Zimmer auf und ab. Wie sie ihm ähnelte, wenn sie aufgeregt war.

„Er wohnt im selben Haus wie ich. Anfangs haben wir uns nur gegrüßt. Dann schließlich verabredet..."

„Setz dich doch wenigstens einen Moment. Ist also nur ein Flirt?"

Sylvia hielt es nicht auf dem Sofa.

„Er musste leider für einen Kollegen einspringen und ihn auf einer längeren Expedition vertreten. Also hab ich gewartet und gewartet..."

„Was macht er denn beruflich?"

„Irgendwas mit Medikamenten, aber er ist erst seit kurzem bei dieser Firma, deshalb kam alles so überraschend für ihn."

„Und nun will ich vermuten, ist er zurück?"

Sylvia blieb stehen und strahlte.

„Oh ja. Diesmal hat er mich mit Blumen besucht und so lieb gefragt, ob ich mir eine Reise mit ihm … vorstellen kann ... im Hotel natürlich getrennte Zimmer! Gestottert hat er. Das war so süß! Stell dir vor, wir fahren nach Paris."

„Kind! Das wirst du doch nicht wirklich tun?"

„Oh doch, Paps. Genau das werde ich! Nach Paris will ich schon so lange. Montmartre und die Seine… und mit ihm... er sieht blendend aus!"

„Saparalott. Wie heißt er denn? Wie alt ist er? Und dein Studium?"

„Ach, Papa, ein paar Vorlesungen versäumen, das kann ich mir leisten." Sie ließ sich auf die Couch fallen. „Drück mir die Daumen, Paps. Du bist der erste, dem ich von ihm erzähle. Hoffentlich klappt alles!"

„Sei bitte, bitte vorsichtig! Kannst du mir den Namen des Hotels dalassen?"

Sofort notierte sie ihm das Nötige. Nein, es war nicht der erste Mann in Sylvias Leben, dennoch staunte der Professor über den Achterbahnsturz in seinem Magen.

Sylvia reichte ihm den Zettel.

„Hier hast du auch meine neue Handynummer. Ich melde mich, versprochen."

Ihre Augen leuchteten. So außer sich hatte sie noch nie von einem Freund erzählt. Und so schnell wie sie hereingestürmt war, so rasch rauschte sie wieder davon.

Was beunruhigte ihn? Was hatte er erwartet?

Die erwachsene Sylvia führte ihr eigenes Leben.

Er kochte sich einen Kaffee und setzte sich in seinen Lesesessel. Katuis Geschichte war eine passende Ablenkung von Achterbahnen im Bauch.

Wald der Tipateo, zweite Trockenzeiten nach der großen Flut (ca. 1516)

Magda stand am Herd. Sie summte eine Melodie, die sonst Wura sang, das Lied vom Tiger, der ein Kind angriff und es doch verschonte. Das Feuer hatte sich aus dem Ofen befreit und flackerte offen. Kinderstimmen kamen näher. Seine Geschwister hopsten herbei. Seine Schwester in einem weißen Kleid, eines wie Karlotta es besaß, und der kleine Bruder trug ein helles Hemd zu braunen Hosen. Sie redeten unentwegt auf Magda ein. Katui verstand nicht, was sie sagten. Die Angesprochene summte die Melodie weiter und deutete auf das Feuer. Er erkannte dort einen Barsch in der Pfanne, belegt mit gestampften Tomaten. Aber sein Kopf sah ungewöhnlich aus – es war ein Menschenkopf! Meister Zwirners Fratze grinste aus den Flammen.

Katui schlug die Augen auf.

Magdas Küchendecke war das Dach einer Hütte und vom Rauch geschwärzt. Er richtete sich auf und sah Wura, die singend dicht beim Feuer stand. Seine Geschwister bei ihr plapperten unendwegt.

„Darf ich auch mal...?"

„Ich hab Hunger."

„Dürfen wir Katui jetzt wecken?"

„Er ist wach!"

Wura hörte auf zu singen und lächelte ihn an.

„Du hast die Götter besänftigt. Komm, beginne diesen neuen Tag im Kreis deiner Familie."

Seine Beine verhedderten sich in Magdas Wolldecke. Er strampelte sich frei und sprang aus der Hängematte auf den Boden. Die Schreibhefte rutschten zum Rand der Liegefläche. Er schob sie rasch zurück und versteckte sie zusammen mit der Decke unter der weichen Grasauflage. Erst jetzt bemerkte er den Bleistift in seiner Hand und stopfte ihn dazu.

„Was hast du da?"

Sein Bruder zog an Katuis Hosenbein und zwickte ihn dabei am Oberschenkel. Jetzt grabschte er nach dem Hemd, erwischte einen Knopf, zerrte so heftig daran, dass er sich löste und zu Boden fiel. Der Kleine zeigte Katui seine Beute.

„Was ist das?"

Uske betrat die Hütte, in den Händen eine volle Kalebasse. Katui erkannte Freude in den Augen des Vaters, aber schon Sekunden später verdunkelten sie sich. Er stellte das Gefäß ab. Mit wenigen Schritten war er bei dem Heimkehrer und zerrte an dessen Kleidung. „Diese Dinge bringen Unheil. Zieh sie sofort aus. Hast du anderes gebracht?"

„Nein."

Hoffentlich entdeckte niemand die versteckten Mitbringsel! Ohne Eile gehorchte Katui und legte die Kleidung ab. Uske warf sie sofort ins Feuer. Unwissentlich lenkte sein Bruder den Vater ab. „Ich hab einen Stein mit Löchern."

Uske nahm den Knopf aus der Kinderhand und betrachtete ihn. „Das musst du verbrennen. Willst du ihn ins Feuer werfen?"

„Au ja!" Im hohen Bogen warf der Kleine ihn hinterher.

Der Vater starrte in die Flammen. „Bist du gesund?"

„Ja", sagte Katui. Warum schlotterten seine Beine? Bemerkten die anderen es?

Wie unbeabsichtigt stellte er sich vor die Hängematte und versperrte so der Familie einen Blick darauf. „Wie lange war ich weg?"

Wura blieb vollkommen gelassen. „Du warst nicht weg. Gestern war dein Fest und hier hast du geschlafen."

Es war Katui gelungen, die Decke und seine Hefte in einem Stapel Palmblätter zu verstecken und in seine Höhle zu bringen. Dort erschien ihm alles vertraut, genau wie er es verlassen hatte, aber zugleich fremd und verändert.

Oder war er selbst nun ein anderer?

Vorsichtig legte er das Palmblattpaket auf den Boden, zog die Hefte mit dem Stift und die Decke heraus. Er schaute immer wieder prüfend um sich und drapierte weit hinten in der Höhle die frischen Palmwedel so geschickt, dass sein mitgebrachtes Geheimnis darunter verborgen war. Dabei erinnerte er sich an Karlottas Idee zu den Schreibheften.

‚Und wenn es nur für dich ist, damit du nichts vergisst.'
Er setzte sich auf den Boden und schrieb seine Erlebnisse auf.

Später stand Wura vor seiner Höhle. „Warum kommst du nicht zum Unterricht?" Sie wandte sich um und marschierte los. Er sprang auf und folgte ihr mit großen Schritten in ihre Hütte, wo sie ihn neben dem Insektenhügel erwartete.

„Katui, du hast diese letzte Nacht gesund überstanden. Gut gemacht." In ihren Händen duftete ein Bündel Pflanzen. „Was kannst du mir über diese Kräuter sagen, Katui?"

„Mutter, ich habe lange Zeit an einem fremden Ort verbracht und du willst von mir nur die Wirkung dieser Kräuter wissen? Interessiert es dich gar nicht, was ich erlebt habe?"

„Es ist ohne Bedeutung, mein Sohn. Aber wenn es dir wichtig ist, werde ich dir zuhören."

„Es ist für dich ohne Bedeutung? Ich habe vieles gelernt, was wir nie kannten. Mein Leben war in Gefahr. Das werde ich niemals vergessen!"

Wura wartete mit einer Antwort. „Du wirst Entscheidungen treffen, zum Wohl unseres Volkes. Aber behalte diesen Traum still für dich. Keiner würde dir glauben. Sie sind keine Schamanen."

„Wie war es bei dir, Mutter? Was war damals in deinem Traum? Berichte mir davon."

„Es gibt nicht viel zu berichten. Ich kam in einen Wald. Ein guter Wald, ich fand Früchte und Wasser. Anfangs war es warm, dann kalt. Ich wohnte in einer Höhle. Es wuchsen dort so viele Beeren. In eine Kuhle mit Wasser an einem sonnigen Platz legte ich sie als Opfergabe für die Götter bereit. Später war das Wasser fast verdunstet, die saftigen Beeren habe ich gegessen. Ihr Geschmack war verändert, sie kitzelten im Mund. Dann schlief ich ein und als ich aufwachte, war ich zurück."

„Du hast nichts von dort mitgebracht?"

Wura schüttelte den Kopf.

„Welche Beeren hast du mich essen lassen?"

„Das waren Beeren aus unserem Wald. Ich hoffte, sie würden helfen. War es so?"

„Nein."

Ausführlich berichtete er Wura von der Reise. Von den mitgebrachten Sachen erzählte er nichts, nichts von den Heften, nichts von dem Stift und der Decke.

Einen Tag später, nachmittags

Katui trottete lustlos hinter Uske her. Im Gebüsch raschelte es und ein kleiner Kapuzineraffe sauste einen Baumstamm hoch. Blitzschnell spannte der Vater den Bogen, schoss und traf. Das tote Tier fiel ihm direkt vor die Füße. Er befestigte es am Jagdband, wo schon drei weitere Opfer baumelten.

„Warum hast du nicht auch geschossen?"

Das fragte ihn Uske in der fremden Sprache!

Das erste Mal seit seiner Rückkehr hörte Katui wieder Deutsch und antwortete spontan ebenso.

„Ich jage nicht was ich nicht esse. Wie oft wirst du mich noch fragen?"

„Also wirst du nie ein Jäger?"

„Ich bin Schamane, kein Jäger."

Augenblicke später raschelte es über ihnen. Ein kleiner Affe putzte sich auf einem Zweig. Der Vater nahm den nächsten Pfeil.

Nein, lass dieses Tier leben. Du hast Beute genug. Das Äffchen schreckte auf und kletterte blitzschnell davon. Der Jäger ließ den Bogen sinken und sagte zu seinem Sohn „Gerade habe ich deine schamanische Kraft gefühlt. Dein Bruder kann mich bald zur Jagd begleiten."

Eine ganze Weile lauschten sie nur den Stimmen des Dschungels, bis ihn Uske unvermittelt fragte. „Wussten die Ahnen etwas über meine Familie?"

„Nein, niemand. Vater, wieso kennst du ihre Sprache?"

Uske lief langsam weiter. „Sprechen sie wie ich?"

„Keiner hat je deine Eltern gesehen."

Uske eilte voraus mit langen Schritten. „Ich komme aus einem anderen Dorf. Die Eltern sind tot." Er erhöhte sein Tempo.

Katui trabte neben ihm. „Aber warum bist du nicht bei deinen Leuten?"

Der Vater hastete schneller. „Ich weiß es nicht. Ich war ein Kind."

Jetzt rannte er. Erst am Waldrand blieb er stehen.

Der Sohn erreichte ihn und japste. „Was ist an meinen Fragen so schlimm, dass du wegläufst?"

Uske schwieg. Er drehte den Kopf zur Seite und wischte sich mit der Hand über die Augen. Der Schamane Katui bemerkte die Tränen des Vaters trotzdem.

Großmutter Rasa saß am Rande des Festplatzes, wo immer ein leichter Wind wehte und wo es schattig war. „Endlich seid ihr zurück."

Die roten Federn der Schamanen zierten ihre dünnen Haare. Sie saß dort im Schurz aus Tierfellen, die fast bis zum Boden reichten, und am Hals klimperte ihre dicke

Lebenskette. An Hand- und Fußgelenken trug sie Bänder, die locker an ihren klein und zart geschrumpften Gliedern hingen. Die alte Schamanin des Dorfes, viele Jahre lang, bevor Wura folgte.

Rasa erhob sich mühsam, strauchelte und fasste Katuis Hand.

„Brauchst du Hilfe, Großmutter?"

„Ich bin nur alt. Es ist nichts."

Uske stützte sie am anderen Arm. „Wir bringen dich zu deiner Hütte."

„Nein, ich will mit euch reden. Mir bleibt nicht viel Zeit." Dabei befreite sie sich von den beiden, taumelte und hielt dann doch die Balance. Ihr Blick richtete sich in die Ferne. „Die Götter wollen meinen Atem enden."

Schweiß perlte auf ihrer Stirn. Ihre welke Haut glich der einer toten Sandschlange. Ihr Rücken krümmte sich, sie stöhnte. „Schickt mir Schmerzen so viel ihr wollt, ich bleibe noch!" Sie sank in die Hocke, atmete rasselnd und wimmerte leise.

Uske hob sie hoch und trug sie eilig zur Haupthütte. „Wura, Wura, komm schnell!"

Die Dorfbewohner liefen alarmiert herbei. Die Alte wurde auf Schilfmatten gebettet neben der Feuerstelle. Sie lag dort, als ob sie schlief.

„Wir müssen ihr helfen und die bösen Geister vertreiben", raunte Wura.

Katui verstand sofort. Er rieb sich kalte Asche ins Gesicht und auf seine Arme. Seine Mutter warf sich das Leopardenfell über die Schultern. Mit schnellen Bewegungen färbte sie ihre Wangen und die Beine ebenfalls aschgrau ein. Atemlose Stille ringsum. Die beiden

Schamanen bewegten sich wie Vögel, deren Flügel im Gleitflug kaum schwingen. Zuerst summten sie leise, wurden lauter und wechselten in einen grellen Gesang. So vereinten sich ihre Kräfte. Sie tanzten mit schnelleren Schritten, stampften mit den Füßen. Immer wilder drehten sie sich, sprangen um die Feuerstelle und dicht entlang an den Menschen um sie herum. In Ekstase sangen sie, und wie Reiher in der Balz hüpften sie im Kreis, bis die Dorfbewohner mitmachten.

„Uske? Katui? Wura?", keuchte Rasa in den Gesang.

Urplötzlich standen alle still.

Wura und Katui knieten neben der alten Frau. Katui streichelte ihr Gesicht. Wura massierte ihre Beine und Füße, „Wir sind bei dir."

Zunächst bewegte die Großmutter nur die Lippen, dann sprach sie leise. „Verzeih mir, Sohn. Ich wollte dich nicht mitnehmen."

Uske beugte sich zu ihr, nahm vorsichtig ihren Arm und berührte ihr Haar. „Ich hab dir nichts zu verzeihen."

Sie flüsterte und doch war jedes Wort zu verstehen. „Du warst ein trauriges Kind, verzeih mir. Ich weiß nicht, wie wir gekommen sind. Du lagst schlafend in meinem Arm."

Sie wandte sich an Katui. „Du bist Uskes Sohn und ein starker Schamane."

Die alte Rasa richtete sich etwas zu ihm auf. Er staunte, wie kraftvoll sie seine Hand drückte. „Suche Uskes Familie! Nur so erfüllt sich die Vorsehung."

Sie sprach mit letzter Kraft, alle hörten es. „Der Feuerbaum."

Ihr Griff löste sich, die Härchen auf ihren Armen stellten sich auf wie sonst bei Kälte. Sie legte sich zurück auf die

Schilfmatten. Für immer stumm lag sie mit offenen Augen, den zuversichtlichen Blick unverwandt auf Katui gerichtet.

„Es ist zu gefährlich." Wura kreuzte ihre Arme.

Uske ließ sich nicht beirren. „Ihr Wunsch muss erfüllt werden."

Stumm setzte sich die Schamanin und kratzte in der Asche der kalten Feuerstelle herum, als suchte sie einen übrig gebliebenen Funken, um das Feuer neu zu entfachen. Sein Vater beendete ihr Stochern und hielt ihren Arm fest. „Schütze du Katui. Aber halte ihn nicht auf."

Katui beobachtete beide in höchster Anspannung. Karlotta und Magda wiedersehen? Wie gern. Er hatte sie doch gefragt. Sie kannten Uske nicht.

Warum hatte Rasa die Vorsehung erwähnt? Sie beutete vermutlich, dass Wura ihren Inhalt inzwischen erfahren hatte. Was bedeutete das für ihn?

Die neue Reise barg die Möglichkeit, Uskes Rätsel doch noch zu lösen. „Ich bin bereit."

Sein Vater zündete Feuer an. Wura holte Maniok und legte ihn in die Glut. Bedächtig wendete sie die Stücke, bis sich ihr Röstduft mit dem Rauch des Holzfeuers mischte. Sie starrte vor sich hin und atmete tief ein. „So sei es."

Die Flammen knisterten und züngelten höher.

„Mein Sohn, ich will dir sagen, was ich weiß." Uske räusperte sich.

„Mir bleiben leider nur schwache Erinnerungen, aber vielleicht helfen sie. – Immer träume ich von meiner Mutter. Ich höre ihre sanfte Stimme und sehe ihr helles Gesicht. Ich erinnere mich an ihre Augen und die Wärme ihrer Hände. Auch Rasa ist bei ihr, beide sehr jung, sie lachen und umarmen sich. Und dann war ich hier und traurig ohne meine Mutter. Rasa wollte mich trösten. Ich blieb einsam und hatte Angst."

Er wischte sich über das Gesicht und straffte seine Schultern.

„Meine Heimat ist hier, ja. Ich will niemals fort. Aber ich will erfahren, was damals geschah."

Wura erhob sich und sah Katui zum ersten Mal an diesem Tag offen in die Augen. „Komm."

Zum Waldrand hin verließ sie die Hütte. Er folgte ihr in den Regen. Schon nach kurzer Zeit tropfte ihnen das Wasser aus den Haaren. Ein schmaler Fußpfad schlängelte sich in das Dickicht. Büsche säumten und überwucherten teils den Weg. Wura bog das Blattwerk mit bloßen Händen fort.

Katui kannte diesen Weg im Urwald nicht. Da rissen die Wolken auf und die Sonne glitzerte aus allen Wassertropfen ringsum auf den Blättern. Einige kleine Affen sprangen durch Baumwipfel und mit schrillen Warnrufen beobachteten sie die Eindringlinge. Papageien ergänzten den Alarm. Duftender Blütennektar und der Geruch feuchter Erde mischten sich.

Katui sog den Duft tief ein. Nach jedem Regen öffneten sich alle Knospen und leuchteten bunt. *Ihre Schönheit ist ein gutes Omen.*

Wura hatte kein weiteres Wort gesprochen. Jetzt zeigte sie auf einen Zweig in Augenhöhe, an dem braune Federn hafteten. „Das ist der erste Wegweiser."

Ohne ihren Hinweis hätte er nicht darauf geachtet. Der Pfad wurde schmaler, der Urwald dichter, die Zeichen häufiger. „Gleich sind wir am Ziel. Eigentlich müsstest du es spüren." Wura brach einen Zweig ab, machte eine Stichbewegung ins Leere und ließ los – er blieb vor ihr in der Luft hängen. „Versuch ihn zu nehmen."

Katui griff zu, er zog und zerrte, unverändert schwebte der Ast. Wura zeigte auf eine Stelle am Boden. Dort lag ein Stein, er hatte die Form eines Affenkopfs und war fast vollständig unter Gestrüpp versteckt. „Du musst ihn anfassen."

Katui legte die flache Hand darauf und zuckte zurück. In seinen Fingern prickelten feine Nadelstiche. Wura nickte zufrieden. „Ich sagte es dir. –

Der Schutzzauber ist gelöst. Wir dürfen eintreten. Nur Menschen mit Schamanenblut wird das gewährt."

Der Zweig schwebte immer noch. Katui griff zu und warf ihn ins Gebüsch.

Nach einigen Wegbiegungen erreichten sie eine Lichtung, dichte Baumreihen begrenzten die fast kreisrunde Fläche. Unzählige Orchideen bedeckten den Boden. In der Mitte stand ein alter Baum mit dickem knorrigem Stamm. Der Pfad führte direkt dorthin. Katui kannte solche *Deras,* doch dieser hier unterschied sich. Er war von oben nach unten wie von einem riesigen Spaltstein in zwei Hälften geteilt. Eine Seite kahl, verdorrt, leblos und schwarz. Die andere grünte desto üppiger. Er berührte die Rinde, ertastete den tiefen Spalt und die verkohlte Borke. „Was ist dem Baum geschehen?"

Wura brach ein rußiges Stück ab. „Sie haben das Himmelsfeuer durch ihn getrieben. Damals nahm der

Schamane Zuri etwas verbrannte Rinde, zerrieb sie, warf das Pulver in eine Schale Nussmilch und trank es als Dank an die Götter. Darauf fiel er in einen tiefen Schlaf und erlebte seine Reise. So wird es berichtet."

„Was hat er erlebt im Traum?"

„Er hat es nie erzählt. Aber er hat in der Reise eine Prüfung für Schamanen erkannt."

„Wie kam Zuri zurück?"

„Das wusste er nicht. Später verschwanden manche junge Schamanen für immer. Die anderen konnten ihre Rückkehr nicht erklären. Ich entdeckte die Wirkung der Beeren."

„Mir haben sie nicht geholfen."

„Wir versuchen es noch einmal. Nimm du von der Rinde, ich sammle Beeren."

Auf dem Rückweg mahnte sie, niemals zu vergessen, den Stein stets zu berühren.

Wura strich mit der Hand über den Stoff, den Katui sich um die Schulter gelegt hatte. „Wozu ist das?"

„Es schützt vor Kälte. Sie nennen es *Decke*. Ich kenne kein anderes Wort dafür. Katui zeigte auf die Kalebasse neben sich, deren Öffnung mit einem Stein verschlossen war. „Ich habe die Beeren hier eingefüllt. Zwei Tage lagen sie bei Sonnenschein in flachem Wasser. Sie atmen jetzt, viele Luftblasen waren zu sehen."

Seine Mutter wirkte zufrieden. „Ja, so muss es sein."

„Hier habe ich auch deine Heilkräuter, Nüsse und einige Stücke Maniok. Und eine zweite Kalebasse mit Wasser."

Wura gab ihm einen kleinen Beutel aus Tierhaut. „Den Zahn eines Jaguars gebe ich dir, dass du seine Kraft erlangst. Dazu Federn unserer größten Vögel, dass du leicht deinem Weg folgen kannst, dazu Knochen von Tapiren, die dich vor bösen Mächten schützen. All meine Schutz-Zauber habe ich für dich hineingesprochen. Behalte den Beutel immer bei dir und öffne ihn nicht."

Katui wickelte den Proviant sowie alles restliche Gepäck in die Decke. Mit einer Schilfschnur band er sie zu einem Sack zusammen und schulterte ihn.

Wura zögerte. „Meine Furcht wächst. Du bist der erste Schamane, der ein zweites Mal die andere Welt sehen wird. Sei achtsam und klug. Die Macht des Bösen ist vielleicht größer als bisher. Aber frage die Ahnen, frage alle, denen du begegnest nach Uskes Geschichte. Und wenn du keine Antworten findest, hast du Rasas Wunsch trotzdem erfüllt."

Uske betrat die Hütte. Mit ernster Miene umarmte er seinen Sohn.

„Ich bin stolz, dass du dich dieser Aufgabe stellst. Ich fühle Gewissheit, dass du Erfolg haben wirst. Schon morgen hast du Antworten auf all meine Fragen." Wura ballte ihre Fäuste. „Woher nimmst du diese Gewissheit? Seine Aufgabe ist auch erfüllt, wenn er nichts erfährt. Was kann es dir schon bringen von dieser fremden Familie zu hören. Hier ist deine Heimat. Du bist ein Tipateo."

Uske stand still, seine Nasenflügel bebten. „Ich bin kein Tipateo. Was ich bin, weiß ich nicht. Die Tipateo haben mich aufgenommen. Ich habe ein gutes Leben. Aber in meinen Träumen sehe ich meine Mutter und fühle ihre Liebe. Sie fehlte mir mein ganzes Leben."

„Deine Mutter ist lange tot. Nie hätte sie dich sonst verlassen. Katui reist nur, weil es Rasas letzter Wille ist.

Was, wenn wir Rasa falsch verstanden haben? Was, wenn es gar keine Spuren gibt? Was, wenn Katui nie zurückkehrt?"

Mit geballten Fäusten stand Uske da. „Alle haben es gehört. Sie bat um Vergebung. Ich will wissen, was geschehen ist."

„Du, du, immer nur du! Gib deinem Sohn das Recht, seine Rückkehr frei zu entscheiden. Nur dann lasse ich ihn fort."

Die Eltern starrten sich wortlos an. Sie stritten um eine Aufgabe, die nur Katui lösen konnte. Er würde in der anderen Welt auf sich allein gestellt sein. Er entschied und niemand sonst! Die Schale voll Nussmilch stand unberührt. Katui sah, wie das Rindenpulver darin graue Wolken formte und trank.

Kapitel 6
Berlin, 9. März 1989

Professor Hastig marschierte vor seiner Tafel im Hörsaal hin und her. Er dozierte und schob dabei seinen neuen Teleskop-Zeigestock auf und zu. Mit kurzem Stab, weil er sich verklemmt hatte, deutete er auf die Projektionsfläche. „Was sehen Sie dort?" Er blieb stehen und zog an der Stockspitze. Mit plötzlichem Ruck gab sie nach. Abgelenkt sah er eine Studentin in der ersten Reihen nur flüchtig an. „Sie dort, was meinen Sie?"

„Das ist ein altes Schulheft."

„Da kann ich nur sagen: Richtig! Sie sehen hier die Vorder- und Rückseite des Umschlags."

Scharf beobachtete er die Studenten, keine auffälligen Reaktionen. „In der letzten Vorlesung haben wir Altersbestimmungen erwähnt. Ich unterstelle mal, Sie wollen wissen, wie alt dieses Heft ist, was würden Sie tun?" Der Professor zeigte mit langem Stock auf einen Studenten. „Sie da oben."

„Ich würde fragen, wann Sie es gekauft haben."

Allgemeines Gelächter.

„Diese Antwort ist hundertprozentig richtig! Normalerweise würde man das tun. Hat jemand noch eine Idee?"

Eine Studentin meldete sich. „Es steht drauf. 1911. Das Heft ist achtundsiebzig Jahre alt."

Der Professor blieb stehen und nickte. „Wieder richtig. Ich behaupte aber, das Heft ist vierhundert Jahre alt. Wie könnten Sie das prüfen?"

Die Studentin runzelte die Stirn. „Man müsste eine C14-Analyse machen. Meinen Sie das?"

Der Professor stieg einige Stufen zwischen den Sitzreihen hoch. „Aha! Ja, das wäre eine Möglichkeit."

Er drehte sich um seine eigene Achse wie ein Kreisel, stoppte und zeigte wie zufällig auf einen anderen Studenten. „Wie nennt man die Methode auch?"

„Radiokarbonmethode."

„Sie wissen es. Sehr gut. Von wem ist die Methode?"

„Libby."

Der Professor nickte. „Nobelpreisträger 1960, Willard Frank Libby. Wir wissen, dass zu prüfende Materialien organisch sein müssen, in mehreren chemischen Schritten muss CO_2 isoliert werden, damit wir den noch vorhandenen radioaktiven Anteil an ^{14}C-Atomen messen können." Er zog die Palmblatt-Seiten hervor. „So können wir z.b. feststellen vor wie vielen Jahren die Palmblätter geschnitten wurden, aus denen diese Ersatzseiten bestehen."

Er zeigte auf den nächsten Studenten. „Welche Messvorrichtungen kennen Sie?"

„Ehm, Zählrohr, wie es auch in einem Geigerzähler verwandt wird, der die radioaktiven Zerfallsprozesse hörbar macht. Das war Libbys Methode. Besser ist das Messen mit einem speziellen Spektrometer, das geht schneller und ist genauer."

„Sehr gut informiert, Kompliment an Sie alle!"

Und das meinte er durchaus ironisch. *Ich pack euch schon! Habt euch perfekt vorbereitet.*

„Kommen wir zu unserem Heft zurück. Welches Problem haben wir speziell mit diesem Heft?"

Stille.

Der Professor grinste, legte ein Buch unter das Episkop und deckte es vorerst mit einem Blatt Papier ab. „Was meinen

Sie, welches Gewicht hat so ein Schulheft? Etwa fünfzig bis einhundert Gramm?"

Ein Student meldete sich. „Man benötigt für ein Zählrohr eine größere Menge Probematerial, bis zu einem Kilogramm!"

Der Professor vollführte einen kleinen Freudensprung. „Ganz genau!"

Er entfernte das Blatt Papier über dem offenen Buch. An die Wand projiziert erkannte man das Gesicht eines Mannes mit halblangen Haaren.

„Das Turiner Tuch kennen Sie ganz aktuell aus der Zeitung. Angebliches Leichentuch von Jesus Christus. Im April letzten Jahres wurde es auf sein Alter untersucht. Dafür war nur eine kleine federleichte Probe nötig, die zudem unter drei Instituten aufgeteilt wurde. Zu ermitteln war das Alter. Ein Beschleuniger-Massenspektrometer war das neueste Gerät der Wahl."

Der Professor wechselte das Buch aus. An der Wand erschien die Abbildung einer großen Apparatur. „Leider geht die Vorlesungszeit zu Ende. Ich kann Ihnen erst nächstes Mal die Funktionsweise erklären."

Der Professor setzte zum Schlussspurt an. „Warum habe ich Sie eine Stunde lang mit all diesen Details gequält? Aus zwei Gründen. Erstens, was kam beim Turiner Tuch heraus? Es handelt es sich nicht um das Leichentuch Jesu Christi. Es ist nur ca. 650 Jahre alt. Bewiesen dank des neuen Massenspektrometers."

Der Professor hob das originale Tagebuch-Schreibheft für alle sichtbar hoch.

„Dieses Heft wurde angeblich vor kurzem im Brasilianischen Regenwald gefunden. Einige beschriebene

Zusatzseiten bestehen aus Palmblättern. Der Finder behauptet, der Fund wäre vierhundert Jahre alt. Der handgeschriebene Text erzählt so unglaubliche Dinge, dass ich das Alter unbedingt prüfen lassen will. Zum Glück gibt es eine leere Palmblattseite, die uns als Probe dient. Zufällig sind mir einige Professoren in Zürich persönlich bekannt. Ein Beschleuniger-Massenspektrometer steht dort. Was halten Sie von einer gemeinsamen Exkursion in die Schweiz?"

Erfreute Unruhe unter den Studenten.

„Es gibt die Stiftung *Zeit und Zukunft*, die für uns eine solche Exkursion finanzieren will. Ich muss aber eine Einschränkung machen. Nur zehn von Ihnen können mich nach Zürich begleiten. Deshalb schreibe ich einen Wettbewerb aus. Fertigen Sie eine Hausarbeit an, in der Sie den Inhalt der heutigen Vorlesung wiedergeben. Die Verfasser der zehn besten Arbeiten werden mich begleiten."

Die zweite Ankunft

Katui lag warm und weich. War das Karlotta oder Magda, die neben ihm atmete? Durch halb geschlossene Lider erforschte er die Umgebung. Da war sein Fuß, der unter einer weißen Decke hervorlugte und gegen ein Gitter stieß. *Bitte kein Käfig!* Er hob den Kopf und öffnete die Augen. *Nein, ein Bett!* Rechts und links standen weitere, ebenso viele an der Wand gegenüber. Menschen schliefen darin. Die großen Fenster ließen das Morgenlicht herein. Wieso war er nicht in Magdas Küche oder der kleinen Kammer?

Etwas bewegte sich hinter seinem Rücken. Ohne sich umzudrehen, ertastete er dort einen warmen, weichen

Körper, der atmete. Er wandte sich um und erkannte blaue Augen, die weit aufgerissen zurück starrten.

Ein Schrei aus zwei Kehlen.

Mit einem Satz sprang er aus dem Bett. Es polterte und schepperte. Magdas Decke war heruntergefallen, ein kleiner Knochen rollte über den Boden, Federn flogen durch die Luft. Katui zog seinen Schurz etwas fester und kniete sich nieder, um eilig seine Habseligkeiten aufzusammeln.

Alle im Saal waren jetzt wach.

Schreie, Hilferufe.

Keiner verließ sein Bett.

Eine Tür wurde geöffnet und eine Frau stürzte herein. Sie war weiß. Sogar auf dem Kopf! „Was ist hier los?!"

„Ein Einbrecher."

„Ja, ein Dieb."

„Nein, ein Tier."

„Der hat Flöhe!"

„Es war in seinem Bett."

„Der ist dreckig!"

Katuis Bettnachbar von vorhin hatte einen Hustenanfall. Er winkte hektisch, fuchtelte herum, als wolle er eine Fliege fangen. Sein Gesicht wurde rot, dann bläulich.

Die weiße Frau rannte zu ihm und schnappte sich eine kleine Flasche, aus der sie eine grüne Flüssigkeit auf einen Löffel goss. Der Mann riss den Mund auf, würgte, hustete, schluckte. Nur wenige Augenblicke später atmete er wieder gleichmäßig und fiel erschöpft in seine Kissen. „Danke, Schwester, danke!"

Katui hockte noch immer am Boden. Der kleinste Knochen war unter ein Bett gekullert, mühsam angelte er ihn hervor.

Die weiße Frau baute sich vor ihm auf. „Wie kommen Sie hier herein?"

Mit stummem Augenaufschlag sah er sie an.

„Hier, ziehen Sie ein Nachthemd an."

Er schlüpfte hinein. Es reichte ihm bis zu den Knien. Die Frau blieb, wo sie war. „Verstehen Sie mich?"

Er antwortete in der Sprache der Tipateo: „Das sage ich dir besser nicht." Da erinnerte er sich an seine Aufgabe und fragte in Deutsch: „Kennen Sie Uske?"

Sie drehte sich zur Tür und rief nach draußen: „Er ist ein Zigeuner. Rufen Sie die Polizei!"

Inzwischen standen weitere weiße Frauen im Zimmer, sie schnatterten wie aufgeregte Affenmütter.

„Wir müssen ihn wegschaffen!", erklärte die von eben.

Unzählige Hände griffen nach ihm. Tritte trafen ihn, Katui riss sich los, doch sie erwischten ihn erneut. Dann schubsten sie ihn in einen kleinen Raum. Der improvisierte Rucksack landete vor seinen Füßen. Die Tür knallte ins Schloss.

Eine Weile blieb er liegen, bevor er Kraft fand, sich aufzusetzen. Knie und Ellenbogen schmerzten. Die Decke lag offen, alle seine Habseligkeiten verstreut um ihn herum. Wuras Beutel hatte einen Riss. Zum Glück war die Kalebasse mit den Beeren heil geblieben. Er band sie zur Sicherheit am Schurz unter dem Hemd fest.

Wo war er? Raus, nur raus hier und sofort Karlotta und Magda suchen. Er rüttelte an der Tür. Immer heftiger. Trat mit den Füßen dagegen, schlug sie mit seinen Fäusten. Bis er erschöpft mit dem Rücken die Wand herunter rutschte und ratlos am Boden auf weißen glatten Steinen saß. Kälte kroch in ihm hoch. Er rappelte sich auf, bewegte die Arme und hüpfte auf der Stelle. Es gab zwei Fenster, weit oben. Sie waren vergittert und klein.

Die Luft roch feucht und muffig. An einer Seite hingen Schüsseln. Gegenüber ragten Haken und Metallkreuze aus der Wand. Er befingerte ein Kreuz, drückte darauf und drehte es nach rechts.

Warmer Regen rauschte herab.

Katui sprang zur Seite, wo ihn das Wasser nicht mehr erreichte. Er zog das lange Hemd aus, nicht den Schurz, seine Haut zeigte eine Gänsehaut. Nur ein Schritt voraus und Wärme prasselte erneut auf ihn nieder. Ob er mal an allen Kreuzen drehen sollte? Es regnete aus der ganzen Wand.

Kraftvoll hob er die Arme. Tanzte immer wilder durch das rauschende Wasser, sang laut zu seinen Sprüngen und pries die Götter an.

Der Schamane Katui konnte Regen machen!

Der Schamane Katui konnte warmen Regen machen!

Da öffnete sich die Tür.

Die Arme nach oben gerichtet, verharrte er mitten im Regenschauer. Vor ihm bauten sich zwei uniformierte Männer auf, breitbeinig, mit schwarz-blanken Metallschüsseln auf dem Kopf. Hinter den beiden stand eine dicke weiße Frau und keifte: „Ist es denn zu fassen! Was treibt er hier? Welch ein Tumult! Die Patienten brauchen absolute Ruhe!"

Ohne ihn aus den Augen zu lassen stürmte sie im Bogen um Katui herum und drehte die Wand entlang an den Kreuzen. Vorbei war es mit dem Regen.

„Alles schwimmt hier! Meine Herren, schaffen Sie uns diesen Wilden aus dem Haus!"

Sie hob das halb durchnässte Hemd vom Boden.

„Ziehen Sie das an!"

Kaum hatte er es sich halbwegs über den Kopf gezogen, wurde er gepackt.

„Heil Hitler. Sie sind festgenommen."

Sie zerrten ihn durch den Flur und hinaus aus dem Gebäude. Einer der Polizisten hatte ihm inzwischen die Arme so auf den Rücken gezerrt, dass Katui sich nicht wehren konnte.

Dann klackten die Handschellen.

„Hör gut zu, du Bastard. Glaub nicht, wir tragen dich bis zum Revier. Du wirst selbst laufen!"

Mit einem schwarzen Knüppel drosch er auf Katui ein.

Königsberg in Preußen, September 1937

Katuis Nase blutete. Die linke Augenbraue brannte. Die Schultern schmerzten. Das Nachthemd hatte inzwischen unzählige Flecken. Er bewegte sich wie in Trance. Wenigstens schlugen sie ihn nicht mehr. An seinen Handgelenken scheuerten die Metallfesseln.

Revierleiter las er auf dem Schild an der Tür, durch die sie ihn ins Zimmer stießen. Ein Mann in Uniform stand am Fenster, ihnen mit dem Rücken zugewandt. Qualm stieg aus seinem Kopf. „Was bringt ihr da?"

Katui bemerkte sofort den schwarzen Knüppel, den der Kerl wie die beiden anderen am Gürtel trug.

Die Polizisten standen stramm und hoben jeder einen Arm.

„Heil Hitler! War nachts ins Krankenhaus eingedrungen. Hat dort randaliert."

Der Revierleiter drehte sich um.

Katuis innerer Geist klopfte heftig in seiner Brust.

In der linken Hand hielt der Mann eine Zigarre. Er trug einen Schnurrbart, fast glatzköpfig, mit dem rechte Handrücken wischte er sich unter der Nase entlang und starrte den Gefangenen an. „Raus! Lasst uns allein!"

Ohne Worte hoben die Polizisten erneut den Arm, schlugen die Hacken zusammen und trollten sich.

„Bist du der Sohn von Tutu? Was für ein hübsches Kleid."

„Meister Zwirner, bitte, ich…"

Der Mann kam näher und blies ihm Zigarrenrauch ins Gesicht. „Wo ist dein Vater?"

„Ich bin Katui – Tutu."

„Verarsch mich nicht! Das ist über fünfundzwanzig Jahre her!"

„Nein. Bei uns nur wenige Tage."

Meister Zwirners Augen wurden sehr, sehr schmal. „Sein Verschwinden damals. Ihr habt mich ruiniert…"

„Wie ein Tier im Käfig war das!"

„Hat dir das dein Vater erzählt, du Bastard? Ich werde dich lehren!"

Mit einem fiesen Grinsen betrachtete er die brennende Zigarre und presste sie mit einer raschen Bewegung auf Katuis Oberarm. Katui starrte auf einen schwarzroten Fleck. Geruch nach verbranntem Fleisch stieg auf. Keine Schmerzen! Zwirner schob wütend seinen Unterkiefer vor. Ein zweites Mal drückte er die Zigarrenglut auf den Arm, bis sie erlosch. „Ich will dich leiden sehen. Schrei endlich!"

Katui lächelte, es kitzelte nur auf seiner Haut.

Meister Zwirner riss die Tür auf und brüllte: „Die zwei Clowns von eben, antreten!"

Sie stürmten herein und schlugen ihre Hacken zusammen.

„Bringt ihn ins Lager! Sonderbehandlung! Ich will ihn nie wiedersehen! Verstanden?!"

Sie griffen den Gefangenen und zogen ihn aus dem Raum. Seine Knie schrammten den Boden entlang.

Lautes Rattern in wilder Fahrt, er wurde hin und her geschüttelt, hockte zwischen den beiden Polizisten auf einer harten Bank.

„Armes Kerlchen."

„Seh ich auch so."

Katui sah voraus durch eine Scheibe und begriff, sie rollten durch Königsberg, am Hafen entlang, genau auf den Kneiphof zu. Nicht weit davon entfernt der Fischmarkt! *Götter helft, ich will zu Magda.* Das Glas vor ihm glühte ohne Vorwarnung grün-blau gleißend. Zugleich stieg in ihm eine wohlige Hitze auf und pulsierte auf seinen Schultern. Grünbunt durchsichtig erschien das Bild seiner Großmutter vor ihm. Er hörte sie nicht, las von ihren Lippen. „Du bist ein Schamane, nutze deine Kraft."

Sie verschwand, die Scheibe sah aus, wie vorher.

Worte purzelten aus seinem Mund. *„Waku brahamu foki"*, er fasste sich an die Lippen. Das war nicht die Sprache der Tipateo.

Der Polizist links von ihm hielt sich mit beiden Händen an einem Rad fest und beugte sich vor, es quietschte, fast prallte Katui gegen die Scheibe. Der andere Polizist öffnete die Tür neben sich, kletterte hinaus auf die Straße und winkte Katui zu. Der folgte ihm auf wackligen Beinen. Im Nu fielen die Handschellen von seinen Handgelenken. Der Mann steckte sie ein, lächelte und stieg zurück ins Auto.

Von dort oben grüßte er mit einem Augenzwinkern, der Motor heulte auf und der Wagen rauschte davon.

Katui verstand nicht sofort, dass er frei war. Zittrig tapste er los und benötigte länger als sonst, bis er den Markt erreichte. Endlich sah er den Fluss Pregel, dort lagen die Fischerboote. Es roch so vertraut, Flusswasser und Fisch. Da war Magdas Karren. Wie gewohnt mit einigen Leuten davor. Er schleppte sich näher heran. Sie reichte gerade dem letzten Kunden in der Reihe eine Tüte. „Eck danke Ihnen." Geschäftsmäßig wandte sie sich an Katui. „Watt darf et sein?"
Ihre Augen änderten die Farbe, von trüb in hell. Sie fasste sich an die Wange. Ihr Mund klappte auf, zu und wieder auf. „Katui!"
Sie hatte Falten im Gesicht, war grauhaarig und stand leicht gebückt. Aber ihr Blick war wach. Ein Schwall plattdeutscher Wörter prasselte auf ihn ein. Wie früher schon, verstand er nur einen Bruchteil, doch genug, um zu kombinieren, dass sie ihn „so jung" nannte und seinen „Aufzug schrecklich" fand. Wo er all die Jahre gewesen sei, fragte sie ihn. Er nahm nur ihre Stimme wahr, was sie sagte, erreichte ihn nicht. Statt Antwort zu geben, umarmte er sie einfach.
Und sie lachte.
Wenig später, nach immer neuen Umarmungen, verdunkelte sich ihre Miene.
„Es ist gefährlich für dich in diesen Zeiten."
Ehe er sich versah, saß er wieder unter einem Tisch, wurde sie erneut zu seinem Schutzschild.
„Wir jehn bessa erst bei Dunkelheit."

Ihre unbeirrbare Zuversicht hatte sich nicht verändert.

„Nu komma, jetzte können wir jehn. Hilf mia!"
Magdas Gemüsewagen war neu, mit Rädern aus einem schwarzen Material, das federte. Wie gewohnt griff Katui die Deichsel und schlug den bekannten Weg ein. Der Karren ließ sich mühelos ziehen. Doch Magda hielt ihn auf.
„Hier jeht's lang, Jungchen."
Statt vom Marktstand nach links, zog sie ihn in Richtung Schloss. Auf den Straßen fuhren viele Pferdewagen und Kutschen ohne Pferde. Sie hatten glühende Augen. Waren das Tiere mit Rädern? Eher nicht. Gab es Lebewesen aus Metall? Magda achtete darauf, dass sie am Rand liefen. Die Rädertiere brausten an ihnen vorbei und Katui zuckte jedes Mal zusammen. Die wenigen Menschen auf ihrem Weg, grüßten nicht, schauten einander nicht in die Augen. Fürchteten sie sich voreinander?
„Wir haben jetzt eine große Wohnung!"
„Für dich allein und Karlotta?"
„Aber Jungchen, das ist sechsundzwanzig Jahre her!"
Sie schob ihm den Wagen von hinten in die Kniekehlen.
„Wir sind gleich da."
Nur zwei Minuten später erreichten sie ein weißes Wohnhaus mit mehreren Etagen. Katui bewunderte die Blumen an den Fenstern. Alles war so sauber.
Hinter der Wohnungstür hatte der Flur viele Türen. Katui hörte Musik. Ein Mädchen lief herbei. Sie trug ihre Haare zu zwei Zöpfen gebunden. Das war sie, nichts hatte sich an ihr verändert, außer diese beiden Schwänzchen am Kopf.
„Karlotta!"

Die Kleine stockte und lief davon. „Mama!! Da ist ein Gespenst!"

Eine fremde Frau spähte in den Flur. „Was ist denn, Irenchen?"

Sie erstarrte. „Katui! Wie siehst du denn aus?"

„Karlotta?"

Die Frau nickte. Ihr Blick wirkte müde. Ihre Haare waren braun, leuchteten nicht mehr rot. Eine einzelne Strähne fiel ihr immer wieder ins Gesicht.

Wie ein Baum bei Windstille stand Katui da. Mit einer Hand fuhr er sich über die Augen, als wolle er das in Tränen verschwommene Bild aufklaren.

Karlotta breitete ihre Arme aus. „Willkommen!"

Ihre Umarmung war herzlich und lang. „Ich hab dich so vermisst. Lass dich genauer ansehen. Du musst Schlimmes erlebt haben. Ich hol dir frische Kleidung."

Er erkannte ihren Duft.

Die Küche war riesig. Schränke mit Fenstern und Geschirr dahinter. In der Mitte stand ein Tisch. Es roch nach Kaffee. Er betrachtete die Lampen an der Decke. „Wo kommt das Licht her?"

Karlotta lächelte. „Das ist der einzige Luxus, den wir haben. Es sind Gaslampen. Dort sind die Leitungen. Siehst du, sie führen nach oben."

Sie klappte einen Schalter neben der Tür runter und hoch. Die Lampe erlosch und leuchtete wieder. An derselben Wand entdeckte Katui ein Kreuz, das er so ähnlich schon kannte. „Könnt ihr auch Regen machen?"

Keiner antwortete ihm. Er sah in erstaunte Augen. Kurz entschlossen drehte er das Kreuz. Ein kräftiger

Wasserstrahl schoss in die Schüssel darunter. Alle lachten und Karlotta stellte das Wasser wieder ab. „Du meinst den Wasserhahn. Ja, die Zeiten, dass wir zum Brunnen gehen, sind lange vorbei. Reiche Leute haben Badezimmer mit Wanne und Dusche. Wir waschen uns noch immer in der Küche. Komm, ich zeige dir die restlichen Zimmer."

Im Wohnzimmer saß ein Mann auf einem Sessel und las Zeitung. „Was ist da für eine Unruhe?"

Karlotta schob ihren Gast ein Stückchen vor. „Katui, das ist Erich. Wir sind verheiratet. Er arbeitet bei der Bahn und hat heute seinen freien Tag. Erich, das ist Katui, ein ganz lieber alter Freund."

Der Angesprochene linste über den Zeitungsrand. „Wie kann der dein Freund sein?"

„Er ist der Junge, den wir gerettet haben, als ich ein Kind war."

„Bist du noch bei Verstand? Er sieht aus wie ein Zigeuner. Zerschunden, schmutzig, garantiert ein Flüchtender. Du bringst uns alle in Gefahr!"

„Er ist doch nicht gefährlich!"

„Und was willst du sagen, wenn die SS eine Erklärung verlangt? Er muss weg, sofort."

Für Katui vibrierte die Luft dort, wo Karlottas Ehemann saß.

„Erich, wir müssen ihm helfen. Er sucht die Familie seines Vaters."

„Was geht uns das an? Ich muss meine Familie schützen. Verschwinde Junge, sofort. Ich ruf sonst die Polizei!"

Katui nickte und umklammerte seine Habseligkeiten in der Decke. Karlotta hielt ihn am Arm fest. „Du bleibst."

Erich knüllte das Königsberger Tageblatt zusammen und stürmte auf den fremden Gast zu. „Es reicht! Wenn er nicht sofort geht, jage ich ihn eigenhändig davon."

Karlotta stellte sich ihm in den Weg. „Niemand wird verjagt!"

„Das werden wir ja sehen! Hier bin immer noch ich der Mann im Haus!"

Die Luft um Erich sah für Katui wie ein Sturm aus, der Sand aufwirbelte und den Atem nahm.

Karlotta zerrte ihn schützend in die Küche, Erich schnaufte hinterher. Katui riss sich los. „Hilfe!" Dort eine schmale Tür. Er sprang in den kleinen Raum und schob von innen den Riegel vor. Es roch nach Rauchwurst und Speck.

Draußen brüllte Erich. „Karlotta hat mir noch nie widersprochen!"

„Hör auf!", flehte seine Frau.

Es rüttelte an der Türklinke. Fäuste donnerten gegen das Holz. „Komm raus, du feiger Dreckskerl!"

Hektisch suchte Katui einen Ausweg. Das schmale Fenster ließ sich öffnen. Von hier aus zu hoch für einen Sprung in den Hof.

Erich malträtierte weiter die Tür. Es splitterte. Ein Riss, quer über dem Türblatt.

Ihr Götter helft!

Katui griff nach der Kalebasse an seiner Taille, schlug den Verschluss herunter und kippte sich die Beerenflüssigkeit in den Mund. Die Hälfte verkleckerte er.

In diesem Moment barst die Tür. Er kauerte sich in die hinterste Ecke. Erich stand vor ihm mit wutverzerrtem Gesicht. „Das gibt eine Tracht Prügel extra. Du hetzt meine Frau nie wieder gegen mich auf!"

Seine Visage wurde zu einem hellen Fleck. Wie durch einen Wasserschleier nahm Katui die Umgebung noch wahr. Die kleine Kammer schwankte und drehte sich immer schneller.

Wald der Tipateo, zweite Trockenzeit nach der großen Flut (ca. 1516)

Es polterte, es schmerzte, es war vertraut. Für eine Landung in Hockstellung war die Hängematte nicht ausgelegt. Sie schlug um und Katui federte auf den moosigen Boden.

Wura strahlte ihn an. „Wie froh ich bin. Auch diese Nacht des Feuerbaums hast du gemeistert."

Seine Finger waren fruchtrot verfärbt und klebten aneinander. Sie zitterten. Er tauchte sie ins Wasser, das stets am Eingang der Hütte bereitstand. Dann schälte er sich aus der Kleidung der Ahnen und trug wieder seinen Schurz.

Am Feuer saß die Mutter. Eine Fliege kroch über ihre Stirn. Wura verjagte sie mit einer schnellen Handbewegung. Der Brummer landete auf seinem Knie, wo er Beerensaft kostete. Katui liebte sein Kitzeln und Krabbeln auf leichten Beinchen. Wie vertraut die Hütte duftete. Das Knistern der Flammen, wie heimelig. Kurz schloss er die Augen und lauschte. Sein Atem beruhigte sich. Er war zu Hause und wieder vollkommen gesund.

Wura legte Maniok ins Feuer. „Setz dich zu uns."

Uske kam von der Jagd, zusammen mit den Geschwistern. Katui verstaute für alle sichtbar seine mitgebrachte Kleidung sowie die Decke in der Hängematte und setze sich zu den anderen. „Nichts davon wird verbrannt!"

Er biss in ein Stück warmen Maniok.

Uskes Augen rundeten sich, er sah seinen Sohn direkt an und der verstand. „Nein, leider konnte ich nichts herausfinden. Ich war in Gefahr und musste fliehen."

Uskes Blick war wie ein sanfter Windhauch, der Katui streichelte.

Später stellten sie zögerlich ihre Fragen. Er antwortete ausführlich. Dann erkundigten sie sich genauer. Zum Beispiel, was diese rollenden Tiere waren, mit glühenden Augen. Er nahm sich die Zeit, ihnen alles zu erklären. Die Begegnung mit Zwirner erwähnte er nicht.

Aber Wura war alarmiert. „Willst du nun immer wieder zu den Ahnen?"

„Ich möchte schon."

„Wieder diese gefährlichen Reisen?"

In Gedanken diskutierte Katui mit sich selbst. Karlotta sah inzwischen so alt aus wie hier Wura. Gab es einen Grund zurückzukehren? Die Mutter schien seine Überlegungen zu kennen. „Du hast dich der Aufgabe zweimal gestellt. Niemand zwingt dich. Auch Uske sieht das so. Und es gibt viele Aufgaben hier für dich."

Katui lächelte. Einen Augenblick empfand er sich so leicht wie eine schwebende Alge in der Flussströmung. Er war frei. Rasas Wunsch war erfüllt, auch ohne Ergebnis. Es gab keinen Grund für Ausflüge zu den Ahnen mehr. Doch tief in ihm wisperte Großmutters Stimme. *Du hast nicht beharrlich gesucht. Die Götter wissen das. Denk an die Vorsehung.*

„Bald bist du ein Mann. Wir glauben, Niara passt zu dir."

Welch unerwarteter Satz seines Vaters. „Ihre Eltern sind einverstanden. Denk darüber nach. Eine Verbindung mit ihrer Familie ist auch unser Wunsch."

Niara, die Tochter des besten Jägers im Dorf. Etwas jünger und wunderschön. Dass Uske ausgerechnet heute dieses Thema ansprach, überraschte Katui vollkommen. Zu Mädchen hatte er keine Meinung. Aber so war es Tradition. Die Eltern sprachen miteinander, immer kurz nach der Zeremonie des ersten selbst gejagten Tieres. Meistens wurde ihr Vorschlag später von den Kindern angenommen. Nachdenklich zog er ein wenig an seiner Lebenskette, ohne sie anzuschauen. Es blieb ihm doch Zeit! Eines Tages, Niara, warum nicht?

Am nächsten Tag

Früh am Morgen wartete Wura auf ihn. „Bist du bereit, um heute weiter zu lernen?"

Katui sprang aus seiner Hängematte. „Ja. Ich kann das Heft beiseitelegen und später weiterschreiben." Das Tagebuch fiel auf den Boden.

Wura hob es auf und betrachtete es von allen Seiten. „Was meinst du damit?"

„Ich habe es bei den Ahnen gelernt. Gerne zeige ich es dir." Statt Lehrerin wurde sie an diesem Morgen die Lernende. Er las ihr aus seinem Tagebuch vor. Langsam, weil er übersetzte. Das war schwierig. Die Sprache der Tipateo hatte nicht genug Worte für all die Gegenstände der Ahnen. Deshalb sagte er ihr den deutschen Begriff und beschrieb, was es bedeutete.

Wura hörte mit offenem Mund zu, fragte nach, übte die Aussprache der neuen Vokabeln. „Wie wunderbar. Jetzt schon weißt du mehr als ich, und du kannst dein Wissen für die Nachkommen bewahren. Das möchte ich auch. Bitte lehre mich."

Und so erfand Katui, die Schreibweise für die Sprache der Tipateo mit Hilfe der erlernten Schriftzeichen, für im Deutschen unbekannte Laute erdachte er neue Symbole.

Am Ende des Unterrichts lächelte Wura und tat geheimnisvoll. „Ich habe ein Geschenk für dich."

Aus einem dunklen Winkel der Schamanenhütte holte sie ein Schulheft. Eines, wie er es vollgeschrieben hatte, verblichen und die Seiten wellten sich, doch sie waren vollkommen leer. „Deine Großmutter Rasa hat es mir gegeben. Es liegt schon so lange da. Niemand wusste, wozu es gut ist. Benutze du es. Wem, außer dir sollte diese Ehre gebühren?"

Sie hockten im Sand vor Wuras Hütte. „Mein Sohn, ich danke dir."

Mit einem Ast schrieb sie Worte in den weichen Boden. Sie erhob sich wieder, schob den Baumstamm vor und vollführte die traditionelle Zeremonie, um den Eingang vor Fremden zu schützen. Katui las, was sie geschrieben hatte.

ikatu – es ist möglich.

Er beugte sich hinunter und ergänzte.

Katui – alles ist möglich.

Kapitel 7
Berlin, 11. März 1989

Die Uhr am Rathaus zeigte zehn nach acht. Beim Eintreten hätte der Professor um Haaresbreite einer Kellnerin das Tablett aus der Hand gestoßen. Er stürmte an ihr vorbei und rief: „Verzeihung!"

Bernhard erwartete ihn am Tisch. Er klappte augenblicklich die Speisekarte zu. „Die kenne ich inzwischen auswendig. Guten Abend, Professorchen."

„Bist du schon lange da? Der Bus hatte Verspätung, bitte entschuldige."

Er ließ sich auf einen Stuhl fallen, sprang sofort wieder auf. „Ich habe da was für dich."

Seine Hand war für die enge Gesäßtasche zu groß, er quetschte zwei Finger hinein, fand aber nicht, was er suchte. Hektisch klopfte er alle Taschen von Jacke und Hose ab. Nichts.

Bernhard grinste. „Zum zweiten Mal. Guten Abend, Professorchen. Nun komm doch erst mal zur Ruhe!"

„Wie unhöflich von mir, verzeih. Schön, dich zu sehen, Bernhard."

Der Professor gab dem Freund zur Begrüßung einen Klaps auf die Schulter und setzte sich zum zweiten Mal. Statt sich mit der Speisekarte zu beschäftigen, kratze er sich am Kopf und tastete erneut seine Taschen ab.

Bernhard winkte in Richtung Bar. „Vorschlag. Wir suchen uns was aus und essen. Danach wird sich schon anfinden, was du vermisst."

Wie immer hatte der Freund Recht.

Der Kellner war sofort zur Stelle und sie bestellten. Es dauerte nicht lang, da durchwühlte der Professor schon wieder seine Jackentaschen.

Bernhard legte ein Päckchen auf den Tisch. „Was sausen dir denn da nur für Hummeln durch dein Blut. Sitz doch mal still. Konzentrier dich auf was anderes."

Er schob dem Professor ein Geschenk hin. Der betrachtete es von allen Seiten, ohne es zu berühren. „Du schenkst mir etwas?"

„Weißt du eigentlich, dass wir uns heute auf den Tag genau vor fünfundzwanzig Jahren das erste Mal getroffen haben? Ich dachte, das ist wohl ein guter Anlass!"

„Also, ich will mal sagen, bin platt. Danke! Aber ich habe doch auch in irgendeiner Tasche…"

„Pack erst mal aus. Es lohnt sich, glaube mir."

Der Professor tastete seinen Oberkörper ab. Es knisterte. Er fand einen Briefumschlag, der unter dem Hemd am Hosenbund eingeklemmt war und hielt ihn hoch. „Hab ich dich endlich! Das sind die Ergebnisse der Altersbestimmung."

Der Kellner brachte einen Bordeaux, den er formvollendet öffnete. Bernhard kostete und nickte. Schon standen zwei gefüllte Rotweingläser vor ihnen. Die Gläser klangen. Der Wein schmeckte ein wenig nach Lakritze.

Beide packten sie ihre Geschenke aus. Der Professor zog eine dünne Broschüre hervor. Auf dem beigefarbenen Einband prangte ein Vereinssymbol. Türkisfarbenes Oval mit weißen Buchstaben, VfB Königsberg. *,Fünfundzwanzigjähriges Jubiläum des Vereins für Bewegungsspiele, Königsberg Preußen 1900 – 1925.'*

Derweil entfaltete Bernhard die Altersbestimmung, aufgedruckt in Zahlenreihen und Text. Er legte das Dokument sorgsam neben sein Weinglas. „Das nennt man ein Paradoxon."

Der Professor schmunzelte. „Meine Studenten wollten es nicht glauben. Ich war mit einer kleinen Abordnung in der Schweiz. Sicherheitshalber haben wir zwei Proben analysieren lassen."

Bernhard studierte das Dokument ein zweites Mal. „Palmblätter versteckt in einem Heft, Anfang des zwanzigsten Jahrhunderts hergestellt, sind nachweislich vierhundert Jahre alt? Was fangen wir jetzt mit diesem Ergebnis an?" Seine Skepsis war nicht zu überhören.

„Mein lieber Bernhard, das ist der Beweis für Zeitphänomene."

„Professorchen, schau mal nach, was ich dir gebracht habe. In der Heftmitte!"

Der Professor öffnete die Broschüre. Sie klappte von allein zu einer Doppelseite auf. ‚Kurioses' war die Überschrift der Rubrik. Eine kleine Kollektion ausgefallener Motive. Da graste eine Ziege auf einem Fußballfeld. Ein Schiedsrichter im Clownskostüm pustete in seine Pfeife. Ein junger Wilder im Bastrock, stand wie im Kampf zum Sprung bereit, mit erhobenen Fäusten und aufgerissenen Augen. Aus dem Bild heraus sah Katui den Professor direkt an. „Saparalott. – Vielleicht überzeugender als meine schweizerische Sensation!"

Bernhard faltete bedächtig das eindeutige Analysedokument zusammen. „Weißt du, mir fehlt einfach die Vorstellungskraft für deine Zeitphänomene. Wer das

Foto kennt, könnte die ganze Geschichte drumherum erfunden haben."

„Ich will mal sagen, nein, entschieden nein! Die Altersbestimmung ist technisch und wissenschaftlich eindeutig."

Sogar die größten Zweifler unter den Studenten waren verstummt. Mit diesem Resultat befreite er Zeitanomalien endlich vom Joch der Theorie.

„Glaub mir Bernhard, das wird in Fachkreisen ein triumphaler Paukenschlag!"

„Zweimal Pfeffersteak mit Backkartoffel."

Der Kellner stellte die Teller ab. „Guten Appetit."

Das Steak gab beim Anschnitt saftig nach. Der Professor hatte Hunger! Was kümmerten ihn jetzt alle Theorien. Er schob das erste Fleischstück in den Mund, es ließ sich fast mit der Zunge am Gaumen zerdrücken. Im Geschmack eine leichte Schärfe, dazu ein mildes Kräuteraroma und Rauchgeschmack. Er erhob sein Glas. „Ich sag jetzt mal. Auf unsere Freundschaft. Das sollten wir öfter machen, Wissenschaft und ein vortreffliches Essen!"

„Professorchen, dies ist kein Zeitsprung, das ist Genuss in der Gegenwart! Lass es dir schmecken."

Wald der Tipateo, fünfte Trockenzeit nach der großen Flut (ca. 1521)

Im Dorf war es still. Kein Kind lachte. Niemand stampfte Paranüsse. Die Menschen sprachen leise miteinander. Der Regen übertönte alles, seit einer Woche prasselte er fast ununterbrochen auf die Dächer. Aus einigen Hütten stieg Rauch auf.

Katui schlurfte kraftlos den feuchten Waldboden entlang. Regentropfen perlten über seine Brust. Die Lebenskette klebte darauf. Einundzwanzig Samen hingen inzwischen daran. Auf dem Versammlungsplatz begegnete ihm Wura. Ihre Augen hatten dunkle Schatten. Sie kam aus dem Haus eines der Dorfältesten, und er war auf dem Weg zu Frakiki. Ohne stehen zu bleiben, nickten sie einander zu.

Frakiki schlief in seiner Hängematte. Er glänzte schweißnass am ganzen Körper. Seine Stirn war heiß und feucht. Katui tastete am Handgelenk des Freundes nach seinem Lebensgeist. Erleichtert stelle er fest, dass Frakikis Leben schwach pulsierte. Aber welche Behandlung half hier? Die Kräuteraufgüsse, die er allen Erkrankten eingeflößt hatte, brachten kaum Linderung. Die Umschläge mit dem fiebersenkenden Moos hatten gar nichts bewirkt. Ein Baby und einige von den Alten waren schon gestorben. In jeder Hütte gab es mindestens einen Kranken. Überall sah er verweinte Gesichter.

Er hatte sich in ein Leopardenfell gehüllt, sich die Haut mit Asche schwarz gefärbt und die roten Federn aus dem Haar entfernt. Offenbar fürchteten sich die Dämonen diesmal nicht vor ihm. Alle bisherigen Tänze und Beschwörungen hatten nicht geholfen. Die heilenden Geister zu rufen, das war die letzte Möglichkeit. Rund um das Lager des kranken Freundes verteilte er Späne eines Heilstrauches und zündete sie an. Dicht gestreut bildeten sie sofort einen Feuerkreis. Es qualmte, aber der Rauch roch angenehm und bewirkte keinen Husten. Im Gegenteil, Katui atmete die Schwaden tief ein und pustete sie über den Freund. Mit den Füßen stampfte er das Moos auf dem Boden, drehte sich um sich selbst und summte die Melodie für die Götter. Dann animierte er die Familienmitglieder, ebenfalls zu tanzen. Nach einigen Minuten waren die Späne zu Asche verbrannt. Es blieb nur, abzuwarten. Er nickte Frakikis Familie zu, die im Kreis um das Krankenlager verweilte, und schlich hinaus.

Wura erwartete ihn am Festplatz. „Wir müssen die Götter befragen, komm."

Katui folgte ihr in den Wald zum heiligen Platz der drei Steine. In deren Mitte setzten sie sich. „Die Gefahr für das ganze Dorf ist so bedrohlich, wir müssen unsere Kräfte vereinen."

Er bezweifelte, dass noch Kräfte in ihm existierten, war er doch kaum in der Lage, mit aufrechtem Rücken zu sitzen. Die Augen brannten, seine Lider fielen andauern zu. Sie nahm eine Steinklinge und ritzte einen feinen Schnitt in ihren rechten Unterarm. Es folgte die gleiche Prozedur an seinem. Sie kreuzten ihre Arme, so dass beide Wunden übereinanderlagen. Im Moment der Berührung strömte ein Pochen durch Katuis Körper, das ihn augenblicklich stärkte. Er straffte sich und saß aufrecht. Mit leisem Gesang erwarteten sie den Sonnenuntergang, so wie die Zeremonie es verlangte.

Wie in Trance saß Katui, bis die helle Scheibe des Nachtgottes am Himmel stand. Die Zunge geschwollen, ausgedörrt durstig. Still erhofften sie die Botschaft der Götter. Gab es die nicht vor dem Morgengrauen, erhielten sie keine mehr. Katui schloss die Augen. Weiße Frauen und Männer erschienen ihm. Waren das die ersehnten Bilder? Sofort hellwach hob er den Blick zum Himmel. Wolken ballten sich vor der hellen Scheibe, gaben sie aber rasch wieder frei. Da lächelte Rasa durchsichtig und fahl neben dem Mond. Das gab ihm Mut.

„Ich muss erneut reisen. Wir brauchen die Hilfe unserer Ahnen. Sie heilen mit anderen Mitteln."

Wura erhob sich. „Dann ist das die Botschaft der Götter. Lass uns deine Reise vorbereiten. Wir haben alles, was du dafür brauchst. Auch gegen die Bosheit der Zwirners, die deine wiederkehrende Prüfung sind."

Die dritte Ankunft, Berlin 8. Mai 1963

Der Pfarrer lief vorneweg auf dem letzten Weg von der Kapelle zum offenen Grab. Vier Träger zogen den Sarg auf einem Rollwagen. Dahinter folgte Karlotta als nächste Verwandte. Wegen ihres Babybauches bewegte sich Irene neben ihr nur mühsam, gestützt von ihrem Mann Frank. An seiner freien Hand hielt er den vierjährigen Sohn Konstantin. Der Trauerzug stockte. Karlotta nutzte den Moment und schaute zurück. Etwa dreißig Personen begleiteten den Sarg. Ehrfürchtig leise unterhielten sich weit hinten die Nachbarn. Frau Krüger aus der Wohnung gleich nebenan nickte ihr zu. Sie erkannte Herrn Walter, den Bäcker, Peter, den Zeitungsjungen und Frau Jung, die Verkäuferin aus dem Metzgerladen. Dicht hinter Karlotta folgte Frieda Zander, Magdas Freundin. Sie weinte. Die beiden hatten sich erstmals vor wenigen Jahren bei einem ostpreußischen Heimattreffen getroffen und sofort innige Freundschaft geschlossen. Karlotta schenkte ihr ein dankbares Lächeln und wandte sich wieder dem Sarg zu. Bisher war alles so verlaufen, wie es sich Magda gewünscht hätte. Die festliche Stimmung in der Kapelle, zu Ehren der

Verstorbenen feierlich gekleidete Trauergäste. Dazu die Predigt genau wie mit Karlotta abgesprochen. Keine Gefühlsduselei, nichts Übertriebenes, Magda so geradeheraus geschildert, wie sie gelebt hatte. Eine einfache Marktfrau mit dem Herz am rechten Fleck und einer gesunden Portion Humor.

So ischt es und so woarsch, und da kriejt det Kind nen koalden Oarsch!

Magdas Lieblingsspruch hatte der Pastor sogar zitiert, alle Trauernden nickten und schmunzelten. Und doch verfolgte Karlotta das Bild bis heute, wie sie die Mutter entdeckt hatte, beim vermeintlichen Nickerchen auf der Couch, und wie sie die Schlafende nicht mehr wach rütteln konnte.

Irenes Mann räusperte sich.

„Wo wird denn hier am Friedhof gehämmert? Mitten in einer Bestattung!"

Karlotta begriff zuerst nicht, aber dann hörte sie das dumpfe Klopfen auch. Dazu eine junge Stimme, wo kam das her? Sie trat einen Schritt näher an die Träger heran. Das Poltern und Rufen wurden lauter. Eisige Schauer sausten ihr den Rücken entlang. „Halt! Hier stimmt was nicht, macht den Sarg auf!"

Herr Wagner, der Bestatter, eilte herbei. „Das ist unmöglich. Hier im Freien dürfen wir nicht öffnen – auf gar keinen Fall." Er atmete schwer und wischte sich mit einem Taschentuch den Schweiß von der Stirn.

Karlotta legte ihre Hände auf den Sargdeckel. „Wir müssen öffnen."

Herr Wagner ergriff ihren Arm. „Das kann ich nicht zulassen."

Es kam zu einem kurzen Gerangel, Karlotta strauchelte, ihr Schwiegersohn fing sie auf. „Wie gehen Sie denn mit meiner Schwiegermutter um?"

Die Gerettete war zurück am Sarg. „Das ist die Beisetzung meiner Mutter!"

Sie bückte sich leicht und lauschte. Einer der Sargbegleiter lehnte sogar sein Ohr an den Sargdeckel. „Ich hör nix!"

Karlotta bestätigte kleinlaut. „Ich auch nicht mehr."

Irene kam dazu und stellte sich mit erhobenen Händen vor den Sarg. „Es könnte Omas Geist sein, den wir hören.".

Karlotta zischte ihre Tochter an. „Das ist nicht dein Ernst!"

Da rief jemand um Hilfe. Alle hörten es. Entschlossen wandte sich Karlotta an einen Sargbegleiter. „Wie macht man so einen Sarg auf?"

„Einfach hier, die Zierschrauben lösen. Das geht mit bloßen Fingern."

Sie drehte sofort an der ersten Schraube.

Der Bestatter stemmte die Fäuste an die Hüften. „Das ist Störung der Totenruhe!"

Karlotta konterte kühl. „Diese Tote ist nicht ruhig!"

Konstantin klatschte in die Hände. „Wenn es ein Geist ist, darf ich den behalten?"

„Es gibt keine Geister!", sagte sein Vater Frank mit leiser Stimme.

Der Bestatter flehte kaum hörbar. „Bringen Sie den Sarg wenigstens in die Kapelle zurück!"

„Wir wollen das jetzt alle wissen!", rief Bäckermeister Walter. Karlotta war bei der letzten Schraube angelangt. Sie schob den Deckel zur Seite, da rutschte er und schepperte dumpf auf den Boden!

„Hurra, es ist ein Geist!", rief Konstantin.

Ein junger Mann mit dunklen Locken richtete sich abrupt im Sarg auf. Er zog die Knie etwas an. Hemd und Hose spannten um Bauch und Beine. Die Ärmel reichten nur bis zum Ellenbogen. Die Hosenbeine zeigten Hochwasser. Sein ganzer Körper bebte.

In dem Moment erkannte Karlotta die alten Kleidungsstücke. Fast versagte Ihre Stimme. „Katui?"

„Oh, mein Gott, meine Fruchtblase ist geplatzt!" Irenes Beine gaben nach. Ihre Mutter stand unmittelbar neben ihr, fing sie halbwegs auf, aber ihre Tochter rutschte im Zeitlupentempo auf die Knie und heulte. „Mein Baby! Das Kind kommt!"

„Bleib ruhig. Das ist doch normal!", sagte Karlotta.

Frau Krüger, die Nachbarin, und Bäcker Walter versuchten, die Schwangere wieder aufzuheben. Irene schlug um sich und traf dabei die Bäckernase. Herr Walter fasste sich ins Gesicht. „Verdammt nochmal!" Blut tropfte.

Aus dem Augenwinkel sah Karlotta, wie Katui noch immer mit angezogenen Beinen im Sarg saß und zwischen den Waden eingeklemmt eine Art Rucksack hielt.

Die Gebärende verteilte weiter ungezielte Hiebe. Dabei traf sie Frau Krügers Hüfte, schlug der Metzgerin Jung die Handtasche herunter und hätte den vorgebeugten Bäcker fast ein zweites Mal erwischt. Karlotta versuchte es mit einer Umarmung. Aber Irene riss sich wieder los. „Ich brauche einen Arzt! Die Wehen... Hilfe!"

Katui stand jetzt aufrecht im Sarg, presste die zum Sack geschnürte Decke an seine Brust und starrte auf das Durcheinander.

Endlich bekam Karlotta die Arme ihrer Tochter zu fassen. „Kind, so beruhige dich doch."

Ihr Schwiegersohn Frank lief los. „Ich hol Hilfe!"

Der erfahrenen Karlotta gelang jetzt eine rückwärtige Umarmung, hielt Irene damit still. Die Tochter wimmerte.

„Ich hab Angst. Es tut so weh."

„Du schaffst das schon. Alle Mütter schaffen das!"

Frank war zurück.

Zuerst hörten sie das Martinshorn, dann holperte ein Krankenwagen über den steinigen Friedhofsweg. Pfleger legten Irene auf eine Trage. Ihr Mann kletterte zu ihr in den Wagen, und von dort rief er Konstantin zu. „Bleib schön bei der Oma, es ist alles in Ordnung. Dein Geschwisterchen kommt. Ich fahre nur mit Mama ins Krankenhaus."

Karlotta ergriff die Hand des Kindes. „Schau, wir winken ihnen hinterher."

Die Türen klappten. Das Auto fuhr los.

Konstantin entdeckte es als Erster. „Der Geist ist weg!"

Tatsächlich. Der Sarg war leer. Die Trauergemeinde hatte ihn in der Dramatik vergessen. Keine Spur von Katui. Frau Krüger und die Nachbarn drehten sich jeder in eine andere Richtung. Erstarrt stammelte Magdas Freundin Frieda Zander: „Wo ist Magda?"

Sofort knöpften sie sich den Bestatter vor.

„Leichenfledderer!"

„Dem kann doch keiner trauen!"

„Eene, meene, meck, der Tote der ist weg!"

Bestatter Wagner suchte Schutz beim Pastor, der sprachlos den Schlamassel verfolgte. „Herr Pfarrer, das alles ist mir unerklärlich. Die Leiche war da drin. Wo hat dieser fremde Kerl sie hingebracht? Wo ist der überhaupt? Rufen Sie die Polizei!"

Der Pastor antwortete besonnen. „Such erst mal in deinem Institut, mein Sohn! Hoffentlich das erste Mal, dass ihr Leichen verwechselt."

„Wir arbeiten seit drei Generationen im Bestattungsgewerbe. Wir verbummeln keine Leichen."

„Offensichtlich ja doch. Fast wäre ein junger Mann erstickt!"

Nur fort von diesen merkwürdigen Menschen und dem wehleidigen Geschrei einer Gebärenden. Katui versuchte, sich in Richtung Stadtmitte und Hafen zu halten, soweit er sich erinnerte. Dort befand sich der Fischmarkt und Magdas Karre. Oder gab es das alles gar nicht mehr? Wo war der Weg ins Zentrum? Er stand ratlos.

Wieso erkannte er die Straßen nicht?

So lange lief er schon durch die Stadt. Wo war der Fluss? Anfangs sahen die Königsberger Häuser noch aus, wie er sie in Erinnerung hatte. Jetzt standen da Gebäude, die wie Kisten aussahen. Glatte Wände ohne Verzierungen. Hoch wie die ältesten Bäume im Regenwald und höher.

War die Stadt gewachsen?

Vor einem der Riesenhäuser blieb er stehen und versuchte zu begreifen, wie hoch das war. Wie lange braucht einer da drin bis nach oben? Er drehte sich um sich selbst. Wo weiter? Sein Bauch krampfte, flehte um Erleichterung, nur wohin? Er lief zu einem der Hauseingänge und hatte Glück. Eine Frau kam heraus und hielt ihm sogar die Tür auf.

„Wollen Sie rein?"

„Oh ja, vielen Dank. Es muss raus..."

Im Haus war es kühl und hell und kahl. Alles roch fremd. Eine Treppe aus Stein, kein Holz. Das Geländer aus Metall.

Er lief hinauf bis zur dritten Etage. Dort hielt er inne und entdeckte zwei schmale Türen, denen die Türklinken fehlten. In seinem Bauch rumorte es immer wüster. Eine Fahrradglocke klingelte, doch es gab kein Fahrrad. Stattdessen öffneten sich die Türen. Ein Mann kam heraus. „Guten Tag."

Katui lächelte ihn an und trat ein. Der Ausgang schloss sich geräuschlos! Er war gefangen. In einem kleinen leeren Käfig aus Metall. Katui hämmerte mit den Fäusten gegen die Wände. Das war hier auf gar keinen Fall Königsberg. Wohin hatte ihn die Reise geschleudert? Die Kiste stürzte abwärts! Den Aufprall würde er nicht überleben! Er presste sich in eine Ecke, obwohl es nichts zum Festhalten gab und schlotterte vor Angst. Dazu krampfte sein Unterleib. Mit einem sanften Ruck endete der Sturz. Leise bimmelte die Glocke. Durch den wieder offenen Ausgang rannte er die Wartenden davor fast um. Nur raus hier! Er kam nicht weit. Sein Bauch rebellierte. Er hockte sich draußen in eine Ecke, wo es faulig roch. Und jetzt - wohin?

Er stolperte auf einen großen Platz zu. Rundherum riesige Kistenhäuser, vor seinen Füßen Sand und Gras. Mitten auf dem Grün sah er eine Bank. Er setzte sich. Sein Atem beruhigte sich. Ringsum Lärm.

Er sprang auf und lief eine breite Straße entlang. Darauf rasten Automobile! Massig viele. Sahen aus wie umgestülpte Boote, oder wie fahrende Kasten. Neu waren Fahrzeuge mit geradem Dach, doppelt so hoch, mit Fensterreihen. Rollende Häuser? Da hockten Leute drin.

Nicht weit entfernt stand eine Gruppe am Straßenrand. Dort wollte er nach dem Weg fragen. Er erreichte sie mit wenigen Schritten. In dem Moment hielten die fahrenden

Häuser an und die Menschen überquerten die Straße. Katui zögerte, schaute nach allen Seiten, entschloss sich, ihnen zu folgen. Aber die Automobile stürzten sich auf ihn, tausend Vögel schrien laut, erschrocken sprang er voraus, dann zurück und stolperte. Ein Mann packte ihn von hinten und fing ihn auf. „Pass doch uff, is rot."

Dabei deutete er auf einen dicken Stab gegenüber und zeigte auf den kleinen roten Menschen daran.

„Siehst ja drollig aus mit die Klamotten! Haste vom kleenen Bruder jeerbt, wa? Kieck ma, jetzte wird et grün, nu kannste rüber!"

Der fremde Mann marschierte los. Katui ihm hinterher. „Ich suche den Fischmarkt."

„Wo willste hin?"

„Zum Königsberger Fischmarkt."

Der Mann schnaubte. „Willst ma verscheißern, wa?"

„Ich muss dahin! Zu Magda... oder Karlotta!", Katui besann sich, „oder kennen Sie den Namen Uske?"

Der Mann gaffte ihn an. „Nee, kenn ick nich. – Also jut, Könichsberg! Bevor de losjehst, musste 'n Spaten koofen. Den wirste brauchen. Zuerst jeht et nach Osten. Anner Mauer buddelste dir unter de Ostzone durch und wenn de juut bist, denn wird der Tunnel lang jenuch, um ooch noch den polnischen Grenzern ne Neese zu machen." Er hielt seine gespreizte Hand an die Nase und lachte. „Danach jeht et weita Richtung Nordost bis zu de Russen. Und da nimmste den Spaten, bestellst denen 'nen schönen Jruß von mir, und haust ihnen den uf de Birnen!" Mit der rechten Hand schlug er auf unsichtbare Köpfe ein. „Wenn de dit jeschafft hast, musste nur noch 'n paar Kilometer halb links, denn biste in Könichsberg."

Was für eine lange Antwort, aber Katui war erleichtert, es gab einen Weg! Königsberger Platt war das nicht. Diese Sprache verstand er.

„Wo ist Osten?"

Der Mann grinste und zeigte geradeaus. „Imma da lang, Kleener."

Katui bedankte sich und lief los.

„Verjiss den Spaten nich!"

Es dämmerte. Erschöpft setzte sich Katui unter einen Baum. Im ersten kleinen Wald, den er in dieser anderen Stadt erreichte. Aus seinem Deckensack kramte er Maniok und Wasser hervor. Mit dem Rücken an einen Baumstamm gelehnt, saß er auf Gras. Nach dem dritten Bissen rumpelte der Bauch wieder. Katui sprang auf, zog die Hose herunter, da kam es schon, oben und unten gleichzeitig.

Das war die Krankheit aus seinem Dorf!

Er brauchte Hilfe. Mühsam rappelte er sich auf und lief zu der großen Straße zurück. Nur wenige Menschen waren zu Fuß unterwegs. Einige Schritte entfernt sah er eine Frau stehen. Er rannte auf sie zu, taumelte und stürzte auf die Knie, kroch, fiel, blieb liegen.

… Nebel umgaben ihn. Kurze und kräftige Berührungen, er schwebte, ein Gefühl des Fallens, Finsternis …

… bunte Flecken tanzten. Er blinzelte, ein heller Klecks wurde zum Gesicht. Freundliche Augen, kurze blonde Haare, offenbar ein Mann, aber ohne Nase, kein Mund. „Da sind Sie ja wieder. Wie fühlen Sie sich?"

Katui richtete sich etwas auf. Er lag in einem Bett, dem einzigen im Raum. Das Zimmer war hell und hatte ein großes Fenster, durch das er rote Gebäude und Bäume sah. Die Sonne schien. Jetzt erkannte er, dass der Unbekannte ein weißes Tuch vor dem Mund trug. „Wo bin ich?"

Der Mann griff nach Katuis Handgelenk. „Sie sind hier im Krankenhaus Charlottenburg. Ich bin Stationsarzt Dr. Lutze, habe Sie die letzten beiden Tage behandelt. Wer sind Sie?"

Der Arzt ließ den Arm wieder los. Katui zog sich die Bettdecke ans Kinn. „Krankenhaus? Wunderbar!"

„Selten, dass sich einer freut hier zu sein. Aber wie heißen Sie denn nun?"

„Katui."

Es entstand eine Pause. Dr. Lutze musterte ihn. „Kommen Sie aus der Südsee? Oder Südamerika?"

Was bedeutete Südamerika?

„Aus dem großen Wald komme ich, schön warm dort."

Der Arzt schlug die Bettdecke zurück und drückte auf Katuis Bauch herum.

„Scheint Ihnen besser zu gehen. Seit wann sind Sie in Berlin?"

„Berlin?"

„Waren Sie schon vorher krank?"

„Nein. Im Dorf sehr viele..."

Der Arzt deckte ihn zu. „Herr Tui, Sie sind sehr krank, werden aber wieder gesund. Cholera. Wir helfen Ihnen."

„Alle im Dorf haben das. Ich brauche Hilfe für sie. Wura und ich sind die Schamanen im Dorf."

„Wie viele Menschen sind das?"

Katui zählte sie in Gedanken durch, was etwas dauerte.

„Unser Medizin hilft nicht. Viele sind tot. Es sind siebenundvierzig. – Kennen Sie zufällig eine Familie, deren Sohn Uske verschwand?"

Der Arzt räusperte sich. „Bedauerlicherweise nein. – Erst mal werden Sie gesund. Medizin für ein ganzes Dorf ist teuer. Haben Sie Geld?"

Das hatte er nicht bedacht.

„Ich kann arbeiten. Mit Magda. Oder Boote streichen."

Dr. Lutze nickte. „In etwa einer Woche sind Sie wieder gesund. Zur Sicherheit bleiben Sie dann noch ein paar Tage hier. Danach sehen wir weiter."

Katui krümmte sich in plötzlichem Schmerz. Er sprang aus dem Bett.

„Wo kann ich hin?"

Dr. Lutze zeigte auf eine schmale Tür. „Dort."

Katui schlurfte auf wackligen Beinen, verhedderte sich fast in dem weißen Kleid, das er trug, stolperte dann in den Raum und zog die Tür hinter sich zu.

Wo setzte man sich hier hin?

Es roch frisch nach Seife. Vorsichtig ließ er sich auf dem Sitz nieder, der wohl das Brett ersetzte.

„Sie haben nicht gespült."

Der Arzt stand direkt vor der Tür. Katui drückte sich an ihm vorbei zurück ins Zimmer. Dr. Lutze betrat den kleinen Raum und zog an einer Schnur, sie hing von der Decke. Wasser rauschte. Katui beobachtete, wie es alles wegspülte. Wieder ein Beweis für die Macht der Ahnen!

Der Arzt führte ihn zurück zum Bett. Katui tappte barfuß neben ihm her.

„Helfen Sie dem Dorf?"

„Es kann für Ihre Leute schon zu spät sein. Geld haben Sie offenbar nicht? Natürlich auch keine Versicherung."

„Was ist Ver-siche-rung?"

„Na ja, es wird schon." Dr. Lutze legte einen Stapel frischer Kleidung auf die Bettdecke. „Ich habe Ihnen warme Sachen besorgt, die passen bestimmt besser."

Kapitel 8
Berlin, 18. März 1989

„Samstagnachmittag, wann sonst?"

Der Professor lag auf dem Rücken und hantierte über sich am Abflussrohr. Mit bloßen Händen drehte und drückte er daran. Es bewegte sich keinen Zentimeter. Beim Aufrichten stieß er sich den Kopf. Er schraubte sich mühsam heraus und angelte nach der Rohrzange im Werkzeugkasten. Stöhnend schob er sich wieder unter die Spüle.

„Wer konstruiert so etwas?", sagte er zum Traps.

Er setzte an und rutschte ab. Die Zange schlug knapp neben dem rechten Ohr auf. So, wie er jetzt lag, erreichte er sie nicht. Es half nichts, erneut raus, Werkzeug angeln, wieder auf dem Rücken robben. Nächster Versuch. Endlich, der Rohrverschluss löste sich. Die Warnung der ersten Tropfen erkannte er zu spät. Das Rohr fiel und fettig-seifiges Abwaschwasser platschte ihm ins Gesicht.

„Kreuzkruzifix!"

Unter Stöhnen hievte er sich ins Freie. Vorsichtig aufrichten, Drehung auf den Bauch. Erschöpft kniete er einen Augenblick auf dem Küchenboden.

Bis er endlich wieder senkrecht stand, vergingen fast zehn Minuten. Er schlurfte zum Bad und sah sich im Spiegel. Seine braunen Haare hatten die Form eines riesigen Rasierpinsels angenommen. Es klingelte.

Er stolperte über die eigenen Füße, so beeilte er sich ins Arbeitszimmer, fand nicht sein Telefon. Grub es unter Büchern und den Tagebuchheften aus.

„Ich hebe nur ab in der Hoffnung, dass der Anrufer etwas Ahnung von Wasserinstallationen hat, ganz egal wer dran ist. Hallo?"

„Tut mir leid, das ist nicht mein Spezialgebiet. Hier ist Stefan Zwirner."

„Aha. Sie. Ich sage jetzt mal so, ganz schlechter Zeitpunkt."

„Dann rufe ich später nochmal an?"

„Nein, nein. Ich will schon wissen, was Sie von mir wollen. Warum Ihre Geheimniskrämerei?"

„Ich möchte Ihnen ein Treffen vorschlagen! Kann Ihnen in Ruhe alles erklären. Darf ich Sie heute zum Essen einladen?"

„Sie wissen nicht, in welchem Zustand ich bin. Mein Küchenabfluss war verstopft, jetzt hab ich mit Erfolg im Abwaschwasser geduscht. Mein Küchenfußboden sieht aus wie von Robbenrudeln durchquert. Ich werde heute sicher nicht essen gehen. – Wieso haben Sie das Paket nicht persönlich abgegeben, sondern es vor die Türe gestellt?"

„Aus purem Zeitdruck."

„Unlogisch. Sie schleppen einen so ungewöhnlichen Fund zu einem Fachmann und haben dann keine Zeit?"

„Ich stand im absoluten Halteverbot. Bei Ihnen gibt es ja weit und breit keine Parkplätze."

Der Professor verstummte. Umso eifriger setzte der Anrufer nach. „In den Heften geht es um ihr Spezialgebiet, nicht wahr? Wieviel haben Sie schon gelesen? Sieht es nicht wie eine wissenschaftlichen Sensation aus?"

„Sagen wir mal so, erste Indizien deuten darauf, dass die Geschichte stimmen könnte. Zweifel bestehen leider, nicht unbedingt meinerseits, aber bei anderen."

„Über Ostern verreise ich. Treffen wir uns am Samstag danach? Im Saltimbocca in der Reichsstraße in Charlottenburg. Ich werde dort ab zwanzig Uhr auf Sie warten."

„Ja, meinetwegen. Noch eine Frage! Woher wissen Sie von meinem Spezialgebiet?"

Der Anrufer zögerte.

„Wir haben gemeinsame Bekannte."

Berlin, Mai 1963

Kaum hatte Katui die Tür zugeschlagen, fuhr das Taxi davon. Er blieb vor einem großen, roten Haus zurück. Die Tür war so breit, dass Menschen gleichzeitig hinein- und herausliefen. Innen einige Stufen, dann stand er vor einem Fenster, hinter dem zwei Männer saßen.

„Zu wem wollen Sie?"

„Herrn Personalleiter."

„Zum Schacherer? Ist der überhaupt da? Haben Sie einen Termin?"

Katui zeigt seinen Zettel mit der notierten Adresse. „Dr. Lutze sagt, ich soll nach ihm fragen."

„Na, dann haben Sie wohl einen Termin. Dort den Gang entlang, letztes Zimmer. Sagen Sie ihm von mir, dass meine bestellte Ware noch fehlt."

An der Tür stand *Zwirner - Abteilungsleiter, Personal*.

Der Mann hieß gar nicht Schacherer? Katui las den Namen ein zweites Mal. Kein Irrtum. Augenblicklich schmerzten seine Schultern in Erinnerung an seine verdrehten Arme, die Meister Zwirner später versengt hatte. Er wollte fliehen, stattdessen starrte er auf die Türklinke, die sich in dieser Sekunde bewegte. Im Türspalt erspähte er den Schatten eines Mannes. Katui stürmte los, nicht dorthin, woher er gekommen war, sondern instinktiv auf den mannbreiten Spalt am Ende des Flures zu, hin zum Licht.

„Herr Tui? Wo laufen Sie hin?! Ich hab Sie gerade aus dem Taxi steigen sehen... das sind Sie doch?!", rief eine dunkle Stimme hinter ihm.

Katui erkannte draußen Bäume und erhöhte sein Tempo – da traf ihn ein Schlag. Er prallte zurück und landete auf den Knien. Blut lief über seine Stirn.

Die Ahnen beherrschten den Schutzzauber! Das hatte er nicht erwartet.

Hinter ihm Schritte, derbe Schuhe. Katui hob die Arme vors Gesicht, schloss die Augen, gefasst auf erste Schläge.

„Um Himmelswillen! Sie sind gegen die Scheibe gerannt!"

Der Mann packte seinen Arm und zog ihn sanft hoch. „Sie sind doch Ka Tui? Warum diese Panik? Sie haben sich verletzt. Kommen Sie."

Katui erkannte Meister Zwirners Augen, trotzdem war er es nicht. Jung, schlank, mit gewellten blonden Haaren. Verdattert ließ er sich zurück in das Büro führen, wo der Personalleiter ihn auf einen Stuhl drückte. „Herr Dr. Lutze hat Sie angekündigt." Er klebte ein Pflaster auf Katuis Stirn. „Wieso rennen Sie weg?"

Katui blieb stumm, verstand ja selbst nicht, was hier passierte. In der Hand hielt er den zerknüllten Zettel von Dr. Lutze.

„Herr Personalleiter?"

„Ich heiße Udo Zwirner."

Eine Verwechslung! Udo, nicht der Meister. Katui atmete auf.

Die Bürotür öffnete sich und ein dunkelbrauner Haarschopf schob sich durch den Spalt: „Hast du was für mich, Schacherer?"

Udo Zwirner sprang auf, blockierte die Tür und flüsterte mit dem Fremden. „Ich hab gesagt, nicht jetzt. Komm nachher!"

Die Bürotür fiel ins Schloss. Zwirner drehte sich mit einem breiten Lächeln zurück. „Dr. Lutze ist ein Freund von mir. Ihr Arbeitsvertrag ist fast fertig. Ich brauche nur noch ein paar Details. Alles wieder in Ordnung mit Ihnen?"

„Ja."

„Dann können wir über Ihre Arbeitsstelle reden. Ihr Verdienst wird bar ausgezahlt, hier im Büro."

Katui nickte. Er brauchte Geld für sein Dorf. Nur das war wichtig. Der Personalleiter beugte sich über einige Blätter. „Ich brauche nur noch ihre persönlichen Daten. Wie genau heißen Sie?"

„Katui."

Zwirner notierte. „Ka der Vorname und Tui der Nachname, richtig?"

„Nur Katui."

Zwirner änderte nichts. „Wo, sind Sie geboren?"

„In dem Wald."

„Ich schreib mal Özdemwall, okay? Türkei."

Katui nickte ratlos.

„Wann geboren?"

„Ich weiß nicht."

Udo Zwirner schaute ihn kurz an.

„Ich schreib 14. September 1942. -- Haben Sie schon einen Beruf ausgeübt?"

„Ja."

„Ja?"

„Ja!"

„Gut, welchen?"

„Jahrmarktstänzer."

Es entstand eine Pause.

Katui bekräftigte seine Antwort. „Neunzehnhundertelf."

„Wie bitte? Red keinen Unsinn. Name des Arbeitgebers?"

„Meister Zwirner."

Der junge Mann stockte, sein Schreibstift drückte sich tief ins Papier. Ein Loch mit blauem Rand entstand.

„Wissen Sie den Vornamen von Ihrem Meister?"

„…August?"

„Sie kennen einen August Zwirner? Das war mein Vater!"

Was für eine einfache Erklärung, fand Katui.

Udo Zwirner musterte den neuen Mitarbeiter, schob ihm aber den Arbeitsvertrag hin, zusammen mit einem Stift. *ABB Hausgeräte GmbH* stand groß auf dem Papier.

„Hier bitte zweimal unterschreiben, Herr Tui. Den Kugelschreiber dürfen Sie behalten. Ein Blatt ist für Sie, das andere für mich."

Katui steckte den Stift in eine Hosentasche. „Ihr Vater? Kennen Sie zufällig meinen Vater Uske?"

Sie schwiegen sich eine Weile an.

„Das ist alles nicht möglich, Herr Tui. Sie sind zu jung. Mein Vater ist vor vielen Jahren gestorben."

Die Tür ließ sich nur wenige Zentimeter öffnen, Katui stemmte sich dagegen. Von innen hörte er Protest in einer fremden Sprache. Er drückte stärker und zwängte sich ins Zimmer, blieb nah des Türrahmens stehen. Vor ihm knieten vier Männer, weit nach vorn gebeugt. Sie murmelten leise. Ein fünfter saß unten in einem doppelstöckigen Bett, lachte mit schneeweißen Zähnen und winkte ihn zu sich. „Die beten!"

Katui drückte sich die Wand entlang, sein Arbeitsvertrag glitt ihm aus der Hand und segelte einem der Betenden auf den Kopf. Der freundliche Mann klopfte neben sich auf die Bettkante und Katui folgte der Aufforderung. „Guten Tag, ich heiße Katui."

Der Mann grinste breit. „Ich Vitor." Er zeigte auf das Bett über sich. „Du schlafen da."

Die anderen hatten ihr Gebet beendet und bauten sich vor den beiden auf. Sie hießen Ahmed, Erkan, Bulut, lhan und begrüßten ihn freundlich. Bulut gab ihm den Arbeitsvertrag zurück. Die Unterhaltung war schwierig, sie sprachen kaum Deutsch. Aber mit Hilfe von Vitor verstand Katui, die vier stammten aus der Türkei. Vitor war Brasilianer, gestand jedoch mit einem Finger vor den Lippen. „Hier ich Portugiese, sonst kein Arbeit. Und du?"

„Dr. Lutze sagt, ich komme aus Südamerika."

Vitor klatschte vor Freude in die Hände und plapperte sofort in einer anderen Sprache los. Katui hatte keine Ahnung, was er da hörte. Schon nach wenigen Sätzen wechselte Vitor zurück ins Deutsche. Er fasste sich an die Stirn.

„Versteh, du Volk aus Wald!"

Katui nickte. „Aber ich soll sagen: Türke."

Alle lachten.

Berlin, Mai 1963, erster Arbeitstag

Der Chef hieß Herr Müller. Er führte Katui zur Werkshalle. „Die Arbeit ist leicht. Mach alles wie die andern. Achte auf deine Finger! Erst wegziehen, dann stanzen, verstanden? – So, das ist unsere Stanzerei. Wir fertigen hier Teile für Waschmaschinen, hauptsächlich Waschtrommeln."

Etwa zwanzig Ungetüme rumorten eng nebeneinander in der Halle. Sie zischten, stampften und hämmerten. Herr Müller hastete voraus. Eine Maschine dicht nebenan spuckte weißen Rauch – schon flitzte Katui auf und davon, blieb stehen, schaute zum Chef. Der hatte nichts bemerkt und durchquerte weiter die Halle. Katui kehrte um, zurück zu ihm, hielt aber jetzt misstrauisch Abstand zu den Monstern. Sprang trotzdem wieder im Zickzack, wenn es neben ihm stampfte und zischte.

Männer mit großen Handschuhen arbeiteten ohne Angst vor den Ungeheuern. Er erkannte Vitor, der mit freiem Oberkörper eine eckige Metallplatte anhob und sie in einen Schlund schob. Ein Stamm rauschte herunter und hob sich wieder. Es zischte, weißer Rauch stieg auf. Die Platte war jetzt rund und hatte unzählige Löcher. Vitor warf, und sie schepperte auf einen Haufen mit gleichen Teilen. Schweiß glänzte auf seiner Stirn. Er lachte und winkte Katui zu. Dann bugsierte er ein nächstes Stück in das Unding.

Inzwischen waren sie am Ende der Halle angekommen. „Hier kannst du üben." Herr Müller zog Katui vor die einzige freie Maschine. „Pass gut auf, wie ich es dir jetzt zeige."

Berlin, Mai 1963, dritter Arbeitstag

„Du zu spät."

Katui drehte sich im Bett auf die andere Seite. Schmerzen zerrten seine Muskeln. Er stöhnte. „Lass mich in Ruhe, Vitor!"

„Du aufstehen, kein Arbeit sonst."

Langsam, sehr langsam tappte er die Leiter des oberen Betts herunter. Niemand war mehr im Zimmer. Er fand den

Duschraum leer vor, genoss den warmen Regen, vergaß die Zeit. Dann wehrte sich die Hose und wickelte sich mehrfach um seine Waden. Erst der dritte Versuch endete mit dem Hosenbund an der richtigen Stelle. Er rannte los. Durch den Flur, die Treppe hinunter, immer zwei Stufen auf einmal. Beim letzten Absatz verschätzte er sich, fiel, kam wieder auf die Beine und stieß die Tür zur Straße auf. Zum Glück stand nur ein kleines Stück entfernt der Bus bereit. Aber in diesem Moment knatterte der Motor.

„Halt, ich will mit!" Er legte Tempo zu. Doch der Bus rollte an, bog um eine Ecke und war nicht mehr zu sehen.

Katui atmete schwer und ließ den Kopf hängen. Sein rechtes Knie blutete. Langsam humpelte er zur Unterkunft zurück. Dann würde er wenigstens etwas essen. Der Frühstücksraum war verschlossen.

Er schlich den Flur im Erdgeschoss entlang, vor der letzten Tür blieb er stehen. *Heimleitung-Herr Ross* stand daran. Katui klopfte.

Jemand sagte: „Herein!"

Der Heimleiter saß an seinem Schreibtisch und hielt sich einen Knochen an sein Ohr. Verblüfft beobachtete Katui, wie er mit dem Teil sprach.

„Ja, es geht leider nicht. Wenn der junge Mann keine Papiere bringen kann, dann muss er zurück in die Türkei. Das wäre für uns nicht gut, wenn die Behörden bei der nächsten Prüfung die Sache entdecken und wir nichts unternommen haben. Der Arbeitsvertrag ist auch unvollständig. Es fehlt der Durchgangsvermerk und die Unterschrift der Vermittlungsstelle."

Herr Ross schwieg und nickte immerzu. „Ich stelle mich nicht an. Das ist nun mal meine Aufgabe."

Jetzt schüttelte er den Kopf. „Nur, weil Sie mir das beige Telefon besorgt haben, kann ich trotzdem keine Ausnahme machen." Er zog die Stirn kraus. „Gut", sagte er, „Sie klären das mit ihm?"

Erst jetzt sah er Katui an und deutete auf den Stuhl vor seinem Schreibtisch. „Moment mal, Herr Tui ist gerade in mein Büro gekommen. Wollen Sie mit ihm reden?"

Katui fragte sich inzwischen, ob das Nicken eine Art Ritual war. Ohne damit aufzuhören, reichte er den Knochen an Katui weiter. Kein Knochengeruch, eine Schnur, verdreht wie eine Schlingpflanze, hing daran.

Der Knochen sagte: „Herr Ka Tui?"

Der junge Schamane sprang auf und warf das Ding von sich weg, schon war es wieder da und traf seine rechte Schläfe. Katui rieb sich die getroffene Stelle und rannte zur Tür. „Dämonen!"

„Halt! Hiergeblieben!" Herr Ross duldete nichts anderes, so wie seine Stimme klang. Katui erstarrte und lauschte darauf, was der Mann sagte, wagte einen Blick zum Schreibtisch.

Herr Ross winkte ihn zu sich und deutete auf den Knochen. „Herr Zwirner möchte mit ihnen sprechen. Das ist ein Telefonhörer, damit geht das, ohne ihn zu sehen." Er drückte Katui den Hörer in die Hand.

Berlin, Mai 1963

Katui hatte keine Arbeit mehr, so hatte er Herrn Zwirner verstanden.

Dr. Lutze saß neben Katui und hob beschwichtigend die Hände. „Udo, wir haben Herrn Tui doch nicht hierher bestellt, um ihn zu ängstigen."

Udo Zwirner ließ sich nicht ablenken. „Hier hab ich die Abrechnung! Den dritten Tag hat er blau gemacht. Was er in zwei Tagen verdient hat reicht nicht mal, um meine Kosten zu decken. Ich kann null auszahlen."

Dr. Lutze strahlte. „Wir brauchen kein Geld mehr. Ich bin nur gekommen, um ihn abzumelden!"

Udo Zwirner ließ seinen Kuli auf den Schreibtisch fallen. „Warum sagst du das nicht gleich? Eigentlich müsste ich noch Geld von euch bekommen, ich hab jetzt den Ärger und muss bis morgen einen legalen Arbeiter auftreiben."

Bei jedem Wort klopfte die Kuppe seines Zeigefingers auf die Tischplatte. Dr. Lutze kniff die Augenlider zu. „Der junge Mann kann nichts dafür. Nicht er, *ich* habe dich um einen Job für ihn gebeten."

Er lächelte Katui an. „Ich hab das Geld aufgetrieben für Ihre Behandlung im Krankenhaus und die Medikamente fürs Dorf. In unserem Land gibt es Hilfsorganisationen für Notfälle. Es ist alles gut."

Er holte eine Schachtel aus einer großen Tüte, die er neben seinem Stuhl abgestellt hatte. „Das sind die Antibiotika. Jeder Kranke erhält einmal am Tag eine Tablette mit viel Wasser, sieben Tage lang, auch wenn er nicht mehr krank ist. Und alle müssen das Wasser immer erst abkochen! Das ist sehr, sehr wichtig!"

Er nahm eine andere Schachtel aus der Tüte. „Außerdem einen Esslöffel von diesem Mineralpulver in Wasser auflösen und trinken. Wenn die Kranken im Dorf es so machen, sind ihre Leute genauso schnell gesund wie Sie."

Er hob die Tüte auf den Schreibtisch, um die Medizin wieder darin zu verstauen. Udo Zwirner reckte den Hals.

„Braucht er das alles? Die bringen gutes Geld." Schon langte er zu. Dr. Lutze klopfte ihm auf die Finger.

„Nichts da. Such dir andere Komplizen für deine Geschäfte."

Die Männer sahen sich wortlos an. Katui schluckte und beobachtete.

Sekundenlanges Schweigen.

Zwirner lehnte sich zurück und lachte. „War ja nur 'n Scherz!"

Er griff nach einem Aktenordner. „Dein Herr Tui hat's jetzt wohl eilig. Er will doch seinen Leuten helfen. Ich beeil mich mit den Papieren. Wollt ihr draußen warten?"

Dr. Lutze saß mit Katui auf den Wartestühlen im Gang. „Ich hab hier noch etwas." Er zog aus seiner großen Tüte ein Zeitungsblatt. „Sie haben mir doch von Ihrer verrückten Ankunft erzählt. Ich weiß ja nicht, was ich glauben kann, aber Sie erzählen so authentisch. Lesen Sie das hier mal."

Mysteriöse Beisetzung

Aus informierter Quelle hat das Spandauer Volksblatt erfahren, dass es vor ca. zwei Wochen auf dem städtischen Friedhof 'Zum Radeland' fast zur Beisetzung eines lebenden Menschen gekommen wäre. Kurz bevor der Sarg der Magda H. in die Grube hinabgelassen werden sollte, hörten die Trauernden Klopfgeräusche. Im Sarg befand sich statt der Verstorbenen ein junger Mann. Unklar ist, wo er sich jetzt aufhält, da er geflohen ist. Weder die nächsten Verwandten der Magda H. noch das Beerdigungsinstitut waren bereit, nähere Angaben zu machen. Die Familie hat uns gebeten, hier eine Nachricht an den Fremden zu veröffentlichen. Bitte melden Sie sich bei unserer Redaktion, wir stellen sodann einen Kontakt zu der Familie her.

Katui reichte die Zeitungsseite zurück. „Was ist eine Beisetzung?"

Zwirner erklärte es ihm.

„Magda ist gestorben?"

Dr. Lutze runzelte die Stirn. „Sie wissen, wer die Tote ist?"

„Ich kenne eine Magda, aber die lebt in Königsberg. Ihre Tochter ist Karlotta."

„Königsberg ist im Krieg zerstört worden und gehört gar nicht mehr zu Deutschland. Vielleicht ist die Familie geflohen?"

„Karlotta sucht nach mir. Ich muss mich bei der Zeitung melden. Ich weiß auch nicht wohin, ohne Arbeit."

Dr. Lutze schaute auf die Uhr. „Es ist wahrscheinlich für heute zu spät. Wir rufen morgen an. Sie können bei mir übernachten."

Dr. Lutze hielt Katui eine volle Tüte hin. „Sie Ärmster packen immer alles in eine alte Decke. Ich hab Ihnen einen Rucksack besorgt!"

Schnell hatten sie die wenigen Habseligkeiten verstaut.

Katui zog seinen neuen Stift vor. „Ich lasse noch eine Nachricht für die Kollegen da. Schade, dass niemand hier ist." Er schrieb auf den Rand einer alten Zeitung. ‚*Musste weg. Danke. Katui*'

Kurz darauf stiegen sie wieder ins Auto. Katui saß auf dem Beifahrersitz und lehnte sich entspannt zurück. Wie weich der Sitz war. Anfangs rauschte das Draußen an ihm vorbei, dann gewöhnten sich seine Augen an das Tempo. Er erkannte Häuser, Bäume, Menschen und las die Straßenschilder mit unbekannten Namen.

Der Arzt lenkte nach rechts und sah kurz zu seinem Fahrgast. „Nun habe ich Sie so gründlich untersucht. Ihre Blutwerte sind vollkommen normal. Auch Ihre Organe. Nirgends eine Spur von bekannten Halluzinogenen. Sie sagten, die Rinde gibt Ihnen das Gefühl, in einer anderen Welt zu sein?"

„Doktor, ich bin in einer anderen Welt. Das ist kein Gefühl."

„Es kann nur ein Rauschmittel sein, ein neues, nicht nachweisbar. Können Sie mir etwas von der Rinde geben?"

„Die ist nichts für die Reise zurück. Nächstes Mal bringe ich Ihnen einen Beutel."

Das Auto hielt an.

Katui spähte durch die Frontscheibe. „Warum bleiben wir stehen?"

„Ein Zug, wir müssen warten. Wird dauern, ist ein langer Güterzug."

Katui hörte es rumpeln. Vor ihnen fuhren braune fensterlose Kisten von links nach rechts. Auf einer saß durchsichtig Großmutter Rasa und winkte ihn im Vorbeirattern zu sich.

Unvermittelt schlug Katui mit den Fäusten gegen die Scheiben. „Ich will raus. Raus! Sie winkt mich raus!"

„Beruhigen Sie sich doch, es ist nicht mehr weit bis zu meiner Wohnung."

Die Worte des Arztes erreichten Katui wie aus der Ferne. Er tastete hektisch die Beifahrertür ab, drückte, drehte und zog an allem, was seine Finger fanden. Die Tür sprang auf.

„Aufpassen!", rief eine Frau.

Es schepperte.

Katui fand sich am Boden wieder. Etwas Dunkelrotes tropfte auf seine Stirn.

Dr. Lutze war sofort ausgestiegen und um das Auto herumgelaufen. „Sind Sie verletzt?"

Die Frau schimpfte. „So passen Sie doch auf, wenn Sie die Autotür öffnen! Mir geht es gut. Mein Rotkohlglas ist zerbrochen, das Fahrrad scheint in Ordnung zu sein"

Katui erkannte die Stimme.

Da rief Karlotta schon: „Katui! Um Himmels Willen, hast du dir etwas getan?"

„...und jetzt müssen wir sehen, dass er wieder nach Hause ins Dorf kommt", beendete Dr. Lutze seinen Bericht.

Er und Katui saßen mit Karlotta im Wohnzimmer. Konstantin spielte am Boden mit einem kleinen Auto. Auf Katuis rechter Braue klebte ein neues Pflaster, ebenso auf seinem Knie. Ein zerknülltes, feuchtes Papiertaschentuch lag neben ihm. Seine Augen brannten. In Gedanken sah er immer wieder Magda hinter ihrem Gemüsestand. Wie schade, dass er sie nur so kurz gekannt hatte. Er schniefte. Karlotta hielt ihm ein weiteres Taschentuch hin. „Ich bin auch traurig, aber sie hätte nicht gewollt, dass wir zu viel weinen. Sie sieht uns sicher von oben zu und freut sich, dass du wieder da bist."

Er versuchte ein Lächeln. Es stimmte, alte Menschen starben eben. Wie gern hätte er sie wiedergesehen. Dr. Lutze erhob sich, um sich zu verabschieden. Katui streckte ihm als Erster die Hand entgegen. „Vielen Dank für alles! Ich begleite Sie noch zum Auto."

Dann saß er allein mit Karlotta im Zimmer. Sie hatte Konstantin zu Bett gebracht.

„Wo ist dein Mann?" Endlich traute er sich, zu fragen. Die ganze Zeit hatte er nach Erich Ausschau gehalten, voller Sorge vor einer neuen Jagd.

„Furchtbar, wie er dich damals behandelt hat. Irene hat ihm das nie verziehen. Wir haben dich alle so vermisst. Erich ist schon vor Jahren gestorben. Seine Krankheit hieß Tuberkulose."

„Gestorben? Er war nicht alt wie Magda."

„Ach, Katui. Er war kein böser Mensch. Die Nazis hatten ihm das Hirn verdreht. Alles ist schon so lange her. Jetzt lebe ich bei Irenes junger Familie. Und kümmere mich um ihre Kinder."

„Du willst bestimmt bald wieder zurück" wechselte sie das Thema. „Kannst du nicht wenigstens ein paar Tage bleiben?"

„Mein Dorf braucht Hilfe. Ich darf nicht warten."

„So schade! Du sagtest, es wird in deinem Dorf nur eine Nacht vergangen sein, egal wie lange du bleibst."

Er hielt die Kalebasse mit den Beeren in den Händen und betrachtete sie unschlüssig. „Es ist hier ein anderer Ort."

„Ja, so ein Zufall, wie wir uns wiedergefunden haben! Ach Katui, bitte bleib doch noch. Nur ein paar Tage. Wir könnten nach der Familie deines Vaters suchen."

Bei diesem Gedanken war Katui hellwach. Er steckte die Kalebasse zurück in seinen neuen Rucksack. „Ja gut, zwei Tage."

Hatten ihn nicht die Götter schon im Krankenhaus jede Nacht im Schlaf ermahnt? Uske, Uske! In der Sorge um die

Kranken hätte er ihn fast vergessen! Höchste Zeit zu fragen! Aber wen?

„Mein Vater Uske war ein Kind, er kannte eure Sprache."

„Ich hab schon früher gedacht, immer findet uns Katui. Warum? Und warum haben wir alle immer wieder auf dich gewartet, egal wie viele Jahre? Könnte das einen Grund haben?"

Katui hatte eine rasche Antwort. „Ich finde euch, Magda und du haben mir geholfen, gleich am Anfang. Ihr habt mich versteckt vor den Bösen. Und dann habt Ihr mich befreit. Wura sagt, Zwirner war meine Prüfung. Er ist das Böse. was die Götter senden."

Karlotta ließ sich nicht beirren. „Vielleicht bist du geführt, Katui. Du wachst in Magdas Sarg auf! Das ist ein Zeichen. Unsere Alten kannten deine Alten, ja, das wär doch was!"

Sie lachte so übermütig, wie ein Kind.

Katui überlegte laut. „Kennst du eine Familie – der Sohn ist verschwunden?"

„So viele Kinder verschwinden. Ich kann mich nicht erinnern... es ist ja lange her. Wann war das? Wir brauchen ein Datum. Hat dazu dein Vater etwas erzählt?"

„Nein, er weiß nicht viel."

Es entstand eine Pause.

„Vielleicht, einmal, seine Mutter war sehr, sehr aufgeregt. Das weiß er genau, sie hat immer wieder gerufen *,Der arme Kaiser Wilhelm! Wie gut, dass er die Haube trug.'* Uske hat es nur einmal erzählt."

Karlotta holte ein dickes Lexikon aus ihrem Regal. „Wir hatten mehrere Kaiser Wilhelm. Vielleicht ein Unfall? Oder ein Attentat?"

Sie blätterte. „Kaiser Wilhelm I., Mehrere Attentate. 1849, nichts passiert, Juli 1861, leicht verletzt, Mai 1878, nichts passiert. Da! 2. Juni 1878, Berlin, schwer verletzt, seine Pickelhaube rettete ihm das Leben!"

Ihre Wangen röteten sich. „Und das war hier. In Berlin! Dein Vater könnte von hier sein..."

„Warum war ich in Königsberg? "

Karlotta schlug das Lexikon zu.

„Wenigstens haben wir einen Anhaltspunkt. Königsberg oder Berlin, Juni 1878. - Wenn ein Kind verschwindet, dann steht das manchmal in der Zeitung."

Katui gefiel ihr Eifer. „Was tun wir?".

Sie spitzte ihre Lippen, sah an ihm vorbei und wiegte ihren Kopf hin und her.

Auf dem Tisch vor ihnen lag die Ausgabe der *Spandauer Tageszeitung*.

„Es gibt Zeitungsarchive. Garantiert wurde über das Attentat berichtet... und vorher vielleicht auch über den spurlos verschwundenen Jungen! – Hier steht die Adresse im Impressum. Da fahren wir morgen hin."

Kapitel 9
Berlin, 1. April 1989

Warum war er eigentlich ins *Saltimbocca* gegangen und nicht Zuhause geblieben? Die Uhr über dem Tresen zeigte, dass er zehn Minuten zu früh war. Gelangweilt starrte er weiter dorthin und entdeckte die Datumsanzeige in einem Fenster auf dem Ziffernblatt. Er kneistete die Augen, um es zu lesen.

1. April.

Auch das noch! Einmal hatte seine Tochter Sylvia ihn aus ihrem Urlaub angerufen. Sie erzählte von sonderbaren Menschen, altmodisch gekleidet in ihrem Hotel. Im Hof war ein technisches Gerät geparkt. Angeblich kamen sie aus dem letzten Jahrhundert. Aufgeregt hatte er seine Sachen gepackt, um ihr nachzureisen. Da hatte das Telefon erneut geklingelt.

Er schloss die Augen und hörte ihr Lachen. „April, April!"

Wieso fiel ihm das jetzt ein?

„S-peisekarte?"

Der italienische Akzent holte den Professor zurück in die Gegenwart. Er nickte. Formvollendet reichte ihm der Kellner die Karte.

Vorerst bestellte er einen Viertelliter Lambrusco.

Der Ober brachte den Wein und einen Teller Fladenbrotstücke, mit Kräutern und Olivenöl gewürzt. Ein knuspriger Bissen. Das hätte Bernhard nicht besser ausgesucht. Der erste Schluck war kühl und prickelte auf der Zunge.

Ein junger Mann kam auf ihn zu. Anfang dreißig, sportlich, dunkelblond, blaue Augen, in Jeans und edlem Pullover.

„Professor Hastig? Ich bin Stefan Zwirner."

Der Professor musterte sein Gegenüber.

Zwirner lächelte freundlich. „Sie können sich nicht vorstellen, wie gespannt ich auf Ihre Meinung bin. Haben Sie die Tagebücher gelesen?"

„Ich bin noch dabei. Die Geschichte ist spannend."

„Ist alles authentisch? Haben wir hier das Protokoll eines Zeitreisenden?"

Den Professor überraschte die Direktheit, in der Stefan Zwirner mit ihm sprach. Einer seiner früheren Studenten war er nicht. „Ich sage mal so. Im Laufe der Jahre habe ich viel Unsinn über Zeitphänomene gelesen. Das hier liest sich neu."

„Sie halten es für wahr, Professor?"

„Ich halte mich stets offen, bis zum gegenteiligen Beweis. Ein Freund vermutet einen naiven Betrug."

„Aber es gibt Fakten! Einige konnte ich prüfen! Am Fischmarkt in Königsberg gab es nur eine einzige Lücke in der Häuserzeile. Ich besitze eine alte Postkarte, die dort einen kleinen Marktkarren zeigt."

„Oh, großartig! Und ich habe einen Beweis für das beschriebene Fußballspiel und das Foto bei Katuis Ankunft. Moment!" Der Professor kramte in seiner Aktentasche.

„Ah, da kommt meine Freundin. Wir werden einen spannenden Abend haben...", sagte Stefan Zwirner.

Professor Achim Hastig starrte über den Rand seiner Tasche zum Eingang.

Seine Gedanken überschlugen sich, aber sein Körper verweigerte jede Bewegung. Das war doch nicht möglich! Er versuchte, das Bild durch Zwinkern zu korrigieren. Die Frau, die auf ihn zukam, blieb dennoch dieselbe.

Sylvia! Am 1. April!

Mit jedem ihrer Schritte pochte die Ader an seiner Schläfe heftiger. Diese falsche Schlange! „Das hätte ich nicht von dir gedacht, Sylvia. Der gleiche Scherz nochmal!?"

Seine Tochter, die sich schon vorgebeugt hatte, um ihn zu umarmen, erstarrte mitten in der Bewegung. „Was meinst du denn?"

„Ich habe es tatsächlich geglaubt! Der junge Mann hier wurde mir gerade sympathisch. Und jetzt das! All die Beweise, manipuliert. Bernhard hatte recht. Wie habt ihr das mit dem alten Vereinsheft angestellt? Du…!"

Udo Zwirner legte seine Hand auf den Arm des Professors. „Das ist ein Missverständnis."

„Nehmen Sie Ihre Pfote da weg. Raus mit der Sprache, wie heißen Sie wirklich?"

„Stefan Zwirner — wie denn sonst?"

„Das ist zu viel! Erzählen Sie den Blödsinn Ihrer Großmutter!"

Der Professor sprang auf, seine Aktentasche fiel zu Boden und entleerte ihren Inhalt vor seine Füße. Sofort war dieser falsche Zwirner zur Stelle, half die Zettel aufzulesen. Der Professor stieß ihn zur Seite und entriss ihm die Blätter.

Geräuschvoll raffte er alles zusammen und stopfte es in seine Aktenmappe. Beim Aufrichten knallte er mit dem Kopf an die Tischplatte. Sein Weinglas kippte um, er sah, wie es auf den Tischrand zurollte. War ihm egal. Er stapfte davon. Kraftvoll brüllte er: „Einen schönen 1. April noch!"

Das Weinglas zersplitterte taktgenau zum Finale.

Er marschierte zu Fuß nach Hause. Das brauchte er jetzt. Mit jedem Schritt stapfte er die Wut und Enttäuschung in den Boden. In seinem Arbeitszimmer packte er diese ominösen Schulhefte und all den anderen Kram in den Paket-Karton, schob ihn mit Schwung ins unterste Fach des Schreibtisches und schloss ab. Es hätte nicht viel gefehlt und der Schlüssel wäre zum Fenster hinausgeflogen.

Berlin, Mai 1963

Was für ein toller Rundblick, dachte Katui und setzte sich zu Karlotta, im Oberdeck des Busses, ganz nach vorne.

Neben ihnen unterhielten sich zwei halbwüchsige Jungs.

„Mein Papa sagt, alle Ausländer klaun uns die Jobs. Es werden immer mehr", posaunte der dickere von den beiden.

Sein Kumpel linste zu Katui rüber. „Die machn nur Schwierigkeiten! Und die verstehn kein Deutsch, alles musste denen zweimal erklärn."

Der Dicke tatschte seinen Freund an. „Hast recht, wo de da hinkiekst, wie der sehn die alle aus. Pass ma uff." Er hob den Arm und tippte auf seine Uhr.

„Ich gloob meine Uhr steht. Wie spät isn dit?"

Karlotta öffnete den Mund, Katui stupste sie leicht an, das versprach spannend zu werden. Er beugte sich zum lauten Dicken. „Nix versteh!"

Die Jungs kicherten.

„Siehste! Hast wohl keine Uhr, wa?", sagte der Schlanke.

Katui sprach mit gesenkten Lidern. „Nix versteh."

„Der hat nich mal 'ne Uhr! Okay, dann lernen wir jetzt deutsch, ja?"

Katui nickte eifrig. „Deutsch, auja!"

Karlotta grinste und drehte sich rasch zum Seitenfenster.

„Türke, sach jetzt mal: ‚Der Potsdamer Postkutscher putzt den Potsdamer Postkutschkasten."

„Putz Kutsch..."

Großes Gelächter bei den Jungs.

Nur für Katui hörbar kicherte Karlotta.

„Türke, nochmal: Der Potsdamer Postkutscher putzt den Potsdamer Postkutschkasten."

„Poscher Postscherkasten."

„Schon besser!"

Die beiden lachten lauthals und schlugen sich auf die Schenkel.

Katui freute sich mit ihnen. Dann erhob er sich halb, konzentrierte sich und legte los. „Der Potsdamer Postkutscher putzt den Potsdamer Postkutschkasten, wenn aber der Potsdamer Postkutscher mit seiner Potsdamer Postkutsche auf einer Potsdamer Rutsche rutscht, sein Sohn in der Potsdamer Kutsche einen Potsdamer Lutscher lutscht und die Potsdamer Postkutscherfrau ihren Mann dabei knutscht, spricht das der Berliner mit lockerem Rutsch."

Die Jungs starrten nur.

Karlotta lachte Tränen. „Zu schade Katui, aber wir müssen aussteigen."

Von draußen winkten sie den beiden zu und kicherten weiter. „Woher kennst du denn diese irre Version vom Potsdamer Postkutscher?"

„Von Magda, wenn keine Kundschaft am Markt war, hat sie es mit mir geübt. Ich hab ihr erzählt, Uske hat mal ,Postkutscherfrau' gemurmelt. Sie sagt, das kannte ihr Vater."

Karlotta blieb stehen. Sie schnappte nach Luft und blies die Backen auf.

„Weißt du was, die beiden kennen sich vielleicht! Hab da so ein Bauchgefühl."

Nie hatte sie vergessen, was Magda bei Katuis erstem Verschwinden so geheimnisvoll gesagt hatte. ‚Sie kommen und gehen.'

Der Archivar der *Spandauer Tageszeitung* schob seine Brille zurecht.

„Was genau suchen Sie denn?"

Mit einer Zigarette in der Hand las er am Schreibtisch in einer Akte, hatte eine leere Tasse neben sich stehen und schaute die beiden nicht mal an. In Katuis Rücken drückte eine Strebe der Stuhllehne ständig auf dieselbe Stelle. Er schützte seine Wirbelsäule mit einer Hand und ärgerte sich zugleich über den Mann vor sich.

Karlotta hielt sich an ihrer Handtasche fest. „Eigentlich denken wir, die Berliner Zeitungen haben auch aus Königsberg berichtet, wenn etwas Besonderes passiert ist."

Der Archivar sah hoch. „Aus Königsberg? Vor dem Krieg?"

Karlotta stellte ihre Handtasche auf den Schreibtisch. „Wir suchen Berichte über verschwundene Kinder."

Er blies den Rauch seiner Zigarette in Karlottas Richtung.

Sie hüstelte in die Schwaden hinein. „Welchen Krieg meinen Sie denn?"

„Ganz egal welchen! Vor beiden Kriegen sind ständig Kinder verschwunden, da hat kein Aas mehr danach gekräht. Waren es wohlhabende Leute?"

„Wohlhabend wissen wir nicht."

Dem Archivar war die Brille etwas auf der Nase verrutscht, er schob sie mit einem Zeigefinger hoch. „Welches Jahr denn?"

Der hilft uns nicht, wir fahren besser wieder zurück, überlegte Katui.

Aber Karlottas Ton wirkte zuversichtlich. „Nach den bisherigen Recherchen wahrscheinlich 1878."

Der Mann lehnte sich zurück und verschränkte seine Arme vor der Brust.

„Soso, nach Ihren bisherigen Recherchen. Allzu lange recherchieren Sie wohl noch nicht, was? Sonst wüssten Sie, dass es unsere Zeitung erst seit 1913 gibt." Katui hätte dem bornierten Archivar am liebsten eine reingehauen, stattdessen versuchte er es mit Höflichkeit. „Gibt es anderswo ältere Zeitungen?"

„Sie suchen die Stecknadel im Heuhaufen. Vielleicht im Staatsarchiv in Dahlem. Viel Hoffnung kann ich Ihnen nicht machen."

Karlotta nahm ihre Handtasche und erhob sich.

„Vielen Dank für die Auskunft. Wir versuchen es gerne in Dahlem."

Magdas Jacke hing noch immer unberührt über einer Stuhllehne in ihrem Zimmer. Am Bett standen ihre Schuhe. Auf dem Kalender an der Wand hatte sie einige Tage rot markiert. Katui studierte das genauer, aber las Namen von Leuten, die er nicht kannte.

Die Schranktür quietschte. Karlotta zögerte, dann nahm sie erste Kleidungsstücke heraus. „Schwer, so kurz nach ihrem Tod, aber weil Irene die kleine Felicitas hat, soll Konstatin sein eigenes Reich erhalten."

Katui nahm Magdas Jacke und legte sie sorgfältig zusammen. „Sie wäre damit einverstanden."

Karlotta faltete eine Bluse. „Mir ist es zu schnell. Doch es muss sein. Deine Hilfe kann ich gut gebrauchen, Katui."

Er nahm den ersten Stapel vom Bett und legte ihn in einen Karton. „Das war ja heute kein Erfolg bei der Zeitung."

Sie packte zwei schwarze Röcke, drei Blusen in gedeckten Farben und den Wintermantel dazu. „Wir werden im Geheimen Staatsarchiv suchen müssen."

Jetzt sortierte sie die weiteren Stapel aus dem Schrank und legte einige Stücke in eine zweite Umzugskiste. „Die Sachen in dieser Kiste kommen weg. Der Karton dort ist für die Kleidung, die wir noch verschenken." Sie packte zwei Pullover dazu. „So schnell geben wir nicht auf! Notfalls forsche ich allein weiter, damit du schnell zu deinen Leuten kannst. Ich schreibe auf jeden Fall alles für dich auf, falls ich nicht mehr da bin, wenn du zurückkommst."

Katui schluckte und sagte nichts.

Der Schrank war inzwischen leer. Sie setzte die Aufräumaktion im Regal fort und nahm eine verzierte Metallkiste aus dem untersten Regalfach, stellte sie auf dem Bett ab, öffnete sie. Briefe und Dokumente lagen darin, obenauf ein Paar gehäkelte Kinderschühchen.

„Die sind von Magdas kleinem Bruder. Er starb. Diese Schühchen waren ihr ganz kostbar."

Katui erinnerte sich an ihre traurigen Augen. „Sie hat gesagt, es ist das Einzige, was ich von meinem kleinen Bruder habe."

Wahllos nahm Karlotta einige Briefe aus der Schatulle, legte alles wieder zurück. „Da kann ich nichts wegtun."

Sie klappte den Deckel zu. „Lese ich später. Ich nehm sie mit in mein Zimmer. So, fertig. Um die Möbel kümmert sich Irene."

Ein letztes Mal sah Katui sich um. „Magda hat den kleinen Bruder nie vergessen."

Karlotta antwortete leise. „Du bist mir auch wie ein Bruder. Nach deinem Verschwinden damals in Königsberg war ich monatelang traurig. Ich hab es nicht verstanden. Ohne ein Wort. Erst Jahre später hab ich erkannt, es war nicht deine Entscheidung. Etwas passiert mit dir. Du bist inzwischen so viel jünger. Schau mich an."

Katui legte seine Hand auf ihren Arm. „Du warst für mich meine kleine Schwester und Freundin, mein Halt in dieser fremden Welt. Ich wollte immer bei dir bleiben."

Die ganze Familie hatte sich versammelt, auch Dr. Lutze war da. Sie warteten auf Katui, der sich in Karlottas Zimmer umzog. Er schlüpfte in den Schurz und packte seine Habseligkeiten in den Rucksack. Sein Dorf brauchte Hilfe, dank Dr. Lutze besaß er jetzt die nötigen Medikamente. Er betrat das Wohnzimmer. Alle standen um den gläsernen Couchtisch herum. Ein Paket lag darauf, in buntes Papier verpackt. Karlotta setzte tapfer zu einer kleinen Rede an. „Diesmal können wir dich gebührend verabschieden. Wir möchten dir gemeinsam etwas schenken. Bitte pack es gleich aus."

Das Paket war schwer. Er schüttelte es.

„Auspacken wie Fisch aus Zeitungspapier?"

Alle lachten.

Katui riss die Verpackung mit einem Ruck herunter. Zum Vorschein kam ein Karton, auf dem ein Tonbandgerät abgebildet war. Frank half, es herauszuheben.

„Das ist ein besonders kleines Gerät mit kleineren Spulen. Du kannst es ohne Stromnetz benutzen. In diesen Batterien ist Strom gespeichert. Hier gehören sie rein. Da hast du noch Ersatzbatterien. Sie sollten trocken und so kühl wie möglich aufbewahrt werden."

Katui nahm zwei Tonbandrollen aus dem Karton. Seine Finger flatterten, so dass eine herunterfiel.

Frank hob sie auf. „Wir haben Rock 'n Roll und andere Musik für dich aufgenommen. Das zweite Tonband ist leer, damit du selbst etwas aufnehmen kannst."

Er zeigte ihm die Buchse für das Mikrofon, legte die bespielte Rolle ein und betätigte einen Drehschalter.

Frank und Irene fassten sich an den Händen und tanzten drauflos. Die Musik war so ansteckend, dass Katui im Rhythmus mit dem Fuß wippte. Er beobachtete diese Mischung aus Sprüngen und Schritten, bei denen die Beine vorschnellten.

Dr. Lutze nahm Felicitas auf den Arm, die in ihrem Bettchen angefangen hatte zu weinen. Er wippte mit ihr im Takt der Musik. Die Kleine lachte. Nach etwas Übung beherrschte Katui den Grundschritt. Irene und Frank wirbelten inzwischen in immer neuen Varianten durch das Zimmer.

Konstantin stand daneben und wackelte mit dem Hintern. Sogar Karlotta wippte mit den Füßen.

Erst viele Musikstücken später folgte eine langsamere Melodie. Die Tänzer ließen sich auf die Couch und den Sessel fallen.

Katui schnappte wie die anderen nach Luft und strahlte. „Das ist ein wunderbares Geschenk."

Freundliche Blicke trafen ihn von allen Seiten. Eine Weile saßen sie miteinander, genossen die gemeinsamen Minuten, sagten nichts.

Katui empfand die Stille wie ein schmerzhaftes Ziehen in der Brust. Es stieg in ihm auf und erreichte seine Augen, wischte verstohlen die Träne weg.

Frank sprach es aus. „Es ist wohl Zeit."

Karlotta holte eine Schüssel aus der Küche und legte einen Löffel daneben.

„Hier, für die Beeren."

Die Kalebasse ließ sich schwer öffnen. Dr. Lutze kam zu Hilfe. „So, jetzt ist sie offen."

Ein muffiger Geruch schlug Katui entgegen. Der Inhalt fiel nicht heraus, obwohl er das Gefäß auf den Kopf stellte und kräftig schüttelte. Erst nach Schlägen mit der flachen Hand auf den Gefäßboden schmatzte grün-roter Brei in die Schüssel.

Karlotta stand am nächsten. „Igitt, das ist verdorben! Das kannst du nicht mehr essen."

Katui rührte die Masse vorsichtig um. Der Gestank breitete sich desto intensiver aus. „Mir wird schlecht."

Frank brachte die Schüssel ins Bad. Die Spülung rauschte.

Ich kann nicht zurück, flüsterte Katui zu sich selbst.

Karlotta nahm das geleerte Gefäß entgegen und stellte es aufs Fensterbrett. „Du bist die letzten beiden Male ohne Beeren nach Hause gekommen."

Dr. Lutze roch an der Kalebasse und verzog das Gesicht. „Haben Sie nicht gesagt, die Beeren müssen im Wasser liegen bis kleine Blasen entstehen?"

Irene kombinierte. „Das ist die Gärung."

Dr. Lutze klatschte in die Hände. „Aber ja, das ist es!" Alle zuckten zusammen. „Alkohol!"

Rasch besorgte Karlotta aus der Küche eine Flasche Bier. „Erinnere dich, wir haben damals miteinander gefeiert und dann bist du verschwunden."

In Katui regte sich Hoffnung. „Damit komm ich zurück in den Wald?"

Dr. Lutze ließ sich auf die Couch fallen. „Hätte nicht gedacht, dass es so einfach sein soll, zwischen verschiedenen Welten und Zeiten zu pendeln."

Frank stellte Gläser bereit. „Das kann stimmen oder nicht. Wir sollten es ausprobieren. Lasst uns den Abschied begießen."

Berlin, Oktober 1989

Bernhard ließ sich auf die Couch im Wohnzimmer des Professors fallen. „Ich habe recherchiert, es gab tatsächlich dieses kleine Tonbandgerät. Mir ist es gelungen, ein solches Gerät aufzutreiben!"

Er nahm das erste Band und spulte es geschickt ein. Die Aufnahme knisterte und rauschte. Er drehte vorsichtig am Lautstärkeregler. Jetzt waren durch das Rauschen hindurch Stimmen zu verstehen.

„Ich heiße Katui und bin heute bei Karlottas Familie. Hier wohnen auch Irene und Frank. Sie haben am 8. Mai 1963 eine Tochter geboren, Felicitas. Außerdem haben sie noch einen Sohn, Konstantin, er ist vier Jahre alt. Karlotta wohnt auch hier. Ihre Mutter Magda hatte im Haus ein Zimmer. Ich werde heute, am 25. Mai 1963, in mein Dorf zurückkehren. Bis dahin wollen wir alles dokumentieren was wir jetzt tun."

Der Professor kratzte sich am Kinn und tauschte mit Bernhard Blicke aus. Der drehte die Lautstärke höher.

„Katui, möchtest du jetzt ein Bier?"

„Ja, sehr gerne, Karlotta."

Es zischte, Flüssigkeit wurde in ein Glas geschüttet.

„Prost, so jung kommen wir nicht mehr zusammen…"

Jemand kommentierte kichernd. „Der Witz war von Frank."

Sie redeten wenig, tranken dafür umso mehr. Der Professor zählte mit. Sie öffneten Flasche Nummer fünf.

„Muuusik ist schön", sagte Katui.

Schritte, ein klackendes Geräusch, dann Musik wie Südseeklänge.

Winni winni winni winni. Wanna wanna wanna wana, die Trommel ruft zum Tanz …

Der Professor lächelte. Ach ja, die Sechziger. Das Lied war damals ein riesiger Hit. Die Familie sang lauthals mit.

„Winni winni winni winni …"

„Spul vor", bat der Professor. Bernhard schaltete danach wieder ein.

„Wanna wanna wanna …"

Der Professor grunzte. Sein Freund spulte weiter.

„Hast du alles für deine Leute?"

„Ja alles da, Karlotta. Uh, ist bisschen kalt auf dem Bauch."

„Willst du deine neuen Kleidungsstücke mitnehmen?"

„Si … sind im Rucksack."

„Dann lass dich drücken. Komm schnell wieder. – Gute Nacht, wir lassen dich jetzt allein."

Eine Tür wurde geschlossen und das Gerät hörbar abgeschaltet.

Bernhard spulte vor. Auf dem Tonband rauschte es nur.

„Wir müssen wohl in den Heften lesen, wenn wir wissen wollen, wie es weitergeht."

Berlin, Mai 1963

Etwas patschte. Schlug sein kleiner Bruder mit der flachen Hand auf ein Blatt? Ein paar Spatzen zwitscherten. Kein Blätterrauschen. Kein Affengeschrei. Da war das Patschen wieder.

„Willst du zu Katui? Er ist nicht mehr da. Schau selbst." Er erkannte Irenes Stimme.

Die Tür schabte leicht am Boden entlang.

Trippelschritte ins Zimmer hinein. „Mama, er ist daha!"

Katui öffnete die Augen. Durch das halb geöffnete Fenster blendete ihn Sonnenlicht. Brötchenduft von der Bäckerei nebenan wehte herein. Konstantin strahlte über das ganze Gesicht. Der Rest der Familie stand dicht gedrängt im Türrahmen.

Obwohl Katuis Stimme fast versagte, zerschnitt sie die entsetzte Stille. „Es hat nicht funktioniert."

Jetzt redeten sie gleichzeitig. Alle drängten sich vor seinem Bett. Er hielt sich die Ohren zu. Gedämpft ließen sich die Stimmen besser ertragen.

Karlotta stemmte die Arme in die Hüften. „Ruhe!"

Augenblicklich war es still.

Katui ließ sich zurückfallen ins warme Bett und zog die Decke über den Kopf. Sein Dorf war verloren. Seine Schläfen pochten schmerzhaft.

Leise hörte er Irenes Stimme. „Katui?"

Jemand zog an der Decke. Er krümmte sich wie eine Eidechse im Ei und krallte sich fest. Ruhe wünschte er sich, nichts anderes. Das Ziehen wurde beharrlicher. Er rollte sich enger ein.

Vereint zerrten sie an ihm. Er ballte die Fäuste, unmöglich damit zu schlagen, sie hatten ihn fest im Griff. Wie ein totes

Tier ließ er sich hängen, sie bugsierten ihn trotzdem in eine Sitzposition. Was spielte das für eine Rolle? Jetzt stand er. Sie schoben ihn. Kalte Kinderhändchen zogen an seinem Daumen. Da war Wärme, Karlottas Hand an seiner Wange. „Du bist doch nicht allein, wir werden eine Lösung finden." Katui bewegte sich nicht.

„Das ist der Schock", sagte Frank. „Wir bringen ihn ins Bad."

Es dauerte eine Weile, bis er vor der Badewanne stand.

„Ungewöhnliche Situationen erfordern ungewöhnliche Maßnahmen", verkündete Frank, hielt Katui die Brause vors Gesicht und drehte das Wasser an.

„Uh! Was soll das?" Katui schlug um sich und traf den Duschschlauch. Der Duschkopf polterte in die Wanne und spielte Fontäne. Irene drehte den Wasserhahn zu. Wassertropfen malten Streifen auf die Wände.

Katuis Haare klebten auf seiner Stirn. Die Halme seines Schurzes pappten wie nasses Gras an seinen Hüften. Frank strich sich die feuchten Haarsträhnen nach hinten. Die ganze Familie tropfte um die Wette. Katui ließ die Fäuste sinken. „Macht das nie wieder mit mir!" Erstaunt stellte er fest, dass sein Kopf nicht mehr schmerzte. Zuerst war es nur ein Glucksen, das Katuis Kehle hochschlich. Dann kicherte er. „Auf jeden Fall bin ich jetzt wach."

Alle lachten.

Konstantin sprang aufgeregt durch den Flur. „Ich freu mich so, Katui ist nicht weheg!"

Am Frühstückstisch waren die Kopfschmerzen zurück. Er nippte an seinem Milchglas und schwieg. Alle kauten still vor sich hin und tauschten nur Blicke.

Karlotta goss sich eine zweite Tasse Kaffee ein. „Heute Abend machen wir es genauso wie damals. Wir trinken nach dem Abendessen ein Bier, vielleicht war es ja gestern zu viel Alkohol. Und wenn es nicht klappt, dann machen wir das jeden Abend. Bis es klappt."

Erleichtert beschloss Katui in Gedanken. *Es gibt keinen Grund zu verzweifeln. Ich bin schließlich ein Schamane.*

Berlin, 7. Juni 1963

Alle saßen im Wohnzimmer und starrten auf den neuen Fernseher.

Es klingelte.

„Ausgerechnet jetzt!", murmelte Frank. Er schraubte sich aus dem Sessel, dann waren im Flur Stimmen zu hören. Augenblicke später kam er mit Dr. Lutze zurück. „Hallo zusammen. Ich hab Neuigkeiten für dich, Katui."

Der nickte mechanisch, hatte keine Lust seinen Fernsehspaß zu unterbrechen.

Dr. Lutze setzte sich in einen freien Sessel. „Offenbar störe ich."

Niemand reagierte. Alle sahen gebannt zum Bildschirm. Im Film betraten Cowboys mit Revolvern an den Hüften den Saloon.

„Ich habe eine neue Theorie!", setzte Dr. Lutze erneut an.

Aus seiner Jackentasche zog er einen Jahreskalender und entfaltete ihn auf dem Couchtisch. „Ich glaube, Katui kann heute reisen!"

Jetzt sahen sie ihn an.

Frank schaltete den Fernseher aus.

„Ich habe etwas entdeckt. Schaut her, hier haben wir den 8. Mai. An dem Tag bist du angekommen, Katui", sagte der Arzt.

Alle beugten sich über den Kalender. Dr. Lutze tippte mit dem Finger darauf.

„Und hier haben wir das heutige Datum, 7. Juni. Was fällt euch auf?"

Katui verglich beide Tage. Sie waren mit einem kleinen weißen Kreis gekennzeichnet. Was hatte das zu bedeuten? Irene kam seiner Frage zuvor. „Natürlich! Vollmond!"

Katui begriff sofort. Wura hatte ihn immer unter dem Schutz des Geistes der Nacht reisen lassen! Hatte der Doktor die Erklärung gefunden? „Ist der Mond bei euch und in meinem Dorf denn gleich?"

Dr. Lutze lächelte. „Wenn Vollmond ist, dann scheint er überall auf der Welt. Man sieht ihn aber nur nachts, also nicht an allen Orten gleichzeitig."

Katui runzelte die Stirn. „Ich kann nur bei Vollmond reisen? Letztes Mal bin ich erst einen Tag später abgereist, da war Vollmond doch schon vorbei, oder?" Dr. Lutze nahm diesen Gedanken auf. „Vielleicht gibt es ein Zeitfenster von ein oder zwei Tagen." Er zeigte auf den Kalender. „Hier ist er für heute zum Beispiel um neun Uhr dreißig vormittags eingezeichnet. Wir haben also schon längst Vollmond. Sehen können wir ihn aber erst heute Nacht."

Katui sprang auf und rannte in sein Zimmer. Endlich seinen Leuten im Dorf helfen! Sie brauchten ihn so dringend. Der Rucksack war im Nu gepackt. Obenauf stopfte er das Tonbandgerät.

Tipateo Katui im Schurz kehrte ins Wohnzimmer zurück. Karlotta brachte ihm ein Glas.

Nacheinander umarmte ihn jeder, keiner sagte etwas.

Zu oft hatten sie sich schon verabschiedet.

Katui trank das Glas leer, in großen Schlucken.

Kapitel 10

Berlin, 27. Oktober 1989

Der Professor stemmte wütend das Bein gegen seine Wohnungstür und klemmte Stefan Zwirners Schuh ein, der dreist das Schließen verhinderte.

Sylvia trommelte draußen auf das Türblatt ein. „Meinst du nicht, ein gutes halbes Jahr reicht aus, um beleidigt zu sein? Das ist schon paranoid, wie du dich verhältst. Stefan hat die Hefte wirklich gefunden. Es war kein Scherz!"

Ein Personalausweis schob sich durch den Spalt.

„Sehen Sie Professor, ich heiße Stefan Zwirner, Udo Zwirner ist mein Vater, und August Zwirner war mein Großvater. Was glauben Sie denn, wie es mir ergangen ist, als ich das alles gelesen habe? Da finde ich in Brasilien ein leeres Grab und eine Kiste mit Dokumenten, in denen ich neben Katuis Abenteuern meine eigene Familiengeschichte lesen kann!"

Der Professor starrte auf den Ausweis, dann prüfte er durch den Türspalt nochmals die Augen des jungen Mannes, der nicht einmal zwinkerte.

Sylvias Freund hielt ihm ein Foto hin. Darauf war die Kiste mit den Heften zu sehen und obenauf eine lesbare Notiz.

Stefan Zwirner, melden Sie sich bei mir.

UNBEDINGT.

Prof. Achim Hastig, Berlin

Mein zweiter Vorname ist Theodor.

Darunter die Telefonnummer.

Und das Datum: 16. November 1989.

Der Professor verharrte sprachlos. Eindeutig seine Handschrift, aber gefunden im Jahr 1988? Heute war erst der 27. Oktober 1989. Und den Namen *Theodor* hatte er stets streng geheim gehalten. Er fand ihn von Kind an so furchtbar, dass er sich nicht einmal sicher war, ob Sylvia ihn kannte.

Das war eine Nachricht aus der Zukunft!

Er trat einen Schritt zurück und öffnete.

Beim Abschied, etwa zwei Stunden später, hatte Stefan Zwirner das Foto mit der Nachricht im Flur auf die Kommode gelegt. „Achim, ich habe alle Schulhefte gelesen. Du solltest es auch tun." Mit diesen Worten waren er und Sylvia gegangen.

Jetzt stand der Professor bei seinem Schreibtisch und fand das unterste Fach verschlossen vor. Wo lag nur der Schlüssel? Ja, am 1. April hätte er ihn fast zum Fenster rausgeworfen. Aber nein, er hatte diese Unbedachtheit nicht begangen. Oder doch?

In der Küche zog er an der Kramschublade. Sie ließ sich nur einen Spalt öffnen. Seifenduft stieg daraus hoch. Jetzt steckte sie fest. Er zog, schob, rüttelte – vergeblich. Es dauerte eine Weile, bis er entdeckte, dass ein Blatt Butterbrotpapier untrennbare Freundschaft mit der Führungsschiene geschlossen hatte. Sie rührte sich keinen Zentimeter mehr. „Himmelherrgottsakra!"

Er setzte seine Brechstange an. Die Schublade krachte auf den Boden und zersplitterte in ihre Einzelteile. Der Professor wühlte in dem Haufen herum. Er fand die Taschenlampe, die er schon so lange gesucht hatte, einen Karton mit Schrauben, den Rest Frühstückspapier und die Lavendelseife, aber keinen Schlüssel. Jetzt kam es auf einen weiteren Holzschaden nicht mehr an. Vor seinem Schreibtisch setzte er sich auf den Boden und hebelte an der

Tür des untersten Faches. Das Möbel wackelte heftig, so dass ein Stiftglas umfiel. Etwas verfing sich in seinen Haaren. Es war klein, kalt, flach und ziepte beim Herausziehen. Wie neu und unschuldig glänzte der Schlüssel in seiner Hand.

Sofort steckte er ihn in das Türschloss, es klemmte, aber dann hielt er den so hart erkämpften Karton in den Händen. Vorsichtig hob er die Hefte heraus und setzte sich in seinen Lesesessel.

Wald der Tipateo, fünfte Trockenzeit nach der großen Flut (ca. 1521)

Frakiki lag genauso da, wie Katui ihn verlassen hatte. Die Familie saß rundherum. Erstaunt sahen sie ihn an. Nur die Mutter des Kranken hockte gramgebeugt. Noch immer hing der Duft des Kräuterfeuers in der Hütte.

Der junge Schamane füllte Wasser in eine Schale und stellte sie auf die Glut.

„Ihr habt es nicht bemerkt, aber ich war bei unseren Ahnen. Sie haben großes Wissen und sie haben mich viel gelehrt."

Ihre Blicke wurden klarer, Hoffnung flog ihn an. „Ein böser Gott ist in unser Wasser getaucht. Er heißt Cholera."

Frakikis Familie fasste sich im Kreis an den Händen und gemeinsam murmelten sie beschwörend: „Cholera, Cholera, Cholera."

Katui deutete auf die Schale über der Glut, das Wasser brodelte. „Seht, der böse Geist verträgt keine Hitze. Er flieht."

Sie starrten alle ins Feuer. „Cholera, Cholera, Cholera."

Katui nickte und nahm die Wasserschale aus den Flammen. Niemand bemerkte, dass er dafür kein Blatt verwendete, um die Finger zu schützen.

„Bevor ihr trinkt, verjagt immer die Cholera aus dem Wasser! Dann macht der Geist uns nicht krank."

Er hielt eine Tablette aus dem mitgebrachten Schraubglas hoch. „Auch ich war krank bei den Ahnen. Sie gaben mir das."

Frakikis Mutter warf das weiße Stückchen in die Flammen. „Cholera! Gib mir noch eine." Sie deutete auf das Glas.

„Nein, nein! Das gehört nicht ins Feuer! Frakiki muss es schlucken! Mit dem befreiten Wasser."

Die Frau starrte ihn an. „Er soll das essen?"

Katui legte für alle sichtbar eine neue Tablette auf die Handfläche. „Das verjagt den Geist Cholera aus den Menschen."

Er goss etwas Wasser aus der großen Schale in eine kleinere, schüttete Mineralpulver dazu und stellte das neben Frakiki. „Ich zeige es euch."

Frakikis Kopf lag schwer in seiner Hand. Der Freund stöhnte leise. „Kannst du mich hören, Frakiki?"

Der Kranke nickte mit geschlossenen Augen. Katui streichelte seine Wange.

„Ich stecke dir jetzt etwas in den Mund. Das musst du mit dem Wasser zusammen schlucken. Nicht kauen, nur schlucken und die ganze Schale austrinken."

Frakiki befolgte die Anweisung. Sein Kopf fiel wieder zurück. Er atmete schwer.

Die Mutter stemmte die Fäuste in die Hüften. „Es hilft nicht."

„Hab Geduld!"

Katui malte mit einem Stock sieben senkrechte Linien auf den Boden. Die erste wischte er sofort weg.

„Jeder Strich steht für eine kleine Schale. Frakiki muss warten bis er morgen wieder eine Schale und die Tablette schlucken darf."

Er legte sechs Rationen daneben. „Dein Sohn muss alle essen, mit jedem Strich, und das Wasser trinken, auch wenn es ihm schon besser geht. Bewahrt dieses Pulver an einem trockenen Platz auf."

Die Mutter nahm eine der Pillen, schnupperte daran und streckte die Zunge aus. Katui hielt ihr Handgelenk. „Sie müssen trocken sein. Und nur Kranke essen sie." Er legte ihr die Medikamente in die Hand. „Dein Sohn wird gesund."

Ein Lächeln huschte über ihr Gesicht. Sie nickte kaum sichtbar.

Am Ausgang der Hütte wandte er sich um. „Ich komme morgen wieder."

Der nächste Kranke erwartete ihn.

Eine Woche später

Der Dorfälteste hob seine Arme zu den Göttern im Himmel, an dem letzte Blitze flackerten. Überall tropfte es von Blatt zu Blatt, ein eigenes Konzert, gegen das er seine Stimme erhob. „Ihr habt uns Katui geschenkt. Alle sind geheilt!"

Er betrachtete die Wolken. „Mit Euch teilen wir zum Dank unsere Speise!"

Wura fasste Katuis rechte Hand und streckte sie empor. „Ich war die Schamanin des Dorfes. Ehrt euren neuen Schamanen Katui! Er hat mehr Prüfungen bestanden als jemals ich. Mit jeder Prüfung wird ein Schamane mächtiger und ist den Göttern näher."

Die Tipateo verneigten sich schweigend. Er atmete entspannt, nahm dankbar den Duft des Waldes wahr, unterschied Laub, feuchte Erde und Blütenduft.

Die Dorfbewohner sangen leise, steigerten sich immer weiter bis zu einem jubel-lauten Gesang. Aus den Hütten kamen Frauen. Sie waren festlich rot bemalt, und jede trug ein Tongefäß mit Köstlichkeiten. In den ersten Schüsseln gab es Beeren und Früchte des Waldes. In anderen Töpfen dampfte gestampfter Maniokbrei. Fleisch und gebratene Fische lagen in flacheren Schalen. Zum Schluss brachten sie für alle das Festgetränk aus Paranüssen. Sie stellten die Speisen rund um das Feuer. Ehrfürchtig verstummte das ganze Dorf.

Katui wurde bewusst, dass er, der Schamane, jetzt die reglose Dauer der Götterspeisung festlegte. Er wartete lange, stumm und aufrecht, dann gab er dem Ältesten ein Handzeichen. Lebhaftes Gemurmel setzte ein, die Dorfbewohner schmausten drauflos. Bald lagen abgenagte Knochen und Kerne der Früchte in den Schalen. Katui reichte das Festgetränk. Er trank als Letzter. Und vermisste den Geschmack der Rinde.

Dumpf trafen die Stampfhölzer den weichen Boden und forderten zu Tänzen auf. Niara kam auf ihn zu und streckte ihm ihre Hand entgegen. „Niara bittet den Schamanen Katui um einen Tanz."

Ihr Haar reichte ihr bis zur Taille und verdeckte ihre Brüste. Ihren Tanzschurz hatte sie mit bunten Federn und Samenkapseln geschmückt, ihre Handgelenke zierten rote

Blütenketten. Das kleine Mädchen Niara, mit dem er früher im Sand gespielt hatte, war auf einmal erwachsen. Er tanzte erste Schritte mit ihr. Sie schwang ihre Hüften, drehte sich, lächelte ununterbrochen. Wagte zaghaft, ihn im Tanz kurz zu berühren.

Etwas später pausierten die Stampfhölzer und Niara fiel ihm entgegen. Er fing sie auf, sie kicherte.

„Huch", sagte Katui und hätte sich deswegen am liebsten in ein Chamäleon verwandelt.

„Danke für die Rettung", flüsterte sie. Sie stand nah bei ihm, zog ihn vom Feuer weg, legte ihren Kopf schief, lächelte und schloss die Augen.

Katui strich ihr mit zittrigen Fingern über den Arm und verstand, was sie erwartete. Aber etwas stimmte für ihn nicht. Damals war Karlotta ihm ebenso nah. Ewig hätte er es in ihren Armen ausgehalten. Niaras Augen öffneten sich wieder. Ihr Gesicht kam immer näher. Ihr Atem streichelte seine Wange. Sie war ihm zu nah. Er schob sie von sich weg.

„Ich möchte dir etwas zeigen. Bleib hier stehen, nicht weggehen, ich bin gleich zurück."

Eilig lief er davon. Kaum war er aus ihrem Blickfeld, bewegte er sich immer langsamer, bis er seine geheime Höhle erreichte. Vor nicht zu langer Zeit hatte er sie neben der alten zwischen den Wurzeln riesiger Bäume entdeckt, ein ausgewachsener Mann hatte darin Platz, sogar im Stand. Besser geeignet für eine Schamanenhöhle. Er hockte dort und sammelte sein Denken. Durch die Eingangsöffnung warf das Mondlicht Blätterschatten auf den Boden. Niara sollte eine Chance erhalten.

Aus dem hintersten Winkel holte er das Tonbandgerät hervor. Kehrte damit mit bedächtigen Schritten zum Dorf zurück. Niara erwartete ihn. Unter ihrem Blick erhöhte er sein Tempo und stellte das Gerät zu ihren Füßen in den Sand. Auf sein Zeichen verstummten die Stampfhölzer, alle umstehenden Dorfbewohner beobachteten das Paar.

Katui drückte die Starttaste. „Das ist die Musik der Ahnen." Ein unbekannter Klang hallte über den Dorfplatz bis hinein in den Dschungel. Katui strahlte und fasste Niaras Hände. „Komm, ich zeige dir ihren Tanz."

Sie lernte schnell, und schon tanzte sie mit ihm Rock 'n Roll. Er drehte Niara, sie folgte der Bewegung. Er schwenkte sie zurück. Ihre Augen leuchteten, sie lachte und ließ einen begeisterten Schrei los.

Immer mehr Dorfbewohner versuchten es. Die drei Männer mit den Stampfhölzern übernahmen den Rhythmus. Wenig später rockte das ganze Dorf. Der Waldboden bebte, Vögel flogen auf. Affen kreischten gegen die fremden Klänge an.

Viele Tänze später klackte das Gerät und verstummte. Nur das vertraute Orchester im nahen Dschungel verweilte. Die Tipateo verließen den Festplatz.

Niara blieb. Sie schlang ihre Arme um Katuis Hals und küsste ihn. Er ließ es geschehen, mit geschlossenen Augen. Doch statt Niara lachte ihn Karlotta in seinen Gedanken an. Er erinnerte sich an ihren Duft und ihre liebevolle warme Berührung. Nichts davon empfand er in diesem Moment für die junge Frau in seinen Armen. Er lehnte sich zurück und schüttelte den Kopf. „Verzeih mir."

Sie klammerte sich an seinen Arm. Er befreite sich. Nahm das Tonband und rannte weg.

Wald der Tipateo, fünfte Trockenzeit nach der großen Flut (ca. 1521)

Der Regen hatte etwas nachgelassen. Die Luft war würzig und mit dem Geruch der feuchten Erde erfüllt. Katui wanderte mit seiner Angel in der Hand in Richtung Fluss. Normalerweise war der Weg hier trocken, aber heute gab der Boden bei jedem Schritt ein schmatzendes Geräusch von sich. „Seltsam", sagte er leise zu sich selbst.

An der nächsten Wegbiegung sah man sonst das Ufer in einiger Entfernung. Doch eine riesige Wasserfläche breitete sich direkt vor seinen Füßen aus. Kleine Wellen schwappten über seine Zehen. Eine Orchideenblüte glitt sanft vorüber. Mühsam zog er seinen Fuß aus dem weichen Boden, kehrte um und patschte los.

Erst am Waldrand war der Weg wieder fest. Katui stürmte weiter und schrie, sobald er in Hörweite des Dorfs war: „Der Fluss kommt!"

Er rannte bis zum Festplatz und hörte nicht auf, den Alarm auszurufen. Hatten ihn alle gehört? Sicherheitshalber lief er durch den hinteren Teil der Siedlung und dann zur Familienhütte. Katui fand Wura in ihrer Schamanenhütte. Sie hielt Kräuterbüschel in der Hand. „Wir müssen die Heilmittel retten. Meine Pulver dürfen nicht nass werden. Hilf mir!"

Sie arbeiteten schnell. Nur die letzte Kürbisflasche rollte ihm immer wieder aus den Händen. Beim dritten Versuch gelang es Katui, sie zu verstöpseln. Wura gab ihm einen kleinen Stapel Palmblätter. „Meine Aufzeichnungen dürfen nicht verloren gehen."

Er nahm ihre sorgsam beschriebenen Blätter, sah sich ein letztes Mal in der Hütte um, dann schloss Wura den

Eingang mit dem Baumstamm und wiederholte zweimal das Schutz-Ritual.

Kurze Zeit später versammelten sich alle auf dem Dorfplatz. Die Kinder scharten sich um ihre Mütter. Jeder Tipateo trug seine Hängematte zur Rolle gedreht unter dem Arm. Die meisten Männer hatten sich große Beutel aus Tierhaut mit Vorräten auf den Rücken gepackt.

„Beeilt euch!"

Uske kam aus dem Wald gelaufen. „Das Wasser steigt schneller als ich es je gesehen habe!"

Schon war der Boden bei den Hütten knöchelhoch überflutet. Sie flohen zum Hügel und erklommen querfeldein den Hang. Kinder weinten. Äste brachen. Einer der Männer zeigte nach unten. „Seht nur, wie schnell das Wasser kommt!" War ihr Dorf verloren?

Uske trieb alle an. „Lauft zu der alten Zuflucht oben am Berg."

Je höher sie kletterten, desto schmaler wurde der Pfad. Nur hintereinander in einer Reihe kamen sie weiter. Katui achtete sorgsam auf Wuras Palmblätter. Seine eigene Höhle lag hoffentlich hoch genug. Er hatte die Dose mit den Schulheften bei seinem letzten Besuch im hintersten Winkel des Versteckes verstaut. Angstvoll sah er zurück. Das Dorf war versunken in einem grünen See. Nur Baumwipfel ragten aus dem Wasser. Wie hoch würde der Fluss steigen? Er beeilte sich, die anderen einzuholen. Alle schienen oben zu sein. Ihm folgte keiner mehr. Er lief über die fast ebene Fläche des Plateaus, hier standen die Bäume weniger dicht, und fand seine Familie.

„Hast du meine Blätter?", fragte Wura, kaum dass sie ihn sah.

Sie nahm ihm den Stapel ab und wirkte erleichtert. „Wir haben alle unsere Schlafstellen vom letzten Mal wiedergefunden. Dort ist deine."

Katui hörte ihr kaum zu. „Es wird die größte Flut."

Uske brachte frische Palmblätter, mit wenigen Handgriffen besserten sie die Dächer über den einzelnen Schlafplätzen aus. Jetzt stürzte das Wasser vom Himmel. Die Dorfbewohner kletterten rasch in ihre Matten. Wura stimmte einen schützenden Gesang an, der schon oft vor großem Unheil bewahrt hatte. Nach und nach sangen die Tipateo mit und übertönten das Rauschen des Regens.

Erst bei Einbruch der Dunkelheit verstummten sie und legten sich nieder. Unaufhörlich prasselten Sturzbäche herunter. Katui fand keinen Schlaf. Er lauschte. Wura bewohnte die Matte neben ihm, wach lag sie, völlig entspannt, und beschäftigte sich mit ihren Aufzeichnungen. Die Palmblätter waren geschmeidig, wie frisch vom Baum geschnitten, hatten nur ihre Farbe von Grün zu Hellbraun verändert. Darüber hatte sich Katui schon gewundert.

„Wieso verwelken sie nicht?"

„Du musst sie bannen, wie die Insekten. Diese Blätter werden sich niemals mehr verändern. So kann ich auf ihnen schreiben und malen." Sie hielt ein Schälchen hoch und tunkte eine Feder ein. „Ich verwende den Saft der roten Waldorchidee, den wir sonst für die Festbemalung der Haut nutzen."

„Hast du ein leeres Blatt für mich, ich möchte auch etwas schreiben. Meine Hefte sind in der Höhle", fragte Katui.

Sie reichte ihm zwei mit Tinte und einer Feder.

„Schreibpflanzensaft habe ich genug für uns beide."

Ihr Sohn lächelte sie an und stippte den Kiel in die Farbe.

In der Morgendämmerung nieselte der Regen nur in feinen Fäden. Katui schwang sich aus seiner Matte, nahm seine beschriebenen Palmblätter und folgte dem Pfad zum Dorf. War seine Höhle trocken?

Im Tal ragten nur wenige Baumriesenwipfel aus dem Wasser.

Am Eingang des Versteckes hatte sich eine nasse Mulde gebildet, innen war alles unversehrt. Rasch fand er die Hefte. Dem vorletzten fügte er die Palmblattseiten hinzu, stutzte ihre Ränder in die Form der Papierseiten und nahm ein leeres für die nächsten Aufzeichnungen mit. Er dankte den Göttern und bat weiterhin um ihren Schutz. Dann legte er einen neuen Bannzauber über den Zugang.

Erste Trockenzeit nach der neuen großen Flut (ca. 1525)

Nie hatte Katui seine Mutter so geschwächt ausgesehen, Wura weinte nicht, aber hatte kaum Kraft zu sprechen. „Nie war eine Flut so verheerend. Wofür werden wir bestraft?"

Sie standen inmitten ihres ehemaligen Dorfes. Nur Überreste der zerstörten Hütten lagen verstreut herum. Affen jagten einander auf den zerzausten Strohdächern. Einige Jungtiere zerrten Halme heraus und kauten darauf. Sie zeigten keine Scheu vor den Menschen, deren Schritte nur vom Rudelchef kritisch verfolgt wurden. Tipateokinder haschten die vermeintlichen Spielkameraden. Ein Warnschrei des Alten – blitzschnell floh die Affenschar auf die Bäume.

Hüttenhoch hatten die Baumstämme Schlammhüllen und keine Blätter. Darüber sprießte kräftig grünes Laub.

„Da ist ein Krokodil!" Ein Kind rannte zurück zu seinen Eltern.

Uske winkte Katui und weitere Männer herbei. Sie sammelten eilig dicke Äste, schwangen sie drohend und veranstalteten ein wildes Geschrei. Das Reptil rührte sich nicht. Einer der Ältesten stieß es mit seinem Stock an.

„Es hat kein Leben! Kinder und Frauen bleiben hier! Wir sichern zuerst alles ab."

Sie verteilten sich auf dem Ruinengelände und durchstöberten vorsichtig jedes Trümmerteil, was auf dem Festplatz herumlag. Im Anschluss durchstreiften sie rundherum den Wald. Nach wenigen Minuten war klar, dass es zwischen den Trümmern keine weiteren gefährlichen Tiere gab.

Zwei Frauen zogen dem Krokodil die Haut ab.

Katui begriff, auch wenn alle überlebt hatten. Das Dorf wieder aufzubauen dauerte mindestens eine Trockenzeit. Eine lange Zeit bis zur Rückkehr des gewohnten Lebens. Er entdeckte Wura dort, wo ihre Schamanenhütte gestanden hatte. Sie weinte leise. „Alles verloren."

Einige Kalebassen lagen im Schlamm. Sie nahm die erste und öffnete sie. Ein fauliger Gestank entwich, der bis zu Katui waberte. Sie schleuderte das Gefäß im hohen Bogen fort. Aus der nächsten dampfte ihm eine anders stinkende Wolke entgegen. Er würgte und warf die Kürbisflasche der ersten hinterher.

„Das alte Wissen, so viele Trockenzeiten habe ich meine Kräuter gesammelt."

Nur Katuis tröstender Umarmung beruhigte sie ein wenig.

„Wura, das Volk der Tipateo lebt. Deine Aufzeichnungen sind gerettet."

Wuras Muskeln strafften sich, sie richtete sich auf, der alte Glanz ihrer Augen wich den Tränen und Katui entdeckte darin das Erblühen ihrer neuen Kraft.

„Ja, Sohn. Wir bauen alles neu auf."

Katui staunte über den unbeschädigten Zustand seiner Höhle. Knapp unter ihr hatte der Wasserpegel geendet. Der Boden war mit Schlamm bedeckt, die Schicht war vorher dicker, sichtbar an einem kniehohen Schlammstreifen an den Wänden rundherum. Darüber war alles so, wie er es vor dem Hochwasser verlassen hatte. Nur das Tonbandgerät fand er im Morast, daneben eine Spule. Er hob das Gerät aus dem feuchten Sand, drückte eine Taste. Der Spulenstab drehte sich nicht. Im hinteren Teil der Höhle war alles vollkommen trocken. Von dort brachte er die Ersatzbatterien. Es dauerte eine Weile, bis er das Fach geöffnet und die Batterien gewechselt hatte. Die Tonkiste blieb stumm, egal welchen Knopf er betätigte. Die zweite Spule war verschwunden.

Unzählige Käfer, Larven und andere Insekten bevölkerten die Schlammschicht am Boden. Sie krabbelten über- und untereinander, es knisterte und zischte. Er betrachtete sie genauer. Die meisten eigneten sich für Heilpulver und Pasten. Er nahm einen Stock und zeichnete damit einen Kreis um einen Großteil von ihnen.

„*Waku brahamu grawi.*"

Die Krabbeltiere kehrten an der gezogenen Linie um. Mit einem flachen Holz schob er weiteren Schlamm samt Insekten dazu. Der Anfang für einen neuen Insektenberg türmte sich vor ihm auf.

Die Dose mit den Heften und seine mit Vorräten gefüllten Schalen lagen dort, wo er sie vorher gesichert hatte, Samen von Heilkräutern, präparierte Mischungen gegen Verbrennungen, Fieber, Insektenstiche und vieles mehr. Das Stück Rinde des Feuerbaums war im Beutel trocken geblieben. Die halbe Nussschale, mit der Wura das Pulver dosierte, lag dabei. Er lächelte. Genau hier, nicht unten im Dorf würde er Ersatz für Wuras Hütte schaffen, der hier besser vor dem Wasser geschützt war. Große Aufgaben warteten auf ihn. Alle vertrauten ihm. Zuversichtlich kroch er aus seiner Höhle und hob die Arme.

„Helft mir, das Richtige zu tun. Gebt uns Kraft für ein neues Dorf."

Sein Blick fiel auf die kleine, fast ebene Fläche vor und neben dem Eingang. Hier würde er Heilkräuter züchten. Die feuchte Erde gab ihm Vertrauen. Er bückte sich, fuhr mit einem Finger durch den braunen Schlamm und erkannte am heißen Kribbeln seiner Kuppen die enorme Blühkraft darin.

Wald der Tipateo, zweite Trockenzeit nach der neuen großen Flut (ca. 1526)

Auf dem Festplatz flackerte ein hohes Dankfeuer. Erst gestern, zwei Trockenzeiten nach der Zerstörung, war die letzte Familie in ihre neue Hütte eingezogen. Die Zeit der alten Rituale war zurückgekehrt. Katui stand zusammen mit sechs weiteren jungen Männern in einem Halbkreis, ihre Rücken zu den Flammen gewandt, den freien Blick zum neuen Schutzwall, der um das Dorf errichtet war. Auf der anderen Seite vervollständigten sieben junge Frauen das Rund, ebenfalls dem Feuer abgewandt. Alle trugen rote Festzeichen. Bunte Federn zierten ihre Tanzschurze.

Langsame Schläge der Stampfhölzer eröffneten das *Fest der Augen*. Katui versuchte, wie die anderen in gleichmäßigem Rhythmus auf den Boden zu stampfen, denn das Ritual verlangte von den Männern seitliche Schritte, bis jeder vor einer Kandidatin stand. Katuis Tanz war ungleichmäßig, je nachdem, ob er dem Pochen in der Brust oder dem Ziehen in seinem Bauch folgte. Wura gab ein Zeichen und der Reigen endete abrupt. Sie schnalzte laut mit der Zunge. Die sieben Männer drehten sich um. Jetzt sahen die jungen Frauen demjenigen ins Auge, den ihre Eltern für sie ausgesucht hatten.

Niara strahlte und streckte Katui ihre Hände entgegen. Sie hatte in eine Haarsträhne bunte Samenkerne und Federn geflochten. Das schmückte sie, aber ihm war es unwichtig. Statt Zuneigung zu empfinden, fröstelte er, obwohl ein Schweißtropfen seine Schläfe entlang kitzelte. Er befolgte die Regel des Rituals und nahm ihre Hände, aber schaute ihr dabei nicht in die Augen. Zu einer liebevollen Geste war er nicht fähig, zwang sich zu einem Lächeln. „Gib mir Zeit, verzeih mir."

Das Ritual war zu Ende.

Wura kratzte gestampften und fein geriebenen Maniok zusammen und füllte eine erste Portion in den Vorratsschlauch aus Tierhaut. Katui half ihr dabei, hielt die obere Öffnung weit auseinander.

„Schon seit langer Zeit sieht Niara dich an. Du kennst unsere Meinung zu ihr. Du bemühst dich nicht um sie. Was ist los mit dir?"

Katui antwortete nicht. Er hoffte, seine Mutter würde ihn ohne Worte verstehen. Doch Wura blieb hartnäckig. „Willst du keine Familie gründen?" Die nächste Portion Maniokbrei glitt in den Schlauch. Katui presste seine Faust auf den Brei. „Vor einer neuen Familie steht noch eine Aufgabe."

„Willst du weiter Uskes Familie suchen?"

„In meinen Träumen drängt mich Großmutter immer wieder dazu. Warum?"

„Bleibe hier. Ich bitte dich darum."

„Niara ist nicht die Richtige."

„Wieso?"

„Wenn ich sie sehe, müssen mir die Worte fehlen. Ihr Bild sollte mich begleiten, was immer ich auch tue. Ich habe das einmal erlebt. Die, bei der es wieder so ist, werde ich wählen."

Wura schaute ihn überrascht an.

„Du bist ein Träumer, mein Sohn. Ich werde deine Wahl immer respektieren. Doch eine bessere als Niara gibt es nicht. Sie begehrt dich. Ich kann es sehen. Und ich bitte dich als deine Mutter."

„Morgen reise ich zu den Ahnen."

Wura suchte ein neues Maniokstück im Feuer. „Der Gott der Nacht kann dich noch nicht schützen, er ist erst in zwei Tagen rund."

„Die Ahnen sagen, es ist früher möglich."

Die vierte Ankunft

Es roch nach Zigarettenrauch. Ein dunkler Himmel ohne Mond, dennoch hell. Unter seinem Fuß drückte ein hartes Stück. War es aus Holz?

„Aua! Runter da! Det is mein Fuß!"

Er bekam einen Stoß in den Rücken, schwankte und fing sich wieder. Im Schein großer Lampen erkannte er vor sich einen steinigen Abgrund. Aber dicht um ihn herum viele Leute, alle redeten laut durcheinander. Es war kalt, sehr kalt. Er schlug den Kragen seiner Wolljacke hoch und zog die Ärmel so weit wie möglich über die Hände. Wieder stieß ihn jemand, Katui wankte, ein anderer packte ihn von der Seite am Jackenärmel. „Vorsicht, Mann, sonst geht's abwärts!"

Katui bedankte sich bei dem kräftigen Kerl, dem eine Zigarette im Mundwinkel steckte, wandte sich um und sah in das weiße Gesicht einer Frau mit schwarzen Lippen und dunklen Augenbrauen. Ihre Haare standen in alle Richtungen! Sie fixierte ihn mit starren Augen.

„Warum stoßen Sie mich?", fragte Katui.

Die Fremde lachte. „Du Rumpelstilzchen bist ma auf den Fuß getrampelt."

„Entschuldigung."

Der Rauchmann tippte ihm auf die Schulter. „Stress mit der Hexe?"

Was immer der Fremde meinte, es kümmerte Katui nicht. „Wo sind wir hier?"

Der Mann lachte laut. „Jawohl, das fragt sich jeder! Kann denn so was Beklopptes wahr sein? Wir stehen auf der Mauer, und keiner schießt. Wahnsinn, einfach Wahnsinn!!"

Katui erkannte unten einen Platz voller Menschen. Sie lachten, weinten oder standen mit offenen Mündern da. Direkt vor ihm johlten drei Männer und sprangen umher.

Er hörte die Hexe neben sich. „Diese Nacht vergess ick niemals! Das ist Magie. Was meinst du?"

Mühelos wechselte sie zwischen dem Berliner Dialekt und klarem Deutsch.

Katui öffnete schon den Mund, aber Unruhe direkt vor ihm verhinderte seine Antwort. Ein Mann mit Brille und strubbeligen Haaren kletterte die Mauer hinauf, gestützt von etlichen Helfern. Die letzten Zentimeter zog ihn der Rauchmann hoch. Der Neuankömmling streckte Katui die Hand entgegen. „Gestatten, Professor Achim Hastig. Sie können sich gar nicht vorstellen, wie froh ich bin, dass ich Sie tatsächlich hier treffe. Wie Sie es beschrieben haben. Ich habe Sie da oben sofort erkannt." Er sah auf die Uhr. „Es ist genau 1:47 Uhr, am 10. November 1989. So steht es in Ihrem Tagebuch. Das ist unglaublich, Herr Katui, hören Sie, eine Sensation!"

Die weißgesichtige Frau patschte ihre Hand an die Schläfe. „Was!? Katui?! Das glaube ich jetzt nicht!"

Kapitel 11

Berlin, 9. November 1989, 19:45 Uhr

Professor Hastig sprang aus seinem Lesesessel, das Herz pumpte wild und schmerzend, Katuis Schulheft flatterte zu Boden. Was hatte er soeben gelesen? Schon in dieser Nacht würde er Katui leibhaftig gegenüberstehen? Hatte der den Platz vor dem Brandenburger Tor beschrieben? Der Professor keuchte und hustete. Er hielt sich am Schreibtisch fest. War das ein Herzinfarkt?

Nur allmählich kam er wieder zu Atem. Die Schreibtischuhr zeigte 19.58 Uhr! Das Trommelfeuer in der Brust ließ nach. Er schloss kurz die Augen, sah erneut hin, ein Erbstück seines Vaters, eine der ersten ohne Ziffernblatt. Das Minutenschildchen klickte herunter. 19:59 Uhr. Er beeilte sich zum Fernseher, nahm mit zittrigen Händen die Fernbedienung. Fanfare der Tagesschau, das Bild hellte auf. An gewohnter Stelle saß der Nachrichtensprecher. Links hinter ihm zeigte eine Landkarte das geteilte Deutschland und darunter die Schlagzeile: *DDR öffnet Grenze.*

„Guten Abend, meine Damen und Herren, ausreisewillige DDR-Bürger müssen nach den Worten von SED-Politbüromitglied Schabowski nicht mehr den Weg über die Tschechoslowakei wählen ..."

Im Kopf des Professors rauschte es.

„... nötige Visa zur Ausreise, so heißt es, würden unverzüglich an allen Grenzposten der DDR erteilt ..."

Er hob das Heft auf und las die letzten Zeilen ein zweites Mal. Im Fernseher sprach Herr Schabowski historische Worte.

„... die es jedem DDR-Bürger möglich macht, ... äh, über alle Grenzübergangspunkte der DDR, ... äh, auszureisen."

Das Telefon schrillte. Im Schreck segelte das Heft erneut zu Boden.

„Hallo Professorchen, hier ist Bernhard. Was sagst du zu diesen Nachrichten?"

„Hast du das Tagebuch gelesen?"

„Die Menschen stehen auf der Mauer vorm Brandenburger Tor, hast du nicht den Fernseher an, die tanzen da oben!"

„Bernhard, so steht es doch im Tagebuch!"

„Wieso Tagebuch? Da hab ich zuletzt von der Flut gelesen, die sind alle auf ihren Berg getürmt. Aber jetzt die Gegenwart, hier unser Berlin! Hättest du gedacht, dass jemals noch in unserem Leben die Mauer fällt?"

„Bernhard, du musst weiterlesen, lies unbedingt weiter! Heute noch! Wozu hast du dir die Hefte kopiert? Lies endlich bis zum Ende. Wir reden später. Ich muss los!"

10. November 1989, 1:55 Uhr

Zusammen mit dem Fremden kletterten Katui und die weiße Frau von der Mauer auf den großen Platz davor. Ein riesiges Durcheinander tobte dort. Menschen zogen an ihnen vorbei und grölten. Die Hexe überrumpelte Katui mit einem Griff an seine Schultern. „Ick bin Felicitas! Und wer bist du?"

Er starrte zurück. Woher kannte er ihren Namen?

Professor Hastig lief nebenan hin und her und redete. Andauernd redete er. Wovon sprach er denn nur? Jetzt blieb er abrupt stehen und zog ein Heft aus seiner Manteltasche. „Sie wissen gar nicht, was für eine Bedeutung diese Nacht für mich hat! Ich treffe einen Zeitreisenden! Alle Theorien werden heute bewiesen." Er wedelte mit dem Heft in Katuis Richtung. „Das kennen Sie doch. Haben Sie doch geschrieben, nicht wahr?"

Waren es seine Notizen? Professor Hastig hatte es jetzt aufgeschlagen und tippte auf eine beschriebene Seite. „Hier steht, dass ich Sie treffe! Und?! Da sind Sie!" Er schubste Felicitas beiseite. „Lesen Sie es doch. Das ist Ihr Tagebuch!"

Es sah wie seines aus. Katui streckte den Arm aus, aber Felicitas drängte den Professor ab. Der startete einen Kreiselmarsch.

Die Hexe brüllte ihn an. „Sie machen mir verrückt mit Ihre Rennerei! Bleiben Sie doch mal stehen!"

Der Professor stoppte und schnappte nach Luft. „Junge Dame, ich bin einfach zu aufgeregt. Und ich sag mal so, schon als Kind konnte ich nur im Gehen denken ... zumal bei solchen Ungeheuerlichkeiten!!" Unbeirrt marschierte er weiter.

„Und ich kann nicht denken, wenn Sie herumrennen!"

Der Professor schwenkte das Heft vor Katuis Nase. „Also jetzt mal raus mit der Sprache!"

Diesmal erwischte Katui es. Seine Notizen, unumstößlich. „Das kann nicht sein." Er wühlte in seinem Rucksack. „Ich habe es immer bei mir! Hier das aktuelle."

Er hielt beide Hefte nebeneinander. Es zischte. Seine Hände schnellten aufeinander zu, bis die Tagebücher übereinanderlagen. Sie teilten sich in Streifen, die ein Flechtmuster bildeten. Katui ließ vor Schreck los. Es knisterte, und das Muster verschwand. Ein einziges Heft blieb am Boden zurück. Der Professor hob es auf. „Gleiche Gegenstände aus verschiedenen Zeitebenen verschmelzen ineinander, unglaublich!" Er schlug es auf.

„Oh. Es endet im Regenwald, kurz bevor Sie hier ankommen. Wo ist denn der Rest?"

Felicitas stand stumm und starr daneben. Katui angelte nach seinem Heft, der Professor hielt es fest. Katui zog stärker. „Ich hab alles kurz vor der Reise geschrieben. Lassen Sie los! Das ist meins."

Sie rangelten, Katui gewann. „Wieso haben *Sie* das?" Er steckte es zurück in seinen Rucksack.

Professor Hastig verfolgte das mit wehmütigem Blick. „Ich verstehe. Sie müssen ja weiterschreiben. Schildern Sie bloß alles ganz genau, ja!"

Felicitas sprang hin und her, raufte sich die Haare und rief. „Die Mauer ist auf!! Es ist die Nacht der Nächte! Und ihr kämpft um ein Tagebuch?"

Eine laute Gruppe blieb stehen und umringte sie. Offene Sektflaschen wurden angeboten. Ein Mann sang mit hochrotem Kopf und schiefen Tönen. „Einigkeit und Recht und Freiheit…"

Die anderen lallten mit. Der Professor rannte ein paar Schritte zur Seite.

„Wir sollten uns einen ruhigeren Platz suchen. Kommen Sie – wo finden wir etwas Stille?"

Felicitas zeigte in eine Richtung.

„Da lang. Ick will wissen, watt hier abläuft!"

2:25 Uhr

Trotz der Wolljacke jagten Kälteschauer über seinen Rücken. Katui bibberte. Hinter ihm tuckerten in enger Reihe kleine eckige Kisten die Straße entlang. Gegenüber strömten Menschen aus einem großen Haus.

U-Bahn stand da in goldenen Buchstaben.

Felicitas plumpste neben ihm auf die Bank. „Hätte nich gedacht, dass ick dich mal treffe, den Albtraum meiner Kindheit! Wieso bist du heute hier?"

Katui rückte etwas von ihr weg. Warum sagte sie das? Woher kannte er sie nur? In sein angestrengtes Nachdenken drängte sich der Professor, auf der anderen Seite neben ihn. „Meine letzte schlaflose Nacht liegt ewig zurück, mir ist kalt. Lasst uns enger zusammenrücken."

So wurde es für Katui in der Mitte wärmer.

Felicitas stupste ihn grob an. „Warum antwortest du nicht? Ich hab dich was gefragt!"

Stattdessen mischte sich der Professor ein. „Man könnte vielleicht sagen, Katui kapiert das alles selbst nicht mehr."

In dem Moment erinnerte sich Katui. „Aber doch! Ich weiß, die Rinde bringt mich her, und ich treffe immer wieder Menschen, die ich kenne. Dich kenn ich auch. Du bist die Tochter von Irene, stimmt's?"

Felicitas nickte und biss sich auf die Unterlippe.

„Ich habe deine Windeln gewickelt. Dein Bruder heißt Konstantin."

„Was redest du denn für Stuss! Du bist genauso alt wie ich, willst du mich veräppeln?" Sie schüttelte ein Nein mit ihrem ganzen Körper.

Um den Disput zu beenden, wechselte Katui das Thema. „Für welches Fest hast du dich so angezogen und dein Gesicht bemalt?"

Sie sprang auf. „Ich mag das, alles übernander in schwarz und lila, wat dajegen? Mein Poncho wärmt mir besser als dich die Jacke! Ick hab joldene Kröten am Saum. Mir war heute mal nach weißer Schminke! Manchmal nehm' ick rot oder schwarz oder bunt."

Der Professor gähnte. „Beruhigen Sie sich. Katui kommt aus dem Regenwald in Brasilien!"

Felicitas setzte sich wieder. „Du bist Katui, der zurückkommen kann, immer wenn Vollmond is. Das hat Großmutter uns ständig vorjebetet. Da wollte sie nie aus'm Haus! So viele schöne Ausflüge hat sie mir als Kind gestrichen. Der doofe Katui könnte ja kommen. Wie ich das gehasst habe!"

„Deine Großmutter Karlotta wollte nach meiner Familie forschen! Bring mich zu ihr."

„Bin ick blöde? Sieh man zu, dass du bald wieder verschwindest, du Wichtel. Und denn bleibste auf ewig weg, klar?! Sie spricht schon lang nicht mehr von dir. Wir wolln dich nich!"

„Nein, so denkt Karlotta nie! Ich muss sie treffen, verstehst du das nicht?"

Felicitas presste die Lippen zusammen.

Der Professor sah zwischen beiden hin und her. „Ich würde auch sagen, also in aller Vorsicht, Karlotta und Katui müssen sich treffen."

Es entstand eine Pause, ihr Mund wurde schmal, ihre Lippen wurden immer heller. „Ick werd se fragen."

Der Professor atmete hörbar auf. „Katui, Sie können mit zu mir kommen. Felicitas, lassen Sie uns die Telefonnummern tauschen. Wir melden uns bei Ihnen."

Felicitas sah sich in alle Richtungen um. „Wie wolln Se hier nach Hause kommen?"

„U-Bahn oder Taxi."

Sie schüttelte den Kopf. „Das haut nicht hin. Sehn Se die lange Schlange da bei dem Taxistand? Die U-Bahn is och verstopft."

Der Blick des Professors war bei ihren Worten zu den verschiedenen Schauplätzen gewandert. „Was dann?"

Felicitas baute sich vor ihnen auf. „Ick kann kaum glauben, dass ich det jetzt sage. Meine Wohnung is von hier zu Fuß 'n paar Minuten weg. Zwei Schlafplätze hätte ich auch für euch."

12:30 Uhr

Am Fußende des Bettes saß eine Krähe. Der Professor rieb sich die Augen. Sie hockte starr und stumm auf dem hohen Bettgestell. Er stupste sie mit einem Zeh an, sie polterte auf den Boden. „Aha, ausgestopft – makaber!"

Draculas Burg prangte auf roten Vorhängen, die halb geöffnet waren, mattes Tageslicht ließ das Zimmer düster wirken, das Rot schimmerte desto leuchtender. Eine tellergroße Spinne aus Plastik hing in einem riesigen Netz direkt über ihm.

Er mühte sich aus dem Bett. Seine Kleidung war verknittert. Die Krähe hob er vom Boden auf und legte sie auf die Zudecke. Am Kopfende prangte eine schwarze Wand mit weißen, ihm unbekannten Symbolen. Das alles hatte er letzte Nacht gar nicht registriert. Felicitas hatte ihm nur die Tür zum Zimmer geöffnet, und er war im Dunkeln sofort ins Bett gefallen.

Was für eine Höhle offenbarte sich ihm hier? Es amüsierte ihn. Vorsichtig lugte er durch den Türspalt. Das Zimmer nebenan sah noch ungewöhnlicher aus. Ein Sofa mit zerwühlter Wolldecke und bunten Federn auf den Armlehnen. An den Fenstern hingen dicht nebeneinander viele Kräutersträuße, deren Duft bis zu ihm herüberwehte. Eine schwarze Katze putzte sich auf dem Fensterbrett. Quer durch den Raum war ein Laken an Schnüren zu einer improvisierten Hängematte gespannt. Katui schlief darin. Eine Dusche rauschte hinter einer Tür im Flur. Er entdeckte den Durchgang in die Küche, die erstaunlich normal eingerichtet war, wenn man die alte Anrichte außer Acht ließ, die dunkelblau und mit Mond und Sternen verziert das zentrale Möbel bildete. Eine Kaffeemaschine röchelte letzte Tropfen in eine Glaskanne. Es roch nach frisch gebackenen Brötchen. Teller und Tassen fand er in einem Hängeschrank und deckte den runden Esstisch.

Eine warme Hand berührte Katuis Wange. Er spielte den Erwachenden. Sie stand über ihn gebeugt. Das waren ihre Augen, ihre Nase, die kleinen Flecken darauf. Feuchte Haare umrahmten in Wellen ihr Gesicht. Sie war etwa genauso alt wie er, und trug ein grünes Kleid. Ohne zu zögern, riss er sie an sich. „Karlotta, ich lass dich nie mehr los."

Sie befreite sich aus seiner Umarmung. „Falsch! Wach auf!"

Verdattert schwang er sich aus der Hängematte.

Es klingelte.

Felicitas stolperte über ihre Katze auf dem Weg zum Telefon. Mit dem Hörer in der Hand setzte sie sich aufs Sofa und sprach mit verstellter Stimme. „Hier ist die Mondhexe. Tarot, Handlesen, Kräuterkunde, womit kann ich helfen? Ah, Frau von Thalen, ich habe Ihren Anruf schon erwartet. Einen Moment, ich mische die Karten."

Den Hörer hielt sie am Ohr – saß untätig und still da. Gespannt verfolgte Katui das Geschehen.

„So, liebe Frau von Thalen. Bitte sagen Sie stopp. – Sehr gut, die erste Karte liegt vor mir." Gar nichts hatte sie hingelegt.

„Oh. der Turm. Unglück droht, wenn wir weitermachen. Die heutige Sitzung ist für Sie natürlich kostenlos. Ich rufe Sie an, wenn die universalen Strömungen besser sind." Sie legte auf. „Zwergenmist, wo sind die Karten? Egal – Frühstück!" Barfuß im bodenlangen grünen Kleid lief sie nach nebenan in die Küche.

Katui setzte sich als erster an den Tisch. Felicitas holte die Brötchen aus der Röhre, Professor Hastig gesellte sich dazu.

„Ich sag mal vorsichtig, die Symbole hier an Ihren Wänden, wirken mystisch. Was bedeuten sie?"

Ihre Stimme klang weicher, entspannter. „Ja. Das alte Wissen. Erklärt sich nicht schnell." Sie drückte ihm den Brotkorb in die Hand. Gemeinsam kehrten sie zu Katui zurück. Der wartete mit knurrendem Magen.

„Warum sind Sie die Mondhexe?", fragte der Professor.

„Ich wollte mir keine Wünsche mehr anhören. Eine Fee zu sein ist anstrengend."

„Das verstehe ich nicht", sagte Katui.

„Felicitas ist ein doofer Name! Bin keine Märchenfigur!" Sie verstellte ihre Stimme. „Oh, ich habe eine Fee vor mir. Erfüllst du mir drei Wünsche?"

Sie sprach wieder normal. „Männer sind so blöd!"

Einen Moment sahen Katui und sie sich an. Ungesagtes pendelte zwischen ihnen. Felicitas holte tief Luft. „Und dann mein Hass auf dich! Phantom Katui war immer wichtiger. Karlottas blöder Mondkalender bestimmte alles." Wieder sprach sie mit fremder Stimme. „Nein, kein Picknick, nein, keine Reise! Heute nicht, es ist Vollmond! – Ich war acht Jahre alt, da hab ich mich zur Hexe erklärt, gegen das Phantom. Und gegen den mächtigen Mond sowieso!"

Katui hätte sie gerne mit einem Armstreicheln beruhigt, zog seine Hand aber zurück. „Hast du schamanische Kräfte?"

„Quatsch, nee! Ich kenne nur viele Kräuter. Magisch ist bei mir nix."

Sie grinste. „Aber weil andere det glauben, verdien ich mein Geld damit."

Der Professor räusperte sich. „Entschuldigt, wenn ich euren interessanten Disput störe. Ich esse jetzt etwas." Er goss sich Kaffee ein und wandte sich an Katui. „In Ihrem Tagebuch stand, dass Sie Dr. Lutze wieder treffen wollen, da wäre ich gern dabei."

„Zuerst will ich Karlotta sehen." Er wandte sich an Felicitas. „Bitte!"

„Von mir aus ... nachher ... aber gern mach ich das nicht."

15:00 Uhr

„Großmutter ist krank. Wenn sie dich nicht sehen will, dann gehst du wieder, klar?"

Katui nickte stumm. Felicitas hielt den Zeigefinger vor den Mund und öffnete leise die Wohnzimmertür. Karlotta lag auf der Couch und döste. Altersfurchen im Gesicht, von grauen Haaren umrahmt. Trotzdem erkannte Katui sie sofort. Sie atmete in kurzen Zügen und mühsam. Ihre Enkelin stellte eine Tasse Kräutertee auf den kleinen Beistelltisch.

Katui sah ihre liebevollen Blicke. Sie legte eine Hand auf Karlottas Stirn.

Kamillendampf duftete durch das Zimmer.

„Felicitas, wie schön, dass du da bist." Karlotta sprach mit geschlossenen Augen und heiserer Stimme. „Mach dir keine Sorgen, ich bin nur erkältet."

Sie richtete sich etwas auf. „Irene hat den Arzt angerufen. Er kommt sicher gleich." Jäh leuchtete ihr Gesicht. „Katui!" Sie hustete.

Felicitas streichelte ihren Arm. „Bitte reg dich nicht auf. Sollen wir später kommen?"

„Aber nein, nein. Doch nicht bei so wunderbarem Besuch. Wie geht es deinen Leuten?" Sie winkte Katui zu sich.

Er fasste ihre Hand. „Im Dorf gibt es keine Cholera. Alle wurden gesund. Dann kam eine Flut, so groß wie keine vorher. Hat unser Dorf zerstört – keine Sorge, alle leben! Aber jetzt bist du wichtig."

„Ick hätte schwören können, dass se dich zum Teufel jagt." Karlotta hustete erneut.

Es läutete.

Im Flur sprachen ein Mann und eine Frau miteinander. Die Zimmertür öffnete sich. Irene kam mit Dr. Lutze herein. Sie starrte Katui mit offenem Mund an.

„Wo kommst du denn her?"

„Kam gestern an. Felicitas hat mich mitgenommen."

Irenes Augen leuchteten auf. „Du siehst so erwachsen aus!" Inzwischen legte der Arzt seine Hand auf die Stirn der Kranken. Felicitas schlug die Decke zurück. „Gestern war das Fieber höher. Wadenwickel haben geholfen."

Dr. Lutze begutachtete Karlottas Beine. „Sehr gut. Bitte verlassen Sie doch alle das Zimmer."

Nach wenigen Minuten kam er zu ihnen. „Rufen Sie einen Krankenwagen. Lungenentzündung vermutlich. Das ist in ihrem Alter gefährlich."

Schon kurz darauf traf der Krankenwagen ein. Dr. Lutze gab den beiden Pflegern Instruktionen.

Karlotta im Rollstuhl griff nach Katuis Arm. „Ich habe noch die Schachtel mit Magdas Briefen in meinem Schrank. Nimm sie bitte, vielleicht komme ich nicht wieder."

Felicitas hielt ihre andere Hand. „Was sagst du denn da?"

„Katui, bitte, nimm sie, es ist wichtig. Sie liegt in meinem Schrank."

Irene wich nicht von Karlottas Seite. „Ich fahre mit."

Wenige Augenblicke später fielen die Autotüren zu.

Felicitas und Katui standen auf der Straße, bis der Wagen außer Sichtweite war. Dr. Lutze verabschiedete sich von ihnen. Erst dann kehrten sie ins Haus zurück.

„Oma ist stark. Sie wird wieder gesund."

„Ich hoffe es." Katui fuhr sich mit den Händen durchs Haar. „Lass uns die Schachtel holen, das war ihr so wichtig."

Im Zimmer schwebte der Duft von Karlottas Parfüm. Felicitas zog die Vorhänge auf.

Katui schaute sich um. „Meint sie diesen Schrank?"

„Ja, sie hat nur den."

Die alte Tür quietschte und knarrte. Felicitas schob die Kleidungsstücke an der Stange zur Seite und durchsuchte die Schubladen. „Hier ist keine Schachtel. Vielleicht meint Oma den Hängeschrank, da über dem Bett."

Katui stieg auf einen Stuhl und fand die kleine Schatzkiste. Er erkannte sie sofort wieder. „Die hatten wir in Magdas Sachen gefunden, Karlotta und ich."

Er hob sie an. Es knisterte. War da ein Blitz? Seine Hände kribbelten. Er ließ die Kiste fallen. Felicitas schrie erschrocken auf. „Was machst du denn?"

Katui stieg zögernd vom Stuhl herunter. Betrachtete seine Finger. „War keine Absicht. Schauen wir mal, was drin ist."

Gemeinsam setzten sie sich auf den Boden. Die Dose lag offen. Er tippte den Deckel kurz an. Kaltes Metall, kein Kribbeln.

Felicitas sammelte die verstreuten Papiere zusammen. „Hat meine Urgroßmutter Magda aufbewahrt. Hier ein Ausweis und ein paar Postkarten meines Urgroßvaters."

Katui sah ihr zu. „Da waren Babyschuhe."

„Ja, hier, die liegen ganz unten drin." Sie nahm sie heraus. „Sind die nicht süß? Gehäkelt!"

Sie reichte ihm die winzigen Schuhe, er stellte sie auf seine flache Hand. Im selben Moment geschah etwas mit ihm. Er hörte Musik, ein Kinderlachen und empfand die Wärme einer mütterlichen Umarmung. Sanft wanderte ein Streicheln seinen Arm entlang und trieb ihm Tränen in die Augen.

Felicitas beobachtete ihn erstaunt. „Was ist denn? Warum weinst du?"

„Ich fühl mich glücklich mit ihnen."

Sie lächelte. „Du bist ein rätselhafter Mann."

Katui fand ihre Stimme überraschend sanft. Und sie hatte Karlottas Augen. „Ich leg das zurück in die Schachtel. Mal sehen, was wir noch finden." Sie entfaltete ein gelblich verfärbtes Papier. „Das ist ein Stammbaum. – Unsere Familie!"

Das gezeichnete Bild eines Baumes lag vor ihnen, an dessen Ästen viele Rechtecke hingen – in jedes war per Hand etwas hineingeschrieben. Katui tippte auf eine Eintragung. „Was bedeuten die?"

Felicitas studierte die Notizen. „Hier ist Magda, siehst du? Darunter steht ihre Tochter, Karlotta. Da, über Magda stehen die Namen ihrer Eltern – ihre Mutter Johanna wurde neunzig Jahre alt, der Vater Heinz starb früh. Magda hatte zwei jüngere Brüder. Johann und Oskar." Sie fuhr mit dem Finger die verschiedenen Kästchen entlang. „Beide Brüder sind als Kinder gegangen, Johann starb bei der Geburt, Oskar als kleiner Junge."

Katui fragte sich selbst leise. „Ob die kleinen Schuhe seine sind?"

Felicitas legte den Stammbaum weg. „Kann schon sein. Arme Uroma, sie muss den Kleinen sehr vermisst haben. Er war zehn Jahre jünger als sie."

Katui begutachtete das Blatt ebenfalls. Er hielt es zum Licht. Über seiner rechten Schulter huschte ein Windhauch, Rasas Stimme flüsterte in sein Ohr: „Schau genau hin."

Felicitas rutschte näher an ihn heran. „Was suchst du denn?"

„Wir übersehen was."

„Was soll das sein?"

„Da, der kleine Oskar hat ein Sterbedatum, den 16. Mai 1878, da war er fünf. Dahinter ist in Bleistift ein Fragezeichen."

Felicitas beugte sich vor. „Tatsächlich! Und sieh mal da. Magdas Tante hat einen Karl Zwirner geheiratet! Ihr Sohn hieß Heinrich und der hat dann eine, da ist ein Fleck, heißt das Sabine Findel? – geheiratet."

Katui faltete den Stammbaum zusammen. „Familie Zwirner ist mit euch verwandt? Darüber muss ich nachdenken." Er legte das Papier zurück in die Kiste.

Felicitas steckte die restlichen Unterlagen dazu. Zuoberst blieb ein kleiner Briefumschlag liegen. „Das ist Karlottas Handschrift auf dem Umschlag, sie schrieb: Magdas Vermächtnis'."

Katui versagte die Stimme vor Aufregung. „Sieh nach, was drin ist. *Das* sollten wir finden, ich bin sicher."

Felicitas zog einen karierten Zettel heraus und strich ihn glatt. „Eine andere Schrift. Unterschrieben mit ,Magda'."

„Was schreibt sie?"

„Hör zu."

Liebe Karlotta, geliebte Tochter,

wenn Du diesen Brief findest, werde ich nicht mehr bei dir sein.

Nie habe ich darüber gesprochen.

Rasa stand eines Tages auf dem Hof unseres Gehöftes. Stammelte fremdländische Worte. Vater hatte Mitleid und nahm sie auf. Bald sprach sie etwas Deutsch. Sie erklärte nie, woher sie kam, kümmerte sich um uns Kinder. Wir liebten sie, besonders mein kleiner Bruder Oskar. Jede Nacht schlief er in ihrem Arm ein.

Am 16. Mai 1878 war ihre Kammer leer.

Mutter weinte sich die Augen aus. Sie kamen nie zurück.

Bis heute weiß ich nicht, was geschah. Hat Rasa das Kind entführt? Ist ihnen gemeinsam etwas zugestoßen? Es gab keine Einbruchspuren.

Dann stand eines Tages Katui vor meinem Marktstand. Wieder ein Fremder. Ich half ihm. Hoffte, dass er des Rätsels Lösung sein könnte. Bekam aber Angst vor der Wahrheit, bei seiner Frage nach dem Vater. Fürchtete Furchtbares zu erfahren. Nie ließ ich dich in seiner Nähe schlafen.

Oskar – Uske, dieselbe Person? Ist das möglich?

Nun ist mir leichter. Womöglich findest du die Lösung.

Ich umarme dich für alle Zeit.

Magda

Die letzten Worte hatte Felicitas nur stockend gelesen. Katui weine mit ihr. Magda hatte das Geheimnis gelüftet. Uske war Oskar. Was genau aber, geschah damals bei Rasas Rückkehr?

19:00 Uhr

„Ich bin sehr froh, dass Sie noch immer hier arbeiten, Dr. Lutze."

Der liebenswerte Arzt von damals hatte sich kaum verändert, sein freundlicher Blick war Katui herzlich vertraut.

„War es nicht schwierig, mich zu finden? Ich arbeite auf einer anderen Station."

„Professor Hastig blieb hartnäckig am Telefon. Er wollte Sie unbedingt kennenlernen."

Der Professor zwinkerte. „Und nun, will mal sagen, sitze ich hier. Vielen Dank!"

Dr. Lutze lächelte, er hielt in den Händen eine Nadel mit einem dünnen Schlauch daran. „Piekt jetzt etwas."

Katui und der Professor sahen zu, wie der Arzt kleine Glasröhrchen mit Schamanenblut füllte und sie mit Gummipfropfen verschloss.

„Jetzt fest auf diesen Tupfer drücken. Ich geb gleich ein Pflaster drauf."

Katui drückte auf den Einstich. „Bin gespannt, ob Sie etwas finden."

Alle Röhrchen landeten in einer Plastiktüte.

„Sie waren von Anfang an ein besonderer Patient. Da war ich ja noch ein junger Assistenzarzt. Wie, sagten Sie, reisen Sie zu uns?"

„Das macht der Feuerbaum. Seine Rinde. Erinnern Sie sich nicht? Ich hab Ihnen verspochen, eine Probe mitzubringen." Katui holte den kleinen Beutel aus seinem Rucksack.

Sofort schnappte Dr. Lutze ihn sich, zog ein Becherglas unter dem Untersuchungstisch hervor und schüttete den Beutelinhalt hinein. Der Professor reckte den Hals. „Kann ich auch eine Probe haben?"

Dr. Lutze stellte ein weiteres Gefäß dazu. „Wenn Katui nichts dagegen hat?"

„Nein, nein, bedienen Sie sich!"

Der Arzt füllte Pulver in das zweite Glas. Eine halbe Nussschale klapperte mit hinein. Er fischte sie heraus und legte sie auf die Tischplatte. „Was ist das? Hat sie eine Bedeutung?"

„Damit schöpfte meine Mutter das Rindenpulver in die Nussmilch."

Dr. Lutze roch am Pulver – und nieste. „Beschreiben Sie mir den Baum genauer."

„Ein *Dera*-Baum, davon gibt es viele bei uns, in diesen ist der Blitz eingeschlagen."

Der Arzt sah aus dem Fenster. „Ein verkohlter *Dera*-Baum. Gibt es diese Art auch bei uns?"

„Keine Ahnung. Der Baum ist im Blitz nur halb verbrannt und liefert die Rinde. Die andere Hälfte ist immer grün und blüht jedes Jahr."

„Ah, tatsächlich? Sehr ungewöhnlich!"

Professor Hastig schüttete etwas Rindenpulver auf die Tischplatte, befeuchtete einen Zeigefinger und stippte ihn hinein.

Katui reagierte sofort. „Nicht essen! Nur Schamanen dürfen das!"

„Keine Sorge. Ich schlucke es nicht." Der Professor kostete vorsichtig mit der Zungenspitze. „Schmeckt wie Pfeffer, erstaunlich."

Dr. Lutze probierte das Pulver ebenfalls. „Na ja, nicht ganz so scharf."

Er hob den Becher und schwenkte ihn. „Haben Sie das gesehen? Da blitzt es."

Der Professor schüttelte seine Probe stärker. „Oh! Sie haben Recht. Sehen Sie nur, bei jeder Bewegung!"

In den Gläsern tanzten bunte Mini-Feuerwerke in kleinen Lichtfontänen. Die Männer amüsierten sich wie Kinder. Dr. Lutze erzeugte das prächtigste Farbenspiel, indem er mit einem Glasstab darin rührte.

„Lassen wir das lieber!", beendete der Professor den Spaß. „Da verpuffen Energien. Womöglich zerstören wir die Wirkung. Ich muss es unbedingt messen!" Er warf die halbe Nussschale in sein Glas zum Pulver dazu.

Dr. Lutze prüfte mit einem letzten Blick Katuis Patientenkarte. Er stutzte. „Ich habe notiert, dass Sie 1911, 1937, 1963 und jetzt 1989 angereist sind – haben Sie eine Erklärung dafür, warum es immer 26 Jahre sind?"

Die Augenbrauen des Professors wanderten höher. „Das ist mir gar nicht aufgefallen!"

Katui zählte in Gedanken. „Mir auch nicht."

„Das ist wohl kaum ein Zufall", sagte der Arzt.

„Das sehe ich auch so", antwortete der Professor und schaute nachdenklich aus dem Fenster.

Kapitel 12

Berlin, eine Woche später, 16. November 1989

Die letzten Tage hatten den Professor angestrengt. All die Nachforschungen und Berechnungen, das Studium der Untersuchungsergebnisse. Das Ergebnis war es wert. Er brannte darauf, es seinem Gast zu erzählen.

Dafür nahm er einen Stapel Unterlagen vom Sessel und gähnte verstohlen.

Katui setzte sich. „Was sind das für Papiere und Bücher?"

Dem Professor gefiel das Interesse. Er schob die Blätter vom Schreibtisch in die oberste Schublade. „Alles Berechnungen. Davor habe ich noch das eine oder andere nachlesen müssen. Hier habe ich Bücher über Algorithmen und Normalverteilungen, über die Bahn des Mondes, Details über die Gravitation der Erde. Ein wenig musste ich mich auch mit Chemie beschäftigen. Es führt wohl zu weit, wenn ich Ihnen das genauer erkläre."

Katui zeigte an die Wand, wo an einer Tafel Notizen in der Handschrift des Professors zu lesen waren.

Menge = Zeit, wechselnde Fixpunkte.

Rinde = Energiespeicher.

„Was bedeutet das?"

Der Professor stellte den Glasbecher mit dem Rindenpulver vor sich hin.

„Ich kam darauf, als ich die Farbfontänen des Pulvers sah. Es könnte so sein: Als damals der Blitz in den Baum einschlug, nahm der Baum eine riesige Menge Energie auf und speicherte sie in der Rinde. Der Speicher ist nicht sehr stabil, mechanische Kräfte können die Energie wieder freisetzen."

Katui betrachtete das Glas. „Deshalb gibt es das kleine Feuerwerk?"

„Ganz genau. Meine Berechnungen führen alle zu demselben Ergebnis. Beim Trinken der Rinde wird durch die Mechanik des Schluckens wieder Energie frei. Sie bewirkt eine sehr hohe Beschleunigung der Atome im Körper des Trinkers. Hohe Geschwindigkeiten sind Grundvoraussetzung für Zeitsprünge."

Der Professor griff nach seinen Notizen, blätterte darin vor und zurück, las einige Zeilen und tippte auf eine Stelle. „Die Rinde ist chemisch nichts anderes als Rinde. Das haben die Untersuchungen von Dr. Lutze gezeigt. Und auch bei Ihnen konnte er nichts Außergewöhnliches feststellen. Es muss also einzig die Energie sein. Als ich versucht habe, den Energiegehalt der Rinde zu messen, hat sich das Kalorimeter überhitzt, und ich musste die Messung abbrechen. Da ist mindestens tausendmal mehr Energie vorhanden als normal."

Der Professor warf die halbe Nussschale auf den Tisch. Ihre Bedeutung hatte ihn lange beschäftigt. „Ganz entscheidend ist auch die Menge des Rindenpulvers. Eine volle, flach abgestrichene Nussschalenhälfte entspricht offenbar genau 26 Jahren, gesetzt den Fall, Ihre Mutter hat immer die gleiche Menge genommen."

„Ja, das hat sie."

„Ich habe nachgemessen, es sind sechsundzwanzig Gramm, ein Gramm gleich ein Jahr. Zukünftig können Sie die Ankunftszeit vorherbestimmen. Mit Rechenarbeit und einer Präzisionswage vermutlich sogar auf die Minute genau."

„Unglaublich!" Katui betrachtete erneut die Tafel. „Und was bedeutet *wechselnder Fixpunkt*?"

„Da scheint die Erdgravitation und die Anziehungskraft des Mondes eine Rolle zu spielen. Offenbar bildet jede neue Reise die Basis für die nächste. Beim letzten Mal war es das Jahr 1963 und 26 Jahre später sind wir in 1989. Bei der nächsten Zeitreise wird es demnach wieder einen Zeitsprung von sechsundzwanzig Jahren geben."

„Nur wenn ich wieder dieselbe Menge schlucke!"

Der Professor legte seine Notizen beiseite. „Ich sag jetzt mal so. Das ist die Theorie. Einige Fragen sind ungeklärt. Wieso geht es nur vorwärts und nicht in die Vergangenheit? Bei meinem Verständnis von Zeitreisen, müsste das auch möglich sein. Wie funktionieren andererseits die Rückreisen? Was bewirken Alkohol und der Vollmond? Das können wir bisher nur beobachten und nicht erklären."

Katui überlegte laut. „Und warum bin ich in Königsberg und Berlin gelandet?"

„Ich vermute, auch Menschen sind Fixpunkte" antwortete der Professor. „Das erklärt auch, warum Sie immer wieder dieselben Leute treffen."

„Und die menschlichen sind stärker, sonst wäre ich nicht in Berlin angekommen."

Der Professor wirkte aufgekratzt. „Genau, durchaus möglich." In ihm wuchs die Gewissheit, er hatte ein Mittel für Zeitreisen untersucht. Verschmitzt schmunzelte er, legte sich Zukunftspläne zurecht. „Ich könnte auch etwas Rinde schlucken."

„Nein, das können Sie nicht."

Den Professor überraschte Katuis Reaktion. „Wieso?"

„Es wirkt nur bei Schamanen. Sie haben dort keinen Fixpunkt."

„Das riskiere ich, genug Rindenpulver ist ja da!"

„Auf keinen Fall, Herr Professor! Aber ich kann es ausprobieren."

„Könnte ich denn mitkommen?" Ein Hoffnungsschimmer keimte im Professor auf. Er war so kurz vor der Erfüllung seines größten Traums, eine Zeitreise! Aufmerksam beobachtete er Katui. Der schien darüber nachzudenken, wie er stumm dastand und den Kopf schräg legte. „Ich nehme Dinge von hier mit, warum dann nicht auch Sie. Einverstanden!"

Katui wunderte sich über sich selbst. Ja, er war wissbegierig, aber nein, abenteuerlustig nicht. Die Erklärungen hatten sich logisch angehört. Es war das Risiko wert. Er füllte eine Nussschale voll Rindenpulver in ein Glas mit Milch und rührte mit einem Löffel um. Der Professor beobachtete ihn dabei. „Du bist ja Linkshänder", stellte er fest.

„Sie haben ‚du' gesagt. Das ist mir eine große Ehre", antwortete Katui.

„Ist mir so rausgerutscht. Wenn wir aber nun zusammen reisen." Der Professor streckte Katui seine Hand entgegen. „Ich bin Achim."

Mit herzlichem Händedruck besiegelten sie die Freundschaft.

„Na dann los.", sagte Katui. Sie stellten sich nebeneinander und hakten sich unter. Der Professor steckte sich eine Bierflasche in die Hosentasche und Katui setzte das Glas an die Lippen.

Die Rinde schmeckte in Kuhmilch noch besser. Katuis Augenlider schlossen sich von allein. Etwas zog ihn in einen Strudel. Das war so anders als bisher. Waren es etwa Götter, die da an ihnen zerrten? Der Professor klammerte sich mit beiden Händen an seinen Arm. Katui schmulte vorsichtig durch Augenschlitze. Die Farben des Regenbogens wirbelten um sie herum, rissen die beiden Männer mit sich. Allmählich wurde die Drehung langsamer, verdeutlichten sich die Umgebungsbilder und blieben mit einem Ruck stehen.

„Was für ein Abenteuer", stöhnte der Professor.

Katui griff nach dem nächstbesten Halt, um nicht umzufallen, und erwischte etwas aus Stoff. „So war es noch nie. Ich habe das Reisen nie gespürt."

Wo waren sie gelandet? Das war der Ärmel eines Mantels in seiner Hand. Sie hörten Gebrüll und splitterndes Holz. Und Katui erkannte den Flur von 1937 und seine eigene Stimme, die um Hilfe rief.

Der Professor stammelte: „Um Himmels Willen! Das bist du da draußen. Wir müssen fort!" Es zischte und er nahm einen kräftigen Schluck. „Das brauchte ich jetzt. Kreuzkruzifix! Gleich nochmal so eine Kreiselfahrt!" Er reichte die Flasche an Katui weiter. Schon wirbelten sie erneut umeinander. Die Bierflasche flog davon. Diesmal trudelten sie sogar kopfüber. So lang waren sie doch vorher nicht gereist, bemerkte Katui. Ihr Götter, schenkt uns eine sichere Rückkehr. Sein Wunsch wurde erhört. Mit einem kräftigen Ruck landeten die Zeitreisenden auf ihren Hosenböden.

Es roch nach getrockneten Palmblättern. Katui öffnete die Augen.

Seine Schamanenhöhle sah so aus, wie er sie verlassen hatte.

Sonnenstrahlen schimmerten durch das Blattwerk.

Wald der Tipateo, zweite Trockenzeit nach der neuen Flut (ca. 1526)

„Ich bin wieder zuhause."

Der Professor ließ seine Blicke durch Katuis Versteck schweifen. „Wir sind in deinem Urwald? Was haben wir falsch gemacht?" Mühsam stand er auf und nestelte an seinem Hemdkragen. „Heiß hier." Er tupfte sich mit einem Stofftaschentuch die Stirn ab. „Ich muss nachdenken." Beim ersten Schritt vorwärts stieß er mit dem Kopf an einen Ast, blieb folglich in der Mitte des Unterschlupfes stehen und wippte nur mit den Zehen. „Alkohol bringt dich immer zurück in deinen Urwald und nicht nach Berlin. Logisch."

Soweit verstand Katui die Schlussfolgerung. Warum hatte er es aber so bewusst erlebt?

„Da waren ja mächtige Fliehkräfte am Werk", sagte der Professor.

„Ich war gar nicht müde."

„Vielleicht gewöhnt sich dein Körper daran."

Erstaunlich, dass sein Begleiter immer eine Erklärung hatte.

„Wir waren in der Vergangenheit 1937 statt 2015!"

Der Professor führte seinen Zeigefinger zum Mund. „Du bist ein Speicher."

„Ich bin was?"

„Ein Speicher. Du hattest noch eine Portion Rinde in deinem Körper. Eine kam dazu, das ergibt zweimal sechsundzwanzig Jahre. Ich vermute, erst deine Rückkehr neutralisiert alles wieder."

Gespannt auf die Antwort, fragte Katui weiter. „Warum Vergangenheit und nicht Zukunft?"

Der Professor schnupperte an einer Schale mit Wurzelraspeln. „Ja, sehr erstaunlich." Er rührte mit einem Finger die Raspel um. „Ah, natürlich! Wer hat das Getränk mit der Rinde sonst zubereitet?"

„Meine Mutter."

„Mit welcher Hand?"

Katui erinnerte sich. „Sie macht alles rechts."

Der Professor stellte die Schale zurück und wippte wieder mit den Zehen. „Betrachten wir die Sache logisch. Untersuchungen haben gezeigt, dass Rechtshänder zu neunundneunzig Prozent im Uhrzeigersinn rühren, Linkshänder rühren in die andere Richtung." Er vollführte mit der rechten Hand eine Rührbewegung.

Katui griff mit links einen Stock und verwirbelte die Luft, tatsächlich entgegengesetzt. „Was bedeutet das?"

„Die Reiserichtung wird durch die Rührrichtung bestimmt. Im Uhrzeigersinn bedeutet vorwärts in der Zeit, andersherum bedeutet rückwärts."

Katui füllte aus einer Kalebasse Nussmilch in eine Schüssel. „Ich hoffe, du hast Recht. Es eilt, wir wissen nicht, was die Reise mit dir macht. Kehren wir sofort zurück."

Der Professor zog einen Flunsch. „Habe gar nichts erforscht."

„Wenn du die Zeitverschiebungen gesund überstehst, beim nächsten Mal, einverstanden?" Er öffnete den Rindenbeutel und tastete darin herum. Sein innerer Geist legte an Tempo zu. Er befühlte den Beutel von außen, griff ein weiteres Gefäß und leerte den Beutelinhalt hinein. Seine Finger durchpflügten das Pulver.

„Was suchst du denn?", fragte der Professor.

Katui starrte nur vor sich hin. „Die halbe Nussschale fehlt!"

Die Stimme seines Begleiters hörte sich heiser an. „Was machen wir denn jetzt?"

Verwirrt bemerkte Katui seine innere Ruhe. Er vernahm Wuras Summen, das sie immer anstimmte, wenn sie die Götter um Hilfe bat. Aber Wura war gar nicht da. Stattdessen hockte Großmutter Rasa durchsichtig am Ausgang des Verstecks und zeigte in Richtung des Dorfes. Ihr Bild nebelte davon. „Wir müssen zu meiner Mutter. Sie kann uns helfen."

„Was für ein friedlicher Anblick", sagte der Professor, sichtlich erfreut, dass sie noch blieben. Sie standen an der Biegung, von der man das Dorf zum ersten Mal erblickte. „Ihr habt einen Schutzwall und einen Graben gebaut und Wasserleitungen zwischen den Häusern."

„Wir leiten das Wasser vom Fluss ins Dorf. Eine Idee aus deiner Welt." Katui zeigte auf einen Graben, der mit Ton verkleidet war, und der aus dem Wald durch den Schutzwall hindurch in die Siedlung führte. „Das ist die Hauptleitung. Wenn Hochwasser drohen, können wir sie unterbrechen."

Der Professor klopfte Katui auf die Schulter. „Ich bin beeindruckt. Dann waren die Tonscherben, die Stefan Zwirner fand eure Wasserleitungen."

Sie setzten ihren Weg zum Dorf fort. Katui prüfte den Sonnenstand. „Wura wird da sein. Von ihren Streifzügen durch den Wald ist sie meist zurück, wenn die Sonne am höchsten steht."

Die Äffchen des Ortes schlugen Alarm und sprangen die Baumstämme empor. Katui zuckte zusammen. Verwundert beobachtete er, dass selbst die Tipateo davonrannten.

Frauen trieben ihre Kinder in die Hütten und folgten ihnen. Die Männer griffen zu den Speeren. An der einzigen Brücke über den Graben bildeten sie eine menschliche Wand, die Speerspitzen auf den Professor gerichtet.

„Katui, schnell. Beeil dich, spring rüber", rief Niaras Vater, der beste Jäger und Kämpfer des Dorfes.

„Was hat er gesagt?" Der Professor presste diesen Satz durch ein eingefrorenes Lächeln.

Katui winkte seinen Leuten mit freundlicher Miene zu und wechselte in ihre Sprache: „Keine Gefahr. Das ist ein Freund."

Die Speere wurden nur langsam gesenkt. Misstrauische Blicke trafen sie. „Er sieht aus wie ein böser Geist", rief Varis Onkel.

„Wir benötigen Wuras Hilfe, lasst uns durch."

Die Tipateo drehten die Speere zur Seite und öffneten eine Gasse.

Uske stellte sich ihnen in den Weg. Er lächelte den Professor an. „Gehört er zu meiner Familie?"

„Nein, er ist ein Freund", sagte Katui.

Die Augen des Vaters verloren ihr Leuchten, sein Blick wurde ernst. „Man kann nicht zurück. Deine Großmutter hat es versucht."

„Doch, es ist möglich, wir haben jedoch nur wenig Zeit." Uske formte seine Lippen zu einer Rosette mit hängenden Mundwinkeln und deutete ein Kopfschütteln an, gab aber den Weg frei.

Die Gasse führte direkt zu Wura, die ihnen vom Eingang der Familienhütte entgegenkam. So, wie es bei den Ahnen üblich war, streckte sie dem Professor ihre Hand entgegen. „Guten Tag. Ich heiße Wura. Katui ist mein Sohn. Wie heißen Sie?"

Sie redete Deutsch! Nur langsam. Mit Pausen, aber besser als Uske!

Der Professor ließ ihre Hand gar nicht mehr los. „Ich heiße Achim Hastig. Wo haben Sie meine Sprache gelernt?"

„Von meiner Mutter. Sie war viele Jahre bei den Ahnen und von meinem Mann."

Katui horchte auf, erfuhr es erst heute. Gemeinsam betraten sie die Schamanenhütte. Die Kräutersträuße verströmten den gewohnten Duft. Gefäße mit Heilmitteln standen auf Brettern, die Wura an Baumstämmen befestigt hatte. Der Insektenberg, die Felle und viele andere Utensilien fehlten. Erst jetzt verstand Katui, welchen Verlust sie durch das Hochwasser erlitten hatte. In der Feuerstelle glühte es nur in der Asche, trotzdem deutete sie auf Kuhlen rund herum. Der Professor nickte ihr zu, studierte stattdessen zuerst den Inhalt der verschiedenen Schalen und schnupperte daran. Ihre Blicke folgten ihm: „Was kann ich für Achim Hastig tun?" Sie setzte sich in den Sand.

Katui schlug neben ihr seine Beine übereinander. „Wir brauchen die andere Nusshälfte für die Rinde des Feuerbaums. Sonst können wir nicht mehr zurück." Der Professor kehrte den Borden den Rücken zu: „Und wir haben nicht viel Zeit."

„Es muss unbedingt die gleiche Menge sein. Sie bringt uns wieder in die Zeit, in der ich den Professor getroffen habe." Wura erhob sich und holte aus einem entfernteren Winkel ein flaches Gefäß. „Du meinst die *misa-misa*, die Gleich-Gleich-Nüsse. Nur bei diesen Nüssen sind beide Hälften gleich groß, aber andersherum. Die fehlende Hälfte ist hier drin."

„Spiegelverkehrt, verstehe", sagte der Professor und setzte sich zu ihnen.

Wura schüttete den Inhalt in den Sand. Es entstand ein kleiner Nussschalen-Haufen. Sie glättete den Hügel zu einer breiten Fläche und flüsterte: *Wabitu sulu*. – Finde die Einzelne.

Ihr Sohn wischte ebenfalls darüber. „Da! Da ist sie! Sie leuchtet!"

Die Schamanin legte sie dem Professor auf die flache Hand. Er hob sie etwas höher. Sie glimmte nicht mehr. „Ich muss schon sagen. Sehr beeindruckend. Das glaubt mir keiner."

Katui hatte die Rinde des Feuerbaums mitgebracht. Wura goss Nussmilch in eine zweite Schüssel.

Der Professor löffelte mit der Nussschale die erste Portion Rindenpulver in die Milch. „Wir dürfen jetzt keinen Fehler machen. Zuletzt waren wir im Jahr 1937, richtig?"

„Richtig", sagte Katui.

„Wir wollen in das Jahr 1989. Also müssen wir zwei halbe Nussschalen nehmen." Die zweite Portion landete im Getränk. „Und wir wollen von 1937 in die Zukunft." Achim Hastig nahm einen Holzstab und rührte im Uhrzeigersinn. „Es ist alles bereit."

Katui umarmte seine Mutter. Wura hielt ihn lange fest. „Komm gesund zurück."

Er deutete auf den Boden. „Es ist besser, wenn wir uns setzen. Wir müssen uns gut aneinander festhalten."

Sie hakten sich unter und Katui führte die Nussmilch zum Mund.

Berlin, 16. November 1989

„Ich sage jetzt mal so, vier Wochen Forschungen in deinem Dorf hätten mir gefallen."

„Freuen wir uns, dass wir heil zurück sind, sogar fast auf die Minute." Katui verstand den Professor zwar, aber seine Thesen bestätigten sich durch den letzten Ausflug. Das zählte.

Die sichere Rückkehr kam ihm wie ein Abschluss vor. Womit zeigte er dieses Gefühl nach außen? Ihm kam eine Idee. „Ich erzähle nur noch von unserer Reise in meinen Tagebüchern und beende sie anschließend. Rasas Wunsch ist erfüllt. Magdas Brief hat alles erklärt. Sogar die Wirkung der Rinde kennen wir jetzt."

Der Professor beäugte die Schreibhefte auf seinem Schreibtisch. „Schade. Was soll mit den Heften nun werden?"

„Deine dort sind nicht meine, die ich im Dorf habe. Bei der nächsten Rückkehr werde ich sie in meine Pyramide legen."

„Die Pyramide, die Stefan Zwirner fand?"

„Ja. Jeder Schamane errichtet sich eine kleine Pyramide als letzte Ruhestätte bevor er eine Familie gründet. Dorthin legt er alles, was er mit sich nehmen will. Meine steht schon seit mehreren Trockenzeiten im Schamanenland."

Der Professor holte einen Notizblock und schrieb einige Zeilen. „Die Notiz wurde 1988 gefunden, sie muss deshalb bei den Heften sein. Ich habe keine Ahnung, was passiert, wenn meine Nachricht fehlt."

Katui grinste verschmitzt. „Wir verschmelzen vielleicht zu einem Klumpen, wer weiß?"

„Ich sage jetzt mal so, denk an die beiden Hefte, die eins wurden."

Berlin, 17. November 1989

Katui stopfte die Kleidungsstücke und das Tagebuch in seinen Rucksack. Uske wartete auf ihn und die Neuigkeiten. Das war wichtiger als den Professor gleich wieder mitzunehmen. Wie würde sein eigenes Leben weitergehen? Entscheidungen standen an. So, wie es ihm schon oft passiert war, zogen Bilder und Gedanken durch seinen Kopf.

Karlotta als Kind, Karlotta als Ehefrau und Mutter, Karlotta als alte Frau.

Karlotta! Er seufzte.

Das durchsichtige Bild von Rasa stand da am Türrahmen, ohne Regung.

Das Kleinkind Niara. Die jugendliche Niara. Niara, zukünftig immer an seiner Seite? Niara?

Rasa zuckte unscharf mit den Schultern.

Welch erste Begegnung mit Felicitas. Die Umarmung. Ihre Kratzbürstigkeit und ihre Sanftheit. Die Heilkundlerin und ihre Scharlatanerie. So viele Gegensätze in nur einer Person. Abenteuer Felicitas. War es möglich? Das Leben mit ihr? Wie, wo, wann?

Rasa schwebte davon und winkte ihm zu, lächelte dabei.

Er warf den Rucksack auf sein Bett. Im Flur hörte er Irene, wie sie Felicitas begrüßte. Die beiden lachten. Die Zimmertür öffnete sich und Felicitas lugte herein. „Stell dir vor, Oma ist wieder gesund. Sie kommt morgen nach Hause." Sie deutete auf Katuis Gepäck. „Was hat das zu bedeuten?"

Katui antwortete nicht. Es war doch logisch, eine Reise zurück zu den Tipateo.

Wieso sah Felicitas ihn mit diesen fragenden Augen an? Warum sprach sie mit einem Mal so leise? „Ich dachte ...“

Sie straffte ihre Schultern. „Ich hoffte ... das Leben hier ... ist doch viel leichter und schöner ... auch für dich.“

Auf der einen Seite hatte sie recht, andererseits. Katui tat einen Schritt auf sie zu. „Ich habe eine Aufgabe, die ich dort erfüllen muss. Außerdem wartet mein Vater. Aber ich komme wieder, so oft du willst.“

Felicitas verschränkte die Arme vor der Brust und drehte sich weg. „Ach so, du kommst dann wieder, wenn ich so fünfzig bin, ja?“

„Aber nein. Der Professor meint ...“

Sie rauschte zur Tür. „Das ist mir sowas von egal, was der Professor sagt!“

In dieser Sekunde begriff Katui, dass sie all die Erkenntnisse und Überlegungen des Professors noch gar nicht erfahren hatte. Da knallte sie die Tür schon. Er reagierte zu langsam. Im Flur flog die Wohnungstür ins Schloss.

Still öffnete er die Bierflasche. In wenigen Stunden wäre er zurück. Dann würde sie verstehen.

Er irrte sich doch nicht?

Wald der Tipateo, zweite Trockenzeit nach der neuen großen Flut (ca. 1526)

Wura und Uske staunten mit offenen Mündern. Katuis Vater fasste das Gehörte zusammen. „Rasa hat mich hierhergebracht. Sie wollte es nicht.“

Die Schamanin Wura redete zum Feuer. „Du hast Uskes Herkunft gefunden.“

Die Flammen flackerten auf. Katui nahm einen Ast und schürte sie. Es knisterte, der Rauch änderte seine Farbe in Grün und Blau.

Wura sprang auf. „Die Vorsehung! Folgt mir zum Wasser der Erkenntnis!"

Wovon sprach seine Mutter? Katui lief ihr zum Fluss hinterher. Uske begleitete ihn. Am Ufer zählte sie dreimal drei große Schritte am Flusslauf entlang ab und wandte sich wieder dem Dschungel zu. Ein schmaler Trampelpfad führte die kleine Gruppe zurück in einen dichten Urwald. Unvermittelt blieb Wura stehen. „Vorsicht! Hier ist ein Loch in der Erde." Katui sah hinunter in das Wasser der Erkenntnis. Es erinnerte ihn an einen Brunnen. Im selben Moment zerstörte tief unten ein Brodeln sein Abbild an der Wasseroberfläche, die langsam emporstieg.

Wura flüsterte: „Die Vorsehung besagt, dass eines Tages ein Schamane geboren wird, mit ungeahnten Fähigkeiten, die den Tipateo großes Glück bringen. Angekündigt wird er mit grünem und blauem Rauch. Nur dieser Schamane wird im Wasser der Erkenntnis die Vergangenheit und die Zukunft sehen."

Der Wasserspiegel plätscherte inzwischen fast auf Bodenhöhe. Er formte sich zu einem Strudel und hellte auf. Die Mitte glättete sich. Eine andere Welt wurde darin sichtbar.

„Seht ihr die Bilder auch?", fragte Katui.

„Nein, mein Sohn, beschreibe uns, was du siehst", antwortete Wura. „Die Vorsehung gilt dir. Rasa hatte recht, ich wollte es nicht glauben."

Das Wasser zeigte eine Kammer. Die jugendliche Rasa saß auf ihrem Bett mit einem Kind auf dem Schoß. Der Junge hielt ihr eine offene kleine Flasche an die Nase. ‚Kölnisch Wasser' stand darauf. „Du musst es zurückbringen, Oskar", sagte sie und schnupperte kurz daran. Das Zimmerchen drehte sich, wurde immer schneller, brachte das Wasser der Erkenntnis zum Strudeln. Die glatte Fläche öffnete sich wieder und zeigte Rasas leeres Bett. Nur die Parfümflasche lag auf dem Kissen.

Katui lehnte sich zurück. „In Parfüm ist Alkohol. Rasa hat nur daran gerochen! Bei meiner nächsten Rückreise werde ich das probieren. Das genügt offenbar."

Im Wasser veränderten sich die Bilder. Eine Menschenmenge in einer Kirche. Der Pfarrer hielt seine Hände über den Köpfen eines Paares und Katui hörte dessen Stimme. ‚Hiermit erkläre ich dich Heinrich Zwirner und dich Bina Findel zu Mann und Frau.'

Wura entfernte sich bei Katuis Beschreibung dieses Vorganges einen Schritt von den anderen. „Bina, die verschwundene Bina! Sie hat dort geheiratet!"

„Sie sah glücklich aus", sagte Katui.

Vor seinem inneren Auge tauchte der Stammbaum in Magdas Kiste auf. Felicitas hatte es vorgelesen. Heinrich Zwirner und Sabine Findel. Redete sie nicht etwas von einem Fleck? Der Name der Frau lautete Bina und nicht Sabine. Er hatte sogar deren Kinder nachgelesen, August, Frieda und Josephine. Erst in diesem Moment verstand er die Zusammenhänge. Der Großvater von Stefan Zwirner war jener August in Magdas Stammbaum.

Das Nass gurgelte und änderte die Farbe. Düster und grau erschien das Gesicht einer fremden jungen Frau. Er hörte eine leise Stimme. „Ich bin verloren." Zahlen, huschten durchsichtig hellgrau über die Oberfläche. Eins – acht – drei – drei. Das Wasser der Erkenntnis sank zurück in die Tiefe. Mit gesenkten Lidern drehte er sich von dem natürlichen Brunnen weg. „Sie war eine Tipateo, wie gern würde ich ihr helfen."

Wura kam nah an Katui heran. „Ich bin die Hüterin der Vorsehung. Was gerade geschieht stimmt mit ihrem Text überein. Du darfst den Inhalt erst später erfahren, denn alles muss aus deinem Willen wachsen."

Wovon redete sie? Wieso sprach sie mit diesem mahnenden Unterton?

Was scherte ihn die Vorsehung? Sie galt der fernen Zukunft. Eines Tages wird ein mächtiger Schamane geboren. Es war ohne Bedeutung. Ihn meinte diese Prophezeiung auf keinen Fall. Oder doch? Im Wasser der Erkenntnis hatte einzig er Bilder gesehen.

Da regte sich in Katui Wärme, brannte in seinen Adern, gelang bis in die Fingerspitzen. Er pustete über seine Finger. „Deine schamanische Kraft wächst. Es fehlt nicht mehr viel", raunte Wura.

Sie malte mit den Zehen die Zahlen aus dem Wasser der Erkenntnis in den Waldboden, eins, acht, drei, drei und wanderte in Richtung des Dorfes davon.

Er benötigte Zeit für sich selbst, um seine Gedanken zu ordnen. Katui atmete tief durch und schlug den Weg zu seinem Unterschlupf ein.

Erschöpft ließ er sich auf sein weiches Lager fallen. Was für ein Tag der Erkenntnisse!

Magda hatte in ihrem Brief die Fährte so deutlich gelegt. Sein Vater Uske war Magdas Bruder Oskar. Und in ihrem

Stammbaum stand der Rest. Ihre Tante hatte Karl Zwirner geheiratet, deren Sohn Heinrich war Magdas Cousin.

Die Zwirners waren mit Magdas Familie verwandt.

Weil Uske der Bruder von Magda war, hatte er, Katui, ebenfalls eine Blutsverwandtschaft mit ihr. Felicitas war eine weit entfernte Cousine von ihm.

Und nicht zuletzt hatte das Findelkind Bina bei seiner Zeitreise den Weg nicht zurückgefunden, denn Dela trat an ihre Stelle. Stattdessen hatte sie Heinrich Zwirner getroffen und geheiratet. Die beiden waren August Zwirners Eltern, der die Linie über Udo Zwirner zu Stefan Zwirner führte. Deshalb hatte Stefan schamanische Fähigkeiten, die den Bann zum Schamanenland aufhoben, auf seiner Expedition. Die Rinde des Feuerbaums hatte Katui von Beginn an zu seinen Verwandten gebracht.

Und was hatte die fremde Tipateo im Wasser der Erkenntnis zu bedeuten?

Über diesem Gedanken fielen ihm die Augen zu.

Am Nachmittag

Katui erwachte.

Wo kam der Rauchgeruch so plötzlich her?

Er sichtete seine direkte Umgebung. Hier brannte nichts. Draußen wurde der Geruch stärker. Eines der Dächer schickte eine Rauchsäule in den Himmel. Graue Schwaden waberten über dem Dorf. Er rannte los.

Der Festplatz war voller Hektik. In Reihen aufgestellt reichten die Menschen große Lederbeutel mit Wasser gefüllt von Hand zu Hand und schütteten den Inhalt auf die Flammen. Frakiki stürmte auf ihn zu. „Katui! Niara! Niara ist noch da drin!"

Im brennenden Haus krachte eine Bohle herunter. Katui lief zum Eingang. Hitze schlug ihm entgegen, die sich auf seinem Gesicht zu einem kühlen Lüftchen veränderte. Er murmelte den Schutzspruch für die Götter und spurtete los. Seine Fußsohlen empfanden die Glut wie einen Spaziergang auf feuchtem Moos. Das Feuer züngelte nach ihm, er pustete es von seinem Arm. Die Rauchschwaden verwandelten sich zu durchsichtigen Wolken, wie damals in Magdas Küche. Er sah jeden Winkel des Innenraums klar und deutlich. Dort lag Niara. Mit ihr in den Armen übersprang er brennende Hölzer und landete auf glühendem Boden. Nur wenige Sprünge weiter und sie beide waren in Sicherheit. Er legte Niara am Rand des Festplatzes ab und schüttelte sie. Verletzungen schien sie nicht zu haben. Sie öffnete die Augen, und diesmal sah er sie an. Überraschung schimmerte in ihrem Blick, der Anflug eines Lächelns huschte über ihr Gesicht.

„Da bist du wieder, wie froh ich bin", sagte Katui.

Frakiki eilte herbei, schob seinen Freund zur Seite und umarmte Niara stürmisch. Sie schlang ihre Arme um ihn und schenkte ihm einen innigen Kuss. Leise sagte sie: „Was ist denn passiert?" Frakiki streichelte ihr Haar. „Katui hat dich gerettet!"

Sie flüsterte. „Danke, Katui."

In dem jungen Schamanen wuchs eine Ruhe, wie er sie lange nicht empfunden hatte. Ein Wogen, ähnlich dem sanften Wiegen von Blumen im Wind, erfüllte ihn. Niara und Frakiki waren ein Paar. Wie klug die Götter oft lenkten. Die Hütte brannte weiter lichterloh. Zeit, das zu ändern. Katui rannte zurück, holte tief Luft, ohne zu wissen warum, und pustete in die Flammen. Ein Sturm aus Katuis Mund fegte hinein in das Inferno und löschte es augenblicklich. Er fasste sich an die Lippen, betrachtete seine Hände, sah nach den Dorfbewohnern.

Die jubelten los.

In der Nacht

Das Fahrzeug raste in großer Geschwindigkeit mitten durch den Fischmarkt in Königsberg. Katui war dem hilflos ausgeliefert. Er krallte sich am Sitz fest und sah Häuser auf sich zu stürzen. Kurz vor dem Aufprall bog das Gefährt immer scharf ab, nie vorhersehbar, ob nach rechts oder links. Jedes Mal rüttelte die Fahrt ihn durch. Stimmen ertönten „Ich bin verloren!" Die letzte Kurvenfahrt mündete in eine neue Umgebung. Schmale Gassen mit Wasserfällen an beiden Seiten. Schnurgerade führte die nasse Rutschpartie hoch und runter, dann hinein in eine Spirale, in der sich das Tempo weiter erhöhte. Das Gefährt rauschte hinunter in das Wasser der Erkenntnis. Die Konturen um ihn herum verschwammen. Gesichter säumten den Weg, veränderten sich zu Fratzen mit Tränen in den Augen, die Klagelaute in die Welt heulten. Hände griffen nach ihm, wurden zu knochigen, grauen Pranken. Stampfhölzer donnerten ihren Rhythmus in seinen Kopf.

Die Szenerie zerriss wie ein Blatt Papier.

Dahinter ein buntes Orchideenmeer, wie Schmetterlinge flatterten die Blüten umher. Setzten sich auf die toten Zweige des Feuerbaums, um sich sofort wieder in die Lüfte zu erheben und wie Vögel davonzufliegen. Großmutter Rasa saß auf einer Schaukel, die an einem dicken Ast befestigt war, schwang sich auf und ab, höher und höher, überschlug sich, rotierte wie ein Propeller, rief: „Sieh nur deine Kraft!"

Unvermittelt stand alles still. Eine Welt, wie auf einem Foto. Die junge Frau aus dem Wasser der Erkenntnis erschien vor dem starren Bild, lächelte ihn an und redete freundlich. „Die Götter bitten dich, suche mich, finde mich, rette mich, mach schnell." Diesen Satz wiederholte sie, wie in einer Endlosschleife. Ihre Stimme schwoll an und ebbte ab, bis sie zu einem Summen wurde. Die Jahreszahl 1833 stand auf den Flügeln einer weißen Taube, die vor seinen Füßen landete. Sofort breitete der Vogel seine Flügel aus, stieg auf und rammte ihm von hinten ihren Schnabel zwischen die Schulterblätter.

Ein heftiger Schmerz traf seinen Rücken.

Katui fand sich auf dem Boden vor seiner Hängematte wieder.

Er benötigte einen Augenblick, um zu erkennen, dass er geträumt hatte. Solche Träume bedeuteten etwas, das hatte seine Mutter ihn gelehrt. „Filtere alles heraus, was nur dazu diente, deine Aufmerksamkeit zu bekommen. Denke darüber nach und ziehe die richtigen Schlüsse – es ist immer eine Botschaft der Götter in einem bildhaften Traum."

Diese Nachricht war leicht zu verstehen. Die junge Frau erflehte seine Hilfe, sie hing vermutlich im Jahr 1833 fest, gestrandet durch die Rinde des Feuerbaums, in Königsberg. Und es eilte.

Er sprang auf, zog sich die Kleidung der Ahnen an und goss Nussmilch in eine Schale. Bloß nicht verrechnen, zuletzt war er aus dem Jahr 1989 zurückgekehrt. Die junge Frau saß im Jahr 1833, ein Unterschied von einhundertsechsundfünfzig Jahren, oder sechsmal sechsundzwanzig – sechs Nussschalen-Portionen. Er zählte sie ab und rührte mit seiner linken Hand gegen den Uhrzeigersinn. Wie vorausschauend, dass er eine Flasche Bier mitgebracht hatte. Sie landete in seinem Rucksack.

Die große Menge Rindenpulver veränderte die Nussmilch zu einem scharfen Getränk. Dennoch trank er es in einem Zug, fasste sich an den Hals und schnappte nach Luft. Augenblicklich wirbelte er davon.

Kapitel 13

Die fünfte Ankunft

Katui erkannte Wände aus Holz. Vor ihm ein Holzgeländer. Er hörte Stimmen. Ein Streit. Geduckt schlich er zum Geländer. Unter ihm ein großer Raum. An einer Seite standen Kühe. Die Frau lag in einem Heuhaufen und drückte ein Baby fest an ihre Brust. „Nein, nein, ist doch noch so klein!" Schluchzen brach ihre Stimme.

Ein dicker Mann sprang auf die junge Mutter zu, die sich wegdrehte. „Nein, nein!"

Sie erinnerte Katui an Wura. Wo war die Treppe? Die beiden wälzten sich inzwischen im Stroh. Immer wieder griff der Kerl nach dem Baby. „Der kleine Bastard muss weg!"

Die Frau entkam samt Kind bei jedem Versuch. Sie trat zu, rollte sich rechtsherum, dann linksherum und rief um Hilfe. Die Tiere in ihren Verschlägen polterten gegen die Wände. Sie kroch davon, schaffte es, aufzustehen. An einem Pfeiler hing eine Mistgabel, wie sie Katui bei einigen Königsberger Markthändlern gesehen hatte. Die Frau zerrte sie herunter, und hielt die spitzen Zinken vor den Kopf des Mannes, folgte seinen Ausweichmanövern. Mit dem freien Arm umklammerte sie ihr Baby, das inzwischen brüllte, und drückte es fest an sich.

Der Kerl duckte sich, wich den Mistgabelattacken aus, kam aber nicht mehr an sie heran. „Das Kind muss verschwinden, Jazia, sonst werdet ihr beide sterben."

Die Frau senkte ihre Waffe etwas und lief zwei Schritte auf ihn zu. „Karl Zwirner ist Vater!"

Der Mann sprang zur Seite, schob die Mistgabel weg und stieß die junge Mutter zu Boden. Das Kind landete daneben im Heu und schrie erbärmlich. Jetzt hielt er die Forke in der Hand und drehte die Zinken in Richtung des Babys. „Ich will es aber nicht. Du hättest aufpassen müssen!"

Katui schaute sich hektisch um. Es gab keine Treppe.

„Nein, nein!" Jazia stellte sich vor ihr Kind.

Da unten drohte den beiden der Tod!

Er brüllte den Kriegsschrei der Tipateo, schwang sich über das Geländer und landete auf dem Rücken des Angreifers. Sie stürzten gemeinsam. Der Mann knallte mit dem Gesicht auf den Boden und verlor die Waffe. „Was, verdammt? Wer bist du?", keuchte er.

Katui erwischte die Mistgabel und stand schon wieder. Mit den Zinken pikste er in das Hinterteil des Mannes. Kleine Blutflecken entstanden auf der hellen Hose. „Lass die Frau in Ruhe! Verschwinde!"

Der Kerl schrie auf, stöhnte und kroch zu den Kühen. Sie klemmten ihn zwischen sich ein. Huftritte trafen ihn. Das Vieh muhte. Der Angreifer winselte und robbte in Richtung Stalltür. Katui half mit Fußtritten nach.

„Nicht treten! Lass mich raus." Er kroch weiter, röchelte, wimmerte und blieb außerhalb des Stalles im Sand liegen.

Katui stieß die beiden Türhälften zu, drückte ein Holzbrett nach unten und verriegelte damit die Tür. Von draußen hörten sie leises Jammern. Dann war es still.

„Du mich gerettet!" Die Frau hockte mit ihrem Kind in einer dunklen Ecke. Ihre langen schwarzen Haare waren zerzaust. Sie wischte sich die Tränen aus dem Gesicht. Dabei entstanden helle Streifen auf ihren Wangen. „Er kommt sicher zurück." Sie kroch hervor. Ihr Kittel war zu groß für ihre magere Figur. Grau und zerfetzt hing er an ihr. Ihre Gesichtszüge erinnerten Katui an einen Totenschädel, so dunkel waren ihre Augenhöhlen.

„Du wer?", fragte sie.

„Ich heiße Katui. Und du bist Jazia?"

Sie bettete ihr Kind ins Heu und nickte. „Ich kenne deinen Schrei. Bist du ein Tipateo?" Das hatte sie in seiner Sprache gefragt.

Jedes Familienmitglied führte die Ahnen der letzten Generationen im Namen. Die Frauen ihre weiblichen Vorfahren, die Männer die männlichen. Und die zweite Person von Wuras Reihe, Wuras Großmutter, hockte im Stroh vor ihm! „Bist du Schamanin?", fragte er. „Kennst du den Feuerbaum?"

Jazia lächelte.

„Karl Zwirner ist der Vater deines Kindes?"

„Ja, sie heißt Mira."

Katui staunte. Da lag Rasas Mutter Mira in Jazias Armen!

„Du bist die Tochter der Dela. Die Alten erzählen, dass Bina verschwand. Ihre Schwester Dela ersetzte sie in der Ahnenreihe. Dein Name ist mir bekannt."

Ihre Augen wurden schmal. „Woher weißt du das?"

„Der Feuerbaum schickt uns durch die Zeit. Ich bin einer deiner Nachfahren."

„Wir sind von derselben Familie? Oh, welche Macht die Götter haben!" Sie fiel ihm um den Hals. Ihr Körper bebte unter ihren Tränen. „Bitte, ich möchte so gern zurück."

„Ja, ich kann dir helfen."

Ihr Freudenschrei erfüllte den ganzen Raum. Sie rannte zum Heu, nahm die kleine Mira und blieb vor ihm stehen.

Katui ließ sich ins Heu sinken. „So schnell geht das leider nicht." Er deutete nach oben. „Dort liegen meine Sachen. Die brauchen wir für die Rückkehr. Wo genau bin ich eigentlich?"

Sie setzte sich ihm gegenüber und beobachtete jede seiner Bewegungen. „Das Dorf heißt *Kreuzburg* nicht weit von der Stadt Königsberg. Im Haus wohnt Karl Zwirner mit Familie. Es gibt noch andere Leute. Bauer Zwirner ist böse."

„Weißt du, welchen Tag wir haben?"

Das Baby schlief in ihrem Arm und schmatzte im Traum. Jazia legte es ins Heu. „Ich weiß nur, dass wir das Jahr 1833 haben.", sagte sie in Deutsch.

Katui zeigte hoch. „Wie kommt man da rauf?"

Jazia deutete auf eine Stelle weiter rechts an der Decke und an eine Wand. „Dort ist ein Eingang. Wir brauchen die Leiter."

Wütende Fausthiebe trafen von draußen das Holz. Der Riegel bebte.

„Los, schnell nach oben!", rief Katui. „Pass auf, dass ihr euch nicht verletzt."

Gemeinsam stellten sie die Leiter auf. Jazia nahm Mira auf den Arm und kletterte hinauf. Dann öffnete sie die Luke über ihrem Kopf.

Auf dem Hof beendete Zwirner das Trommelfeuer. Sie beeilten sich trotzdem. Jazia schob zuerst ihre Tochter auf den Zwischenboden, zog sich selbst hoch und rutschte ihr auf dem Bauch hinterher.

Katui folgte den beiden die Leiter hinauf. Er war auf halber Höhe, da polterte etwas Großes gegen das Tor. Es krachte, der Riegel splitterte und die Türflügel sprangen auf. Der Bauer hielt einen Knüppel in der Hand. Seine Haare standen wild in alle Richtungen. Mit blutunterlaufenen Augen starrte er in den dunklen Stall. Schon war er an der Leiter und stapfte empor. „Ich hab' gesagt, ihr entkommt mir nicht!"

Jazia streckte Katui eine Hand entgegen und zog ihn hoch.

Sein Verfolger erreichte die Mitte des Aufstiegs, die Luke über sich fest im Blick.

„Los, stoß die Leiter weg", rief sie.

Krachend landete Bauer Zwirner zwischen den Kühen. „Ihr Lumpenpack!"

Katui öffnete oben im Heulager seinen Rucksack, holte die Bierflasche vor, schlug ihr den Hals ab und reichte sie Jazia.

„Vorsicht. Du könntest dich verletzen. Nimm nur einen Schluck, dann kommst du nach Hause."

Sie musterte die Flasche. „Danke für alles. Mögen die Götter dich allezeit schützen."

Katui nickte ihr zu. „Alles Gute. Los jetzt!"

Unten rumorte Bauer Zwirner schon wieder.

Sie roch am Flaschenhals und verzog das Gesicht. Dann hielt sie sich die Nase zu und setzte vorsichtig zum Trinken an. Bevor sie den ersten Schluck genommen hatte, war sie weg. Glas klirrte. Dort, wo sie gesessen hatte, blieb die zerbrochene Bierflasche zurück.

Das Ende der Leiter schob sich durch die Öffnung. Karl Zwirners Schnaufen wurde lauter.

Katui sah zu, wie die letzten Biertropfen zwischen zwei Bohlen in das untenliegende Heu perlten. Ihm fiel das Wasser der Erkenntnis ein. An Alkohol zu riechen genügte. Er hielt sich eine Scherbe vor die Nase.

Von unten grunzte Bauer Zwirner, weil die Leiter wieder stand.

Unscharf sah Katui den zerzausten Haarschopf aus der Luke auftauchen. Dann wirbelte er im Farbenstrudel davon.

Wald der Tipateo, zweite Trockenzeit nach der neuen Flut (ca. 1526), nachts

Er fand sich, wie geplant, in seiner Hängematte wieder. Dunkelheit ringsum. Der Rauchgeruch des Brandes lag noch in der Luft. Schlafen unmöglich, erst das Erlebte verarbeiten, dafür setzte er sich hin.

War das die Aufgabe, die er allein finden und meistern sollte?

Die Vorfahrin Jazia retten?

Da dämmerte es ihm. Er hatte seine eigene Ahnenreihe gerettet. Ohne sein Eingreifen wären beide gestorben und Rasa nie geboren worden.

Seine Rettungsaktion verhinderte, dass alle verschwanden, sich auflösten und niemand sie vermisste, weil sie dann nie existiert hätten, einschließlich ihm selbst.

Im Nachhinein galoppierte pure Angst durch seinen Körper. Bei der Abreise hatte er diese Tragweite nicht erwartet.

Und die Vorsehung?

Wura hütete das Wissen. Sie zu fragen war der richtige Weg.

Der Entschluss beruhigte ihn, er legte sich nieder und schlief ein.

Am nächsten Morgen

„Du hast die Vorsehung erfüllt", sagte Wura, nachdem Katui den Eltern alle Erlebnisse der Nacht berichtet hatte. „Ich bin so stolz auf dich! Rasa hat es immer vermutet. Doch ich habe ihr nie geglaubt."

„Die Vorsehung meint mich? Niemals."

Aber Wura legte ihre Hände auf seine Schultern. „Höre

mein Sohn, die Weissagung, über Generationen weitergereicht, gehütet und bewahrt für den heutigen Tag.

Ein Schamane wird wachsen, wenn er seine Familie findet und ihre Existenz rettet. Dafür küren ihn die Götter zum machtvollen Schamanen des Feuers, mit Zauberkräften, die niemand vorher besaß. Er wird sie vollends erlangen, wenn sich die Familie vereint."

Wura jubelte: „Der Tag der Erfüllung ist gekommen!"

Katui horchte auf. Schamane des Feuers? Der Grund, warum Flammen ihn nie verletzten? Wachsen? Meinte es reifen? Je mehr Zusammenhänge er entdeckte, umso stärker entfalteten sich seine Kräfte. Je näher er der Wahrheit kam, desto öfter kribbelte, loderte, rumorte es in ihm. Ja, das stimmte.

Familie vereinen? Die Vorfahren und die Nachfahren zusammenbringen? War das gemeint?

Der Vater sprach es aus. „Bedeutet es, wir werden meine Familie treffen? Die Mutter auch?"

Katui überlegte. Uskes Angehörige von damals hatte er nicht persönlich getroffen, das Geschehen nur im Wasser gesehen. „Es ist möglich, die Menschen aus der Zukunft zu holen. Aber die Vergangenheit steht fest, deine Mutter zu treffen, birgt Gefahren", sagte er deshalb.

In den Augen des Vaters dunkelte Trauer. Kurz darauf hellte sich sein Blick auf. „Wir werden mit denen aus der Zukunft feiern. Hier. Einverstanden?"

Wura zeigte auf die leere Hütte nebenan. „Die richten wir für die Gäste ein."

Dafür blieb Katui gern bis zum nächsten Vollmond.

Wald der Tipateo, vier Wochen später

Gestern hatten sie die Gästehütte vollendet. Das Gebäude erstrahlte als das prächtigste im ganzen Dorf. Alle Tipateo hatten geholfen, und jeden einzelnen Balken mit den Festzeichen in Schwarz und Rot verziert. Den Boden bedeckte weiches Moos. Tonschalen mit Baumharz baumelten an aus Gras gedrehten Schnüren von der Decke herab. Sie verströmten einen herrlichen Duft. Rund um die Feuerstelle luden die Hängematten zum Ausruhen ein. Uske, Katui, seine Geschwister und die Mutter standen am Eingang und betrachteten das Ergebnis.

„Heute ist der Gott der Nacht wieder rund am Himmel zu sehen", sagte Wura. „Nun kannst du Uskes Familie holen. Diese Nacht werden wir mit ihnen feiern."

Berlin 1989, 17. November 1989, kurz nach der letzten Abreise

Felicitas lehnte am Türrahmen. „Du bist wieder zurück, so schnell!"

Katui wischte Stroh von seinen Jeans und zog das T-Shirt glatt. „Du warst so schnell weg, wolltest nichts wissen."

Sie setzte die Miene eines Kindes mit Gewissensbissen auf. „An der Bushaltestelle habe ich mir das selbst gesagt. Bin deshalb gleich zurück, aber du warst weg." Glitzerte da etwa eine Träne in ihren Augen?

Er überging es, hatte andere Gedanken im Kopf. „Ich habe so viel zu erzählen. Wir trommeln die ganze Familie zusammen, auch den Professor und Stefan Zwirner. Wir machen eine Reise."

Kapitel 14

Berlin, einen Tag später, nachmittags

Zehn Leute saßen auf den Stühlen und der Couch im Wohnzimmer des Professors. Sogar Karlotta gehörte zur Reisegruppe. Irene und Frank hatten ihr dafür extra einen Rollstuhl besorgt. Ihr Sohn Konstantin, der inzwischen schon dreißig Jahre alt war, hatte darauf bestanden, sie zu schieben. Felicitas' Wangen glühten vor Aufregung. Der Entdecker der Kiste im Regenwald, Stefan Zwirner, war dabei und seine Freundin Sylvia, die Tochter des Professors. Dr. Lutze und der Professor selbst waren die wissenschaftlichen Begleiter, wie sie scherzhaft kommentierten. Katui nannte sie seine Freunde. Es war keine Frage, dass sie mitkamen. Das ergab zehn Personen, die beabsichtigten, nur durch seine Kraft in die Vergangenheit zu reisen. Ein wenig mulmig wurde ihm dann doch. Sein Blick fiel auf Karlotta, die von Frank mit dem Sicherheitsgurt des Rollstuhls über ihren Hüften festgeschnallt wurde. Sie hatte sich ihren Reiseplatz buchstäblich ertrotzt. „Das Abenteuer will ich erleben. Wer weiß, wie lange ich noch da bin. Keine Widerrede! Selbst wenn ich es nicht überlebe", hatte sie gesagt.

Aus diesem Grund wagte er die Reise. Ihre Anwesenheit bedeutete aber auch, dass es keinerlei Alternative zum Gelingen gab.

Erst jetzt bemerkte er Rasa, die sich an den Professor lehnte, durchsichtig und blass, wie immer. Der nahm sie offenbar nicht wahr. Sie hatte ihre Augenbrauen zusammengezogen, so dass senkrechte Falten auf ihrer Stirn entstanden. Bedenklich wiegte sie ihren Kopf hin und her. Katui ärgerte das. Er benötigte ihre Hilfe, statt von ihren Gesten verunsichert zu werden. War das der Dank, dass er ihre Mutter rettete? So wie er sonst Fliegen verscheuchte, wischte er in die Richtung ihres Bildes. Rasa stemmte ihre Fäuste in die Hüften, stampfte einmal mit dem Fuß auf und verschwand.

In seinem Bauch zog sich etwas nach innen. Er hatte keine Lust, es zu beachten.

Der Professor klapperte mit einem Schlüsselbund. „Die Waschküche im Keller ist bestimmt groß genug für uns."

Leise, damit die Nachbarn nichts mitbekamen, schlichen sie sich nach unten. Frank und Karlotta benutzten den Aufzug. Die Reisegruppe füllte den Raum vollständig aus. „Ich schließe jetzt die Tür, will jemand doch wieder gehen?" Niemand meldete sich. Sanft klickte der Schnapper ins Schloss.

Katui überlegte, ob er alles bereitgestellt hatte. Ja, der Beutel mit abgewogener Rinde war da, ein gefülltes Bierglas stand auf einem Hocker direkt vor ihm bereit. Er streckte die Arme zur Seite. „Bildet einen Kreis. Sehr gut. Wir fassen uns jetzt an den Händen. Egal was passiert, ihr dürft auf keinen Fall loslassen."

Er hielt seine Nase über das Bier.

Zuerst bewegte sich die Umgebung langsam um sie herum. Alles wurde unscharf. Dann drehte sich der Menschenkreis. Die Farben veränderten sich in einen regenbogenbunten Farbenstrudel, der sie mitriss und durchschüttelte. Katui verstärkte den Druck seiner Hände. „Nicht loslassen!"

Sie rotierten inzwischen so schnell wie ein Kettenkarussell. Dort wo Karlotta in ihrem Rollstuhl saß, bekam der Kreis eine Delle. Sie kniff die Augen zu. Er sah, wie fest sie beide Nachbarhände drückte. Da starrte sie ins Rund und rief mit verzweifelter Stimme: „Hilfe! Ich kann mich nicht mehr halten!" Ihre rechte Hand umfasste nur noch drei von Felicitas' Fingern. Er traute sich kaum, hinzusehen. Es knallte. Katui zuckte zusammen, fast hätte er seinen Nachbarn losgelassen. Eine lange Menschenkette wirbelte durch den Farbenstrudel, schlängelte durch die Luft, rollte sich auf, flatterte wieder auseinander. Karlottas Rollstuhl am Ende schleuderte am heftigsten auf und ab. Irenes Hand bereitete Katui immer mehr Probleme. Verdammt, ihr kleiner Finger rutschte aus seinem Griff, …

Sie entglitt ihm.

Im selben Moment verlangsamte sich die Drehung. Alle wirbelten herum, aber keiner wurde weggeschleudert. Die Welt blieb stehen.

Das Erste, was Katui sah, waren seine Dorfnachbarn, die herausgerissen aus ihren Festvorbereitungen, hinter ihre Hütten flohen. Sein Aufprall wurde durch den weichen Boden abgefedert. Er fiel auf die Hüfte. Wie reife Kokosnüsse plumpsten die Mitreisenden aus dem Himmel hinterher. Konstantin landete direkt neben ihm. Nicht weit entfernt lag Irene. Sylvia war vor der Feuerstelle angekommen. Dort strampelte auch Stefan Zwirner auf dem Rücken.

Der Rollstuhl lag auf der Seite. Das freie große Rad drehte sich. Karlotta sah blass aus. Sie sagte nichts und bewegte langsam ihre Arme und Beine. Der Sicherheitsgurt an ihrer Hüfte hatte zum Glück gehalten.

Frank rappelte sich zuerst auf. „Was für ein Höllenritt!" Er würgte, und sein Frühstück landete im Sand.

Die Ankömmlinge redeten wenig. Allmählich richteten sie sich auf, standen mit wackeligen Beinen. Felicitas und Dr.

Lutze stellten den Rollstuhl gerade hin. Karlotta hatte wieder eine gesündere Gesichtsfarbe. „Zum Glück sind wir alle angekommen."

Mühsam stemmte Katui sich hoch. Seine rechte Hüfte brannte wie Feuer. „Seid ihr alle okay?"

Die meisten nickten, niemand klagte.

Dem Professor war das Hemd aus dem Hosenbund gerutscht. Seine Haare standen hoch. „Da waren Unwuchten am Werk, die wir nicht bedacht haben. Auf der Rückreise müssen wir uns gut aneinander festbinden."

Die ersten Tipateo lugten vorsichtig hinter den Hütten hervor. Nur Wura kam direkt auf die Neuankömmlinge zu. „Es war fast wie ein Gewitter, aber ohne Regen. Der Himmel war grün und blau. Ihr seid mit Getöse gelandet." Mit misstrauischem Blick spähte sie nach oben. „Sind alle da?"

Katui nickte.

Ein Lächeln huschte über ihr Gesicht. Mit einladender Geste zeigte sie auf den Weg und sprach Deutsch. „Seid willkommen, wir haben für euch eine Hütte vorbereitet."

Erfreut beobachte ihr Sohn, dass sie den Professor beiseitezog und mit ihm tuschelte. Da schien Freundschaft zu entstehen.

Wald der Tipateo, zweite Trockenzeit nach der neuen großen Flut (ca. 1526)

Es raschelte am Eingang. Felicitas schob die Palmblätter zur Seite und spähte herein. „Wura hat mir gesagt, dass ich dich hier finde. Ich bin so neugierig auf deine Höhle."

Katuis innerer Geist hüpfte ein einziges Mal, dafür kräftig. „Ich freue mich, wenn ich dir alles zeigen kann." Er zog sie hinein. Sie drehte sich langsam um sich selbst und betrachtete seinen Unterschlupf genau. „Du hast ja auch überall Kräutersträuße aufgehängt, wie ich in meinem Wohnzimmer." Sie angelte nach einem der Bündel. „Das da kenne ich. Das ist Schafgarbe, gut bei Problemen mit der Verdauung."

„Stimmt, wir nennen es ‚Bauchkraut', aber gegen die Cholera hat es nicht geholfen", bestätigte Katui.

Felicitas nahm eine Schale zur Hand und schnupperte daran. „Wofür ist das?"

„Das wirkt gegen geschwollene Gelenke."

„Das ist spannend, bitte erklär mir alles. Ich habe einen Heilpraktiker-Abschluss. Aber diese Heilmittel kenne ich nicht."

Katui strahlte. „Sehr gerne!"

Aus Felicitas sprudelten die Fragen nur so heraus. Wofür sind die gelben Kräuter? Was bewirken die blauen Käfer? Von welchem Baum sind die Rindenstücke? Wieso liegen dort getrocknete Fleischbrocken? Er beantwortete geduldig ihre Fragen. Wie verständig sie war, wie geschickt mit den empfindlichen Kräuterblättern.

Felicitas nahm das nächste Gefäß. „Würmer?"

Er nickte. „Geräucherte Larven des Pfefferkäfers, die schmecken gut. Das ist so etwas wie bei euch Erdnussflips. Wenn ich mein Tagebuch schreibe, esse ich meistens davon." Er steckte sich eine in den Mund. Es knusperte beim Kauen. Sie wurde blass. „Du isst Würmer?"

Er aß einen weiteren. „Probier doch mal. Schmeckt salzig-scharf und etwas nach Rauch."

Felicitas schnupperte an einem der trockenen Kringel. Vorsichtig biss sie ein kleines Stück ab, kaute einmal und spuckte es wieder aus. „Igitt, der ist ja innen noch weich!"

Katui lachte. „Aber ich habe in deiner Welt doch auch alles gekostet."

„Wir essen keine Würmer." Sie grinste. „Aber muss ich auch nicht." Mit ausgestrecktem Finger zeigte sie auf den Hügel gegenüber. „Und was ist das da?"

„Der Insektenberg? Die Insekten verarbeite ich zu Heilmitteln." Er sammelte einen Käfer herunter. Groß wie ein Daumennagel schimmerte er bunt mit roten Fühlern. „Schau mal, der *Käfer des Regenbogens*."

Sie kam wieder etwas näher. „Wofür wird er verwendet?" Er ließ das Insekt über ihre Finger krabbeln. „Den schenke ich dir, er soll Glück bringen, weil ihn die Götter lieben. Wir geben ihn sonst Kranken auf ihr Lager, damit die Götter ihm helfen."

Sie hielt ihre Hand still. „Haha, das kitzelt. Mist, jetzt ist er mir runtergefallen."

Sie landeten gleichzeitig auf den Knien.

Abwechselnd warfen sie sich mit ausgestreckten Armen in den Sand, aber das Insekt entwischte.

„So wird das nichts. Du von hier, ich von der anderen Seite", gab Katui die neue Strategie vor.

Es gelang. Sie kreisten den Käfer mit ihren Händen ein und Felicitas stülpte eine Tonschale darüber.

Triumph blitzte in ihren Augen. „Ha, jetzt hat er verloren. Ein schönes Geschenk, aber ich setze ihn jetzt doch besser wieder auf den Hügel. Wieso läuft er von dort nicht weg?"

„Ich bin ein Schamane. Der Hügel ist mit einem Schutzzauber belegt."

„Manchmal bist du mir unheimlich", sagte Felicitas. „Diese schamanischen Kräfte. Wenn ich die nicht schon selbst mit dir erlebt hätte. Ich würde denken, du spinnst."

Sie sahen sich einen Moment an.

„Das ist eben bei Schamanen so", antwortete Katui.

„Und wer kümmert sich um das alles, wenn du zukünftig in unserer Welt lebst?"

„Ich werde nicht in deiner Welt leben. Hier ist mein Zuhause."

„Aber bei uns ist die Medizin doch viel weiter entwickelt."

„Das glaube ich nicht, sie ist nur anders. Ich bin der Schamane der Tipateo. Das ist hier meine Aufgabe."

Ihre Augen verdunkelten sich. Sie stürmte zum Ausgang.

„Dann bleib doch in deinem Wald!" Schon war sie fort.

Katui starrte ihr nach. Was war denn jetzt los?

In der Dämmerung

Katuis Stimme stockte. „Ihr Götter hört mich an. Volk der Tipateo, hört mir zu. Ich habe Rasas letzten Wunsch erfüllt."

Das Feuer knisterte die Flammen in den Nachthimmel.

Der Schamane winkte seiner Mutter zu, die zusammen mit den Gästen auf der anderen Seite des Festplatzes wartete.

„Kommt her!" Die Gruppe setzte sich in Bewegung. Geführt von Wura umrundeten sie den Feuerplatz, bis sie Katui und Uske erreichten.

Sein Vater strahlte die Gäste an. „Volk der Tipateo, begrüßt meine Nachfahren."

Freudengeheul verkündete den Beginn des Festes. Dumpfe Schläge der Stampfhölzer setzten ein. Die Teilnehmer bildeten eine lange Menschenkette, die von Uske angeführt wurde und an deren Ende Katui lief. Die beiden bewegten sich mit den Tipateo und Gästen zwischen ihnen im Rhythmus der Hölzer aufeinander zu. Das Feuer veränderte seine Farbe und wurde größer. Mit jedem ihrer Schritte wuchsen die Flammen höher und züngelten in immer mehr Farbnuancen. Ein Flammenwesen formte sich, wurde zu Großmutter Rasa. Sie tanzte in der Mitte des Feuers, das inzwischen regenbogenbunt loderte.

„Wie schön!", rief Niara.

Laut und deutlich war Rasa zu hören: „Der Kreis der Familie wird Katui zum Herrn über große schamanische Kräfte machen." Diesmal blieb sie, stieg heraus aus den Flammenzungen, durchsichtig zwar, aber für alle sichtbar. Die Tipateo lebten mit den Toten, schon oft waren welche erschienen, es war immer eine große Freude.

Uske ergriff Katuis Hand und schloss damit den Menschenkreis.

Im selben Moment sprühte das Feuer bunte Funken in die Dunkelheit. „Oh", und „Ah", ertönte es von allen Seiten. Eine Feuersäule schoss in den Himmel, verjüngte sich in der Höhe zu einem Feuerseil. Vom höchsten Punkt sauste die Spitze wieder nach unten und rauschte im Kreis über die Köpfe der Teilnehmer. Immer tiefer senkte sich das Feuerrad, bis alle Menschen im Rund bunt leuchteten. Die Tipateo jubelten. Frakiki und Niara standen Arm in Arm wie Kinder da, die vor Staunen Augen und Münder aufrissen.

Das Flammenrad formte sich zu einem Pfeil und stürzte sich mit der Spitze voran auf Katui. Sie durchdrang ihn. Er selbst war jetzt das Feuer, blieb dabei unversehrt. Loderte als Flammenmensch und staunte über die unzähligen Zauberformeln, die in seinem Kopf säuselten. Zu jeder kannte er die Wirkung.

Eine neue Kraft richtete ihn auf, straffte seine Schultern und schenkte ihm Gewissheit. Bald flackerte er nicht mehr. Das Spektakel war vorüber.

„Feiert den Schamanen des Feuers. Die Vorsehung ist eingetreten", erklärte Uske das Geschehen.

Mitten in den Jubel rief Wura vom Waldrand: „Und begrüßt unseren Ehrengast. Ich habe sie überredet, mit uns zu feiern."

Eine Frau mittleren Alters betrat den Festplatz. Sie trug ein langes schwarzes Kleid, so dass ihre helle Haut leuchtete. Ihre Augen wirkten matt, sie lächelte, aber ihre Mundwinkel blieben unten. Der Professor eilte herbei und hakte sich bei ihr ein. Sie ließ sich von ihm durch die Menschen ziehen. Musterte jedes Gesicht auf ihrem Weg. Vor Uske endete der ungewöhnliche Spaziergang.

In Katui wuchs eine Vermutung, wer da vor ihnen stand.

Sein Vater und die fremde Frau sahen sich an.

Bei beiden füllten sich die Augen, glänzten gläsern.

Ihre Mienen zeigten Erkennen.

Die Frau breitete ihre Arme aus, Uske sank in sie hinein.

„Mutter!" Nur die Leute in der nächsten Umgebung hatten es gehört. Flüsterten es den Nachbarn zu, bis jeder im Bilde war. Gespannte Stille rundum.

Mutter und Sohn ließen sich los, betrachteten sich erneut. Zuerst leuchteten seine Augen, dann lächelte sie und zum Schluss lachten sich beide herzlich an. Lagen sich wieder in den Armen.

Sanft sprach Wura in die Nacht. „Begrüßt Johanna, Uskes Mutter, die ich mit Hilfe des Professors und seinen Rechenkünsten sowie den Erkenntnissen meines Sohnes im Jahre 1885 fand und herbrachte." Die Jahreszahl hatte sie in Deutsch gesagt.

Die Menschen jubelten den beiden zu, die Stampfhölzer setzten wieder ein.

Katui schniefte und schluckte. Niemals zuvor hatte er seinen Vater so glücklich gesehen.

Felicitas.

Ihr Name in seinem Kopf, von allein entstanden.

Sanft wehte ihr Duft herbei. Eine warme Hand schob sich in seine, wärmte ihn bis in die Brust. Direkt neben sich hörte er sie atmen, erlebte ihre Gegenwart mit Stromschlägen in jeder Faser seines Körpers.

Sie sah ihn nicht an. „Ich war blöd vorhin. Es tut mir leid."

Katui drehte sie zu sich. „Ich auch. Ich werde zukünftig in beiden Welten leben. Nur eine ganz kleine Menge Rinde und ich bin gleich wieder da."

Sie standen sich gegenüber. Ihr Herzschlag an ihren Handgelenken klopfte in seinen Händen. Da war ein Zögern, dann das Gegenteil. Auf beiden Seiten.

Ihr Gesicht kam näher.

Genau das war sein Sehnen. Sie umarmen, sie nie mehr loslassen.

Ihre Lippen fanden sich.

Ja, jetzt stimmte alles.

Was noch erzählt werden muss
Berlin, Frühjahr 1990

Vom Vortragspult aus klickte Professor Hastig die Fernbedienung. Auf der Projektionsfläche erschien wieder die erste Seite mit dem Titel der Veranstaltung. *Zeitreisen sind möglich.*

„Vielen Dank, meine Damen und Herren! Hier endet der gegenwärtige Stand meiner Forschungen. Ich bin sicher, es bleiben Ihnen jetzt viele Fragen, ich bin bereit. Lassen Sie uns diskutieren!"

Statt zu debattieren, empörte sich ein Zuhörer aus der ersten Reihe. „Dieser Humbug ist doch nicht ihr Ernst!"

Hinten sprang ein Herr auf und zeigte dem Professor seine Faust. "Ist Ihnen klar, dass Sie vor namhaften Wissenschaftlern sprechen?"

Viele der Anwesenden nickten. Aus verschiedenen Richtungen hallte ihm Feindseligkeit entgegen.

"Wirrkopf!"

"Betrüger!"

"Fantast!"

Der Professor glättete mit flachen Händen die unsichtbaren Negativwellen.

"Aber ich habe Zeugen!"

"Pah, die kann man kaufen!" – "Unglaubwürdig!"

Mit den Bilderseiten seines Vortrages in der Hand verteidigte er sich. „Ich habe Fotos!"

"Gefälscht!" – "Gutes Fotobearbeitungsprogramm!" – "Versuch's mal im Privatfernsehen!"

Lautes Gelächter. Die meisten sprangen auf. Sie warfen alles, was sich dafür eignete. Das zusammengeknüllte

Infomaterial, Kugelschreiber, Lineale, einen Aschenbecher. Sogar Stühle.

Mit einem Aktenordner über dem Kopf floh der Professor aus dem Vortragsraum.

Statt Papierstreifen zu schnipseln, summte der Schredder nur. Wie weiße Fahnen ragten drei Seiten aus der Messerschiene heraus. Professor Hastig zerrte daran, das Papier klemmte fest.

„Kreuzkruzifix nochmal."

Er zog den Stecker, griff in das Schneidwerk und pulte die Blätter in Fetzen heraus.

"Dieses dämliche Pack ist nicht reif für meine Erkenntnisse. Ignoranten und Besserwisser, allesamt!"

Die Messer waren wieder frei. Er packte den nächsten Papierstapel seiner Vortragsunterlagen. Bisher hatte er nur die Einleitung geschreddert. Vom obersten Blatt sah ihn jetzt das Foto des jungen Katui an, wie er die Fäuste ballte, damals auf dem Fußballplatz in Königsberg. Der Professor zögerte. Vielleicht doch nicht vernichten? Er hob einen leeren Karton vom Boden auf den Tisch und stopfte wütend alle Blätter ungeordnet hinein. Obenauf packte er Katuis Tagebücher. „Irgendwann werdet ihr euch bei mir entschuldigen!" Mit Schwung schob er den Karton in den nigelnagelneuen Tresor und verdrehte das Zahlenschloss.

Das Telefon klingelte. Er hob ab.

„Hallo Katui. – Hast du deinen Vortrag über die Traditionen der Tipateo fertig? Wunderbar. Dann treffen wir uns morgen im Institut. Es gibt reichlich Anmeldungen für deine Vorlesung."

Er zögerte einen Moment. „Stell dir vor, sie haben mir die Zeitreisen nicht geglaubt. Du wirst wohl weiter als Privatdozent Ka Tui Geld mit deinem Fachwissen über indigene Völker verdienen müssen." Er schluckte hörbar. „Ja, hier oder in unserem Institut in Brasilien."

Brasilien, eine Farm am Ortsrand von Pomerode, März 1991.

Von einem Hügel aus betrachteten Katui und Felicitas die grüne Ebene mit malerisch verteilten Teichen. Am Ufer des größten stand ein stattliches Wohnhaus.

In Katuis Magen pochte es. „Gefällt es dir?"

Ohne ihn anzusehen, presste sie kurz die Lippen zusammen. „Das Haus sieht nicht sehr brasilianisch aus. Rotes Spitzdach, die Fassade weiß getüncht, davor der Garten. Es könnte am Stadtrand von Berlin stehen, gäbe es hier nicht den Palmenhain daneben."

Sie seufzte. „Ach, Katui, leider ist Brasilien so weit weg und so exotisch."

Er zog sie mit sich. „Komm, ich zeig es dir. Es wurde von einer deutschstämmigen Familie gebaut."

Der gepflegte Sandweg führte am Seeufer entlang zum Haus. Ein Mann öffnete die Tür, ehe sie den Türklopfer betätigten. „Herzlich willkommen!"

Mit einer höflichen Verbeugung reichte er zuerst Felicitas und dann Katui die Hand. „Pedro Volkmann. Ich bin der Enkel der ehemaligen Eigentümer dieses Anwesens. Es freut mich sehr, dass Sie sich für dieses Kleinod interessieren."

Er deutete mit einladender Geste in den Flur. „Treten Sie ein Seu Katui, Senhora Felicitas, ich darf Sie doch beim Vornamen nennen?"

Felicitas lächelte ihn an. „Aber ja. Wir wollen uns das Haus vorerst nur ansehen. Wieso sprechen Sie akzentfrei Deutsch, Seu Pedro?"

„Sie sind hier in Pomerode. Unsere Stadt wurde im 19. Jahrhundert von Menschen aus Pommern gegründet. Hier sprechen fast alle Einwohner genügend Deutsch, als Nachfahren der Stadtgründer."

Sie betraten das Haus. Im Flur dufteten Blumen in einer Vase am Fenster. Felicitas roch an einer Blüte. „Wie einladend heimelig!"

Im Wohnzimmer standen massive Holzmöbel, bequeme Sessel und ein Kamin. Sie wechselten überraschte Blicke. Katui schöpfte Hoffnung, die Einrichtung schien ihr zu gefallen. Sie strich mit den Fingern über den Sesselbezug. „Alles Mobiliar bleibt im Haus?"

„Aber ja, Sie können sofort einziehen! Es gibt insgesamt sieben Zimmer."

Seu Volkmann schielte diskret auf Felicitas Babybauch und zwinkerte Katui zu. „Genug Platz für viele Kinderzimmer. Das Anwesen ist versorgt mit eigenen Generatoren und verfügt über einen eigenen Brunnen mit Trinkwasserqualität."

Felicitas sah Herrn Volkmann direkt an. „Ich mag Deutschland, ich möchte viel lieber dort leben."

„Senhora, öffnen Sie Ihr Herz für dieses wahrhaftige Paradies. Unsere Gegend ist die sicherste und bestsituierte in ganz Brasilien. Ihre Kinder werden behütet und glücklich aufwachsen können."

„Mit diesem See vor der Tür? Ich werde ständig darüber wachen müssen, dass sie nicht ertrinken."

Seu Volkmann schüttelte energisch den Kopf. „Diese Teiche sind künstlich angelegt und nicht sehr tief. Vollkommen ungefährlich. Fast jedes Haus hat hier einen kleinen See, kein einziges Kind ist jemals ertrunken. Unsere Kinder wachsen im Einklang mit der Natur auf, denn sie teilen sich das Wasser mit einigen Fischen."

Katui versuchte eine neue Taktik und legte eine Hand ans Ohr. „Horch mal, dieses Konzert an Vogelstimmen! Ich hatte vorhin schon einige Papageien entdeckt."

Felicitas verschränkte die Arme. „Wir haben abgemacht, dass du mich nicht drängst."

Seu Volkmann führte sie auf die riesige Terrasse. „Mein Großvater hatte hier seinen Schaukelstuhl stehen. Unsere Familie feierte ungezählte heitere Barbecue-Abende unter freiem Himmel. Alle Ihre Nachbarn sind übrigens sehr nett und gesellig."

Katui breitete die Arme aus und drehte sich einmal um sich selbst. „Ich finde es hier herrlich!"

Es raschelte in den Büschen. Fünf hundeähnliche Tiere mit hellbraunem Fell, schwarz-braun geringeltem Schwanz und spitzer Schnauze stürmen direkt auf die Besucher zu, schauten sie mit dunklen Knopfaugen an, hielten sich aber in respektvoller Distanz. Zwei Jungtiere tollten übermütig auf der Wiese, jagten sich bis auf die Terrasse und bissen sich gegenseitig in den Nacken oder die Pfoten. Felicitas kauerte sich zu ihnen hin. „Was sind das denn für süße Gesellen?"

Seu Volkmann lächelte erleichtert. „Oh, die Quiti, unsere Nasenbären. Sie leben hier solange ich denken kann. Sehr nützlich, fressen kleine Nager, Schlangen, aber auch Früchte. Sie sind zahm, streicheln Sie sie ruhig."

Felicitas kraulte einem Jungtier das Köpfchen. Sofort rollte es sich auf den Rücken und gab wohlig gurrende Laute von sich, denn sie massierte verzückt das pummelige Bäuchlein. Seu Volkmann blinzelte Katui zufrieden an. „Quiti leben überall in Brasilien, und diese hier sorgen dafür, dass ihr Haus frei von Ungeziefer und schädlichem Getier bleibt."

Katui berührte sanft Felicitas' Haar. „Hier ist meine Heimat, das Haus und die Nachbarn wären auch für dich etwas Heimat."

Sie sah nicht auf, streichelte weiter das Tierchen. „Wie soll das funktionieren?" Es sprudelte aus Katui heraus. „In diesem Haus können wir unsere große Familie gründen, wie wir sie uns wünschen. Ich kann im Institut arbeiten und weltweit Vorträge halten. Und mit kleinen Rindenmengen bin ich aus der Vergangenheit immer schnell zurück."

Felicitas gab dem Tierchen einen liebevollen Klaps auf den Bauch und richtete sich auf. „So könntest du gleichzeitig Schamane der Tipateo bleiben."

Seu Volkmann wechselt fragende Blicke von einem zum anderen. Katui sprach unbekümmert weiter. „Und wann immer du willst, können du und die Kinder mich begleiten."

Felicitas lächelte. „Ein Leben in unseren beiden Welten."

Seu Volkmann grinste schelmisch. „Ohne Jet Lag hoffentlich, bei nicht allzu krassen Zeitsprüngen zwischen Brasilien, Urwald und Europa. Sausen sie doch rasch in die Zukunft, um zu sehen, wie es wird. Entschuldigung, kleiner Scherz."

Katui lächelte. „Ja, wir haben auch gescherzt."

Ihre Hand drückte seinen Arm. „Lass mich noch eine Nacht darüber schlafen, einverstanden?"

Brasilien, die Farm ‚Ikatu' am Ortsrand von Pomerode, Sommer 2025

„Oma, darf ich mit Onkel Achim skypen?"

„Gleich, Kleines!", ruft Felicitas ihrer Enkelin zu und befestigt frische Kräutersträuße am Querbalken der Terrassen-Überdachung.

„Ich glaub, er ist gar nicht zu Hause, reist doch ständig zu Vorträgen oder mit Papa zum Dorf."

Vorsichtig, Stufe für Stufe, steigt sie von der Leiter. „Einen Moment noch, Jessi, bin gleich bei dir!" Im Flur lachen sie junge Gesichter aus den Bildern der Foto-Galerie an. Immer wieder verweilt sie gerne hier und betrachtet die Lebensgeschichten ihrer drei Kinder. Wie sie im Babyalter hier am Haus im seichten Uferwasser des Sees planschen. Die Einschulungen mit aus Deutschland geholten Schultüten. Tochter Viktoria strahlt auf dem Hochzeitsfoto den Mann ihres Lebens an. Daneben die Hochzeitsbilder ihrer beiden Söhne, Luiz und José mit ihren Frauen. Sie schmunzelt. Erinnerungen an den Aufruhr, den das erste Foto bei den Tipateo auslöste. Das Ergebnis ist dieses Familienbild, abgelichtet am Abend nach der großen Vereinigungsfeier. Jede Person schaut in eine andere Richtung, nur Wura und Uske sehen in die Kamera.

Ein Familienfoto von hier, aus der Zeit der Corona-Pandemie, alle mit bunten Gesichtsmasken, hängt daneben. Welch furchtbare Zeit das für Brasilien war.

Der Professor ist online. "Hallo Ihr beiden, wie geht es euch?"

Jetzt wird er doch langsam alt, er wird allmählich kahl, denkt Felicitas.

Die kleine Jessi gluckst vom Schoß der Oma aus zum Monitor hin. "Guhut und dir?"

„Ich bin gleich wieder weg, hatte hier mal wieder was vergessen."

Er winkt Felicitas zu. „Es gibt Neuigkeiten. Niara und Frakiki werden Großeltern!"

„Oh, wie schön!"

Jessi kräht, „Tschühüß, Opa!", und wischt mit ihrer Hand in die Luft.

Der Bildschirm wird dunkel.

Ihre Mutter mahnt: „Du sollst doch nur bei Großmutter Wura zaubern!"

Im Flur rappelt es. „Papa ist wieder da", sagt die Kleine leise. Da ruft Katui schon: „Felicitas, du wirst es nicht glauben, man hat mich als Ehrendoktor vorgeschlagen! Anerkennung meiner Studien über indigene Völker!"

Er küsst ihre Stirn, streichelt sanft ihre Wange. „In Berlin hat es gestern geregnet."

Sie trommelt, wie immer zur Begrüßung, behutsame Faust-Stupser auf seinen Brustkorb und umarmt ihn zärtlich. „Doktor h.c. Ka Tui. Hört sich gut an."

Anhang

Die Ahnenreihe von Katui

Dela (sie ersetzte Bina, die in Kreuzburg blieb und
Heinrich Zwirner heiratete)

Delas Tochter: **Jazia**

Ihre Tochter: **Mira**

Ihre Tochter: **Rasa**

Ihre Tochter: **Wura** verheiratet mit **Uske** (Uske ist Oskar,
der Bruder von Magda)

Ihr Sohn: **Katui** verheiratet mit **Felicitas**

Deren Kinder: **Luiz, Viktoria, José**

Luiz' Tochter: **Jessi**

Die Ahnenreihe von Felicitas

Johanna und **Heinz**

(Die Schwester von Johanna heiratet Karl Zwirner)

Deren Kinder: **Magda, Johann** und **Oskar** (= Uske)

Magdas Tochter: **Karlotta,** heiratet **Erich**

Deren Tochter: **Irene,** heiratet **Frank**

Deren Tochter: **Felicitas** heiratet **Katui** (Kinder s.o.**)**

Die Ahnenreihe von Stefan Zwirner

Karl Zwirner schwängert **Jazia**

Deren uneheliche Tochter: **Mira** = Mutter von Rasa)

Karl Zwirners ehelicher Sohn: **Heinrich Zwirner,**
verheiratet mit **Bina Findel** (= Schwester von Dela)

Deren Sohn: **August Zwirner**

Dessen Sohn: **Udo Zwirner**

Dessen Sohn: **Stefan Zwirner** liiert mit **Sylvia Hastig**
(= Tochter von Professor Hastig)

Danksagungen an:

Claudia Bauer,
bei der ich das Handwerk lernen durfte.
Kerstin Jorns,
die sich geduldig jede Version anhörte.
Joachim Bammes,
der mir immer mit Rat zur Seite stand.
Knut Koch,
der meine Darlings so lange benannte, bis ich sie strich.

Fotoquellen

Bild von Jonny Lindner auf Pixabay

Bild von <a href="https://pixabay.com/de/users/Comfreak-51581/?utm_source=link-attribution&utm_medium=referral&utm_campaign=image&utm_content=845848">Jonny Lindner</a> auf <a href="https://pixabay.com/de/?utm_source=link-attribution&utm_medium=referral&utm_campaign=image&utm_content=845848">Pixabay</a>

Bild von Varun Kulkarni auf Pixabay

Bild von <a href="https://pixabay.com/de/users/tortugadatacorp-5195555/?utm_source=link-attribution&utm_medium=referral&utm_campaign=image&utm_content=2368040">Varun Kulkarni</a> auf <a href="https://pixabay.com/de/?utm_source=link-attribution&utm_medium=referral&utm_campaign=image&utm_content=2368040">Pixabay</a>

Bild von Gerd Altmann auf Pixabay

Bild von <a href="https://pixabay.com/de/users/geralt-9301/?utm_source=link-attribution&utm_medium=referral&utm_campaign=image&utm_content=2860031">Gerd Altmann</a> auf <a href="https://pixabay.com/de/?utm_source=link-attribution&utm_medium=referral&utm_campaign=image&utm_content=2860031">Pixabay</a>